Ademloos

Van dezelfde auteur

Poolnacht
Sneeuwblind
Inktzwart

Wil je meer informatie over onze boeken,
kijk dan op www.scandinavischethrillers.nl,
volg @scandinavische_thrillers op Instagram of like
onze pagina: Facebook.com/ScandinavischeThrillers.

Ragnar Jónasson

Ademloos

Vertaald uit het IJslands door
Willemien Werkman

A.W. Bruna Uitgevers

Oorspronkelijke titel
Andköf

Published by agreement with Copenhagen Literary Agency ApS, Copenhagen.
Vertaling
Willemien Werkman
Omslagbeeld

Omslagontwerp
Studio Jan de Boer

ISBN 978 94 005 1470 6
NUR 305

Voor mijn broer Tómas

Dit verhaal is fictie. Personen en gebeurtenissen zijn niet gebaseerd op de werkelijkheid.
Kálfshamarsvík en Kálfshamarsnes zijn wel bestaande plaatsen en ik heb geprobeerd ze in hoofdlijnen correct te beschrijven. Het huis op de kaap in het verhaal is, net als het verhaal zelf, een bedenksel van de schrijver, en er is geen enkele aanwijzing dat er ooit echt een huis heeft gestaan.
Ik wil hoofdcommissaris van politie Eiríkur Rafn Rafnsson en openbaar aanklager Hulda María Stefánsdóttir bedanken voor hun hulp, het lezen van het manuscript en hun opmerkingen over het werk van de politie.
In het derde hoofdstuk van het tweede deel van het boek wordt tweemaal geciteerd uit een dagboek dat van de overgrootvader van Kristín zou zijn. Die citaten zijn ontleend uit het ongepubliceerde dagboek van mijn eigen overgrootvader, Jónas Guðmundsson, maar verder heeft dat dagboek niets te maken met het fictieve dagboek van Kristíns overgrootvader in het boek – de beschrijving van deze man en van zijn leven is natuurlijk volledig verzonnen.

'Je kwam in mijn bloementuin – stikdonkere nacht!
Ik zal jouw duisternis niet missen, want mijn bloemen
zijn allemaal dood...'

Jóhann Jónsson (1896-1932)
Herfst, fragment

Inleiding

Ze kon niet eens huilen, het meisje.

Gezien vanaf de rand leek het zeeoppervlak zo oneindig ver weg. Het water was heel kalm op deze mooie zomeravond. De dag was zo zonnig geweest op de afgelegen kaap, waar elke graspol een verhaal te vertellen had en er overal sporen van verdwenen huizen te vinden waren.

Het kleine meisje spreidde haar armen. Daarna ging alles zo snel dat ze geen woord meer kon uitbrengen, niet eens een schreeuw. Ze viel alleen maar, vloog omlaag, zo snel als je kunt verwachten wanneer de zwaartekracht het overneemt.

De zee en de rotsen naderden. Misschien zag ze niets, had ze haar ogen gesloten, stijf van angst. Ze was eigenlijk veel te jong om met de dood bezig te zijn. Wat dacht ze in die laatste ogenblikken? Hoopte ze dat ze in zee terecht zou komen en niet op de meedogenloze rotsen of de stenen op het strand?

De kaap, het strand, de vuurtoren, de spectaculaire natuur rond de baai, dat vormde haar speelterrein.

En toen viel ze, op het stenen strand.

Deel een

Prelude op de dood

1

Ásta Káradóttir had dat beeld nooit meer kunnen vergeten, ook al was ze destijds nog maar een kind geweest. Of misschien juist wel daarom.

Ze was in haar kamer op zolder geweest toen het gebeurde. De deur was dicht, het raam ook, en het was benauwd in de kamer. Ze zat op het oude bed dat kraakte als ze zich 's nachts omdraaide en keek door het raam. Misschien, of eigenlijk waarschijnlijk, waren er later kleine details aan deze herinnering toegevoegd, afkomstig uit andere jeugdherinneringen, maar die verschrikkelijke gebeurtenis waar ze getuige van was geweest zou nooit uit haar geheugen verdwijnen.

Ze had het aan niemand verteld.

En nu was ze teruggegaan, na een lange ballingschap.

Het was al december, en de lichte sneeuwval herinnerde eraan dat het bijna Kerstmis was – er lag een dun wit laagje over alles heen. In het zuiden had het licht geregend en was het zacht geweest; de verwarming stond hoog om te voorkomen dat de autoramen besloegen, maar tegelijkertijd zorgde dat ervoor dat het bijna niet uit te houden was in de auto. Ásta was wijk 101 toch moeiteloos uit gereden, de Ártúnsbrekka op, en had de ellendige hoofdstad achter zich gelaten, waar het leven was als saaie seks: beter dan niks, maar niet meer dan dat. Niet dat ze van plan was om het leven op zich vaarwel te zeggen. Ze wilde alleen afscheid nemen van dit onveranderlijke bestaan, die vreselijke kelderwoning, achtenzestig vierkante meter claustrofobie en duisternis. Soms schoof ze de gordijnen open, maar dat had alleen maar tot gevolg dat de mensen die over de drukke straat liepen naar binnen konden kijken – alsof ze vogelvrij was omdat ze in een kelder woonde en de gordijnen niet gesloten hield. Daar zat ook wel iets in, maar waarschijnlijk school er in iedereen wel een gluurder, als de gelegenheid zich voordeed. En dan waren er de kerels die ze soms mee naar huis nam in het weekend, als ze ervoor in de stemming was. Sommigen wilden altijd het licht aan en de gordijnen open, en dan in alle openbaarheid vrijen, als je het zo mocht noemen – haar slaapkamerraam was niet zo groot en er waren hooguit twee of drie toeschouwers.

De glans van de jeugd was nu wel verdwenen, dat wist ze heel goed. Toch was ze nog jong, haar dertigste verjaardag was nog maar een paar jaar geleden, maar ze was zo moe van die eindeloze armoede, het onregelmatige werk, de nachtdiensten; het leven in een huurhuis in de binnenstad, meestal van uitkeringen en minimale loontjes.

Ze was aan het eind van haar Latijn. Ze was nooit van plan geweest om terug te gaan, maar nu was het toch zo ver gekomen, met het oude geheim in haar reistas. Het had haar een dag gekost om in het noorden te komen en de baai was gehuld in de duisternis van de avond. Ze stond even stil en keek naar het huis. Het was een statig gebouw, een kelder, twee verdiepingen en een zolder. De bouwstijl leek ouder dan het gebouw zelf en toch had het er al tientallen jaren gestaan. Het was mooi witgeschilderd, de benedenverdieping donkergrijs, boven waren er balkons. Boven op zolder hadden de zussen met hun vader gewoond – en hun moeder, een tijdlang. Het huis was duur, niet bedoeld als boerenwoning.

Er brandde licht op de benedenverdieping, het waren de ramen van de zitkamer, dat wist ze nog. Een zwak buitenlicht verlichtte de voordeur. Het enige licht kwam van die lamp en het schijnsel uit de zitkamer – afgezien van het licht van de vuurtoren op de kaap, natuurlijk. Er was iets onbegrijpelijk moois aan dat samenspel van licht en schaduwen, het licht was onwerkelijk fel in de duisternis.

Ásta begon naar het huis te lopen, ze had geen haast. Ze ademde de koele winterlucht in, bleef weer staan, keek naar de lucht en liet de sneeuwvlokken haar gezicht kietelen. Toen ze eenmaal bij de voordeur was aangekomen, aarzelde ze even voor ze aanklopte.

Was dit wel een goed idee?

Een felle windvlaag deed een koude rilling over haar rug lopen en ze keek snel om. Een hoge fluittoon in de wind had haar even een ongemakkelijk gevoel gegeven: het was alsof er iemand achter haar stond.

Ásta keek om, alsof ze zichzelf ervan wilde overtuigen dat dat niet zo was.

Ze zag alleen maar duisternis. Ze was alleen, haar voetstappen waren de enige in de witte sneeuw.

Het was nu te laat om om te keren.

2

'Hij had niet gewild dat jij hier bleef slapen, Ásta,' zei Þóra, schijnbaar meer tegen zichzelf dan tegen Ásta. Het was al de tweede, misschien wel de derde keer dat ze dat zei.

Þóra liep inmiddels tegen de zeventig en hoewel ze natuurlijk ouder was geworden in die vijfentwintig jaar, was haar gezicht nauwelijks veranderd. Nog altijd uitdrukkingloos en afwezig en nog altijd dat monotone stemgeluid.

Óskar, Þóra's broer, zat aan de piano in het andere eind van de zitkamer en speelde zacht een deuntje, dat hij steeds herhaalde. Hij was nooit zo'n prater geweest, hield al snel zijn mond en vertrok naar de piano.

Þóra had geprobeerd om Ásta goed te ontvangen. Ze hadden een heldhaftige poging gedaan om oude tijden te doen herleven, maar het leeftijdsverschil was te groot om te doen alsof ze veel gedeelde herinneringen hadden. De laatste keer dat ze elkaar gezien hadden, was Ásta zeven jaar geweest en Þóra rond de veertig. Oké, ze herinnerden zich allebei Ásta's vader.

Het gesprek bleef daarom vooral over hem gaan. 'Hij had het niet gewild,' herhaalde Þóra.

Ásta knikte alleen en glimlachte beleefd. 'Het heeft geen zin om het daarover te hebben,' antwoordde ze ten slotte. 'Hij is dood en Reynir zei dat ik hier kon slapen.' Ze liet onvermeld dat Reynir daar niets over had gezegd, maar dat ze alleen had gevraagd of ze een paar dagen op bezoek mocht komen.

'Dan is dat zo,' antwoordde Þóra. Óskar bleef hetzelfde deuntje spelen, niet bijzonder goed, maar zonder gêne, en vulde daarmee de ongemakkelijke stiltes.

'Woont Reynir hier het hele jaar?' vroeg Ásta, maar ze dacht het antwoord al te kennen. Reynir Ákason had jarenlang in de schijnwerpers van de media gestaan, en het enige wat hem die faam had bezorgd was dat hij de zoon – en waarschijnlijk de enige erfgenaam – was van zijn vader, een vermogend industrieel. Er waren enkele gesprekken met Reynir gepubliceerd over het leven op het platteland, waarin hij had duidelijk gemaakt dat hij nergens anders wilde wonen als hij in IJsland was.

'Min of meer. Daar komt misschien verandering in nu de oude man is overleden. Je hebt dat waarschijnlijk in de kranten gelezen, twee weken geleden of zo.' Ze begon zachter te praten uit een soort respect voor de dode, maar het was duidelijk dat het niet gemeend was. 'Óskar en ik hebben geprobeerd om naar Reykjavík te gaan voor de uitvaart, maar Reynir zei dat we dat niet hoefden te doen. De Dómkirkja zou te klein zijn geweest. We kenden de man niet heel goed. Hij was zelden hier. Ze leken niet erg op elkaar, vader en zoon.' Ze laste een kleine stilte in, maar ging toen verder: 'Het moet een enorme opgave zijn geweest om dat hele bedrijf over te nemen, al die investeringen. Ik begrijp niet hoe hij het voor elkaar krijgt. Hij is slim, die jongen.'

'Jongen,' zei Ásta nadenkend. Hij was waarschijnlijk iets ouder dan twintig geweest toen ze elkaar voor het laatst hadden gezien. Een volwassen man in de ogen van een zevenjarig meisje, natuurlijk. Slim, ja, vol levenservaring en ondernemend. Met een onverbeterlijke voorliefde voor zeilen. Duidelijk gegrepen door de zee, net als Ásta zelf. 'Jongen,' herhaalde ze. 'Hoe oud is hij nu eigenlijk?'

'Hij loopt tegen de vijftig, denk ik. Al zou hij dat nooit toegeven.' Þóra probeerde te glimlachen, maar dat lukte maar half.

'Woont hij nog altijd in de kelder?'

Deze zonder nadenken gestelde vraag ging als een ijskoude wind door de kamer. Þóra verstijfde en bleef even zwijgen, maar Óskar slaagde erin om niet op te houden met spelen, tot ieders opluchting. Ásta wierp een snelle blik op hem. Hij zat met zijn rug naar haar en Þóra toe, op de pianokruk, gebogen over de toetsen. Uit zijn hele houding sprak vermoeidheid. Hij droeg een bruine fluwelen broek en nog altijd dezelfde donkerblauwe coltrui als vroeger; in elk geval leek hij er erg veel op.

'Óskar en ik zijn daar gaan wonen,' zei Þóra en ze probeerde zonder succes om dat zorgeloos te laten klinken.

'Jij en Óskar?' vroeg Ásta verbaasd. 'Is daar niet te weinig ruimte voor jullie?'

'Het is even een verandering, maar zo is het leven nu eenmaal. Reynir is van plan om hier in de grote woning in te trekken, en hij is nu ook de eigenaar, natuurlijk.' Ze zweeg even.

'We mogen dankbaar zijn dat we hier kunnen blijven; je geeft toch om deze kaap, ondanks alles,' bracht Óskar onverwacht te berde. Hij draaide zich om en keek naar Ásta. Zijn gezicht was gerimpeld en zijn handen mager. Ze zag direct dat hij meende wat hij zei.

'Ik dacht alleen dat jullie nog wel een kamer zouden hebben in de woning zelf... omdat jullie mij hier in de zitkamer ontvangen,' zei Ásta enigszins ongemakkelijk, al had ze op haar manier ook wel een beetje plezier in de verwarring.

'Nee, nee, we gebruiken de woning natuurlijk als we met

elkaar eten of als we gasten ontvangen. De kamer beneden is nogal donker en niet geschikt voor logés.' Þóra glimlachte.

'Dat kan ik me voorstellen,' antwoordde Ásta. Ze sprak uit ervaring. Ze zag haar sombere kamer in haar eigen kelderwoning voor zich.

'Ik heb geprobeerd om het wat gezelliger te maken dan anders,' zei Þóra verontschuldigend.

Óskar had zich weer omgedraaid naar de piano. Hetzelfde deuntje.

Ásta keek om zich heen. De zitkamer was nauwelijks veranderd, maar hij leek onmiskenbaar kleiner dan vroeger. Het leek of alle oude meubels nog op hun plek stonden en er kwam een bekende geur haar neus binnen, een onbestemde geur en sfeer die bij dit huis hoorde. Het was vreemd hoe een geur lang vergeten herinneringen naar boven kon halen. De mooie meubels herinnerden Ásta er echter ook maar al te goed aan hoe stil, ja uitgesproken somber haar eigen woning was. Een paar meubeltjes, een versleten bank, een salontafel die ze op internet had gevonden en voor een prikkie had kunnen kopen – en dat allemaal niet zonder reden. De oude, goedkope keukenstoelen, in een lelijke kleur geel die allang uit de mode was.

'Jij krijgt natuurlijk weer je oude kamer, op zolder,' zei Þóra toen zacht.

'O ja?' vroeg Ásta verbaasd. Ze had dat soort details niet met Reynir besproken.

'Ja, tenzij je dat niet wilt... Dan kunnen we iets anders regelen,' zei Þóra en ze werd een beetje zenuwachtig. 'Reynir ging ervan uit dat je daar wilde logeren. Het is de afgelopen jaren een soort opslag geweest, maar we hebben de dozen en de rommel verplaatst naar de slaapkamer...' Ze wendde even haar blik af, aarzelde en zei toen: 'Naar de slaapkamer van je zusje.'

‘Dat is goed, hoor,’ antwoordde Ásta. ‘Geen zorgen.’ Ze had eerlijk gezegd helemaal niet gedacht aan de mogelijkheid dat ze in haar oude kamer kon of moest slapen. Natuurlijk had ze liever ergens anders willen zijn, maar het zou een teken van zwakte zijn om daarom te vragen.

‘En je moet me niet verkeerd begrijpen, lieverd,’ zei Þóra met ongebruikelijke warmte, ‘al zei ik eerder dat je vader niet had gewild dat je hier terugkwam. Je bent natuurlijk altijd welkom.’

Heel ruimhartig van je, het is niet eens jouw huis, had Ásta willen zeggen, maar ze hield zich in. ‘Wat is nu eigenlijk jouw rol hier in huis?’ vroeg ze in plaats daarvan, ook niet bijzonder beleefd.

‘Dezelfde als vroeger, ik zorg voor het huis. Het werk is wel veel minder geworden, en wij zijn natuurlijk ook ouder geworden. Óskar is een soort conciërge, net als toen. Nietwaar, Óskar?’

Hij stond nu op van de piano en liep naar hen toe, steunend op een stok. ‘Ja, dat zou je kunnen zeggen,’ mompelde hij.

‘Hij kan niet meer veel werk aan, zoals je ziet.’ Zij wierp een blik op de stok. Óskar ging naast haar zitten op de bank, maar op een ruime afstand. ‘Hij heeft zijn knie beschadigd bij het beklimmen van die verdomde rotsen.’

‘Dat komt wel weer goed,’ zei Óskar terneergeslagen.

Ásta keek voorzichtig naar ze en luisterde met andere oren naar Þóra’s woorden. De tijd had hun geen goed gedaan. Broer en zus waren ouder en vermoeider dan ze had verwacht. Ze leken het te willen opgeven.

‘Hij zorgt nu voor de vuurtoren, voor zover zijn knie dat toestaat. Dat heeft hij overgenomen van je vader.’

Ásta kreeg een onprettig gevoel. Dat gebeurde wel vaker. Ze ademde sneller en probeerde haar ademhaling tot rust te brengen door haar ogen te sluiten.

'Ben je moe, lieverd?' vroeg Þóra.

Ásta schrok. 'Nee, hoor.'

'Zal ik iets voor je koken? Ik doe dat ook altijd voor Reynir als hij hier is. Natuurlijk kan hij dat heel goed zelf, maar je wilt toch iets doen. Hij hoeft ons helemaal niet meer hier te houden, kan ons zo aan willekeurig wie overdoen.' Ze glimlachte. 'Ja, ik zeg het maar zoals het is.'

'Bedankt,' zei Ásta. Ze herstelde zich. 'Ik heb onderweg een broodje gegeten. Daar heb ik genoeg aan.'

Er werd hard op de deur geklopt. Ásta schrok op, maar zag dat broer en zus er niet van onder de indruk waren. 'Ik dacht dat Reynir pas morgen zou komen,' zei ze.

'Hij klopt meestal niet,' zei Óskar zacht.

'Het moet Arnór zijn,' zei Þóra en ze stond op. Haar broer bleef zitten, keek voor zich uit en hield zijn knie vast, ongetwijfeld de pijnlijke, met een half verontschuldigende blik op zijn gezicht.

'Herinner je je Arnór niet meer?' vroeg Óskar zacht.

Ze glimlachte vriendelijk naar hem. Een oude man, zo zag ze hem, al wist ze dat hij nog geen zeventig kon zijn. Hij zag er ouder uit, had niet dezelfde levenslust in zijn ogen als vroeger. Ze had het met Óskar altijd goed kunnen vinden. Hij was lief voor haar geweest, kwam altijd even bij haar kijken voor het slapengaan, met een glas melk en een koekje, op de dagen dat er vis op tafel kwam. Hij wist dat Ásta ondanks de nabijheid van de zee – of misschien wel juist daarom – nooit vis had kunnen eten. Ze herinnerde zich nog het gevoel van afkeer dat over haar kwam als er vis op tafel stond.

'Bedankt,' zei ze toen opeens, terwijl ze eigenlijk alleen 'ja' had willen zeggen – ja, natuurlijk herinnerde ze zich Arnór.

'Bedankt?' vroeg Óskar verbaasd. Hij bleef zijn knie vasthouden en boog zich iets dichter naar haar toe, alsof hij het niet goed had verstaan en hij dat niet weer wilde laten gebeuren.

Ásta voelde dat ze bloosde, dat was heel ongebruikelijk. 'Neem me niet kwalijk, ik dacht alleen aan, je weet wel, aan vroeger. Toen je altijd naar me toe kwam met een koekje en melk... Ja, ik herinner me Arnór.' De kleine jongen van Heiður, van een nabijgelegen boerderij. Natuurlijk geen jongen meer, net zomin als Reynir – hoewel zij tien jaar scheelden. Ze zag hem direct weer voor zich: iets ouder dan zij, een beetje groot voor zijn leeftijd, maar ook wat gedrongen. Een verlegen en klunzige jongen. Haar zus en zij zagen hem weleens, maar speelden vrijwel nooit met hem. Misschien vond hij het stom om met jongere kinderen te spelen, vooral als het meisjes waren, maar het kon ook alleen de verlegenheid zijn geweest.

Het viel haar op dat Óskars ogen een beetje begonnen te glanzen. Hij keek haar vriendelijk aan en wendde zijn blik toen meteen weer af: 'Dus dat weet je nog, lieverd? Dat was vanzelfsprekend. Natuurlijk deed ik dat.' Toen voegde hij eraan toe: 'Leuk om te zien wat er van je is geworden.'

Ze glimlachte beleefd. Van mij is geworden? dacht ze en ze kon niet direct iets met die woorden. Het was duidelijk dat hij geen idee had van de eeuwige armoede die haar wachtte in het hol dat zij in Reykjavík bewoonde, de eeuwige strijd om zich uit die gevangenis te bevrijden, om eindelijk iets te ondernemen. Sommige avonden, als zij op de bank lag en in de duisternis buiten haar raam staarde – de mensen voorbij zag lopen, het leven voorbij zag flitsen – voelde ze zich zo slecht dat ze ernaar verlangde om uit haar eigen woning te breken, het raam kapot te slaan, eruit te kruipen en zich open te halen aan de glasscherven. Dan voelde ze tenminste iets. Dat zou in elk geval beter zijn dan helemaal niets te voelen.

‘Woont hij nog steeds op dezelfde plek?’ Ze hoorde Þóra met de gast aan de deur praten.

‘Jazeker. Hij heeft de boerderij overgenomen. Zijn vader is enkele jaren geleden gestorven, lang voor zijn tijd, die arme kerel. Arnór helpt ons hier veel, vooral met de vuurtoren, en hij zorgt voor Reynirs paarden. Ik mag dan wel de vuurtorenwachter worden genoemd, maar je kunt je voorstellen dat ik niet meer die trap op kan klimmen. Hij is een goeie jongen,’ zei hij en hij benadrukte die laatste woorden.

Ze keek op toen ze hen de kamer binnen hoorde komen. Voor haar stond een jonge man, lang en slank. Ze had hem nooit herkend als ze hem ergens was tegengekomen, maar nu ze wist wie hij was, zag ze achter zijn stralende glimlach een gezicht dat ze kende. Verder was hij vrijwel onherkenbaar. Hij was eerlijk gezegd beeldschoon en de herinneringen aan het klunzige jongetje waren eigenlijk ongeloofwaardig.

‘Ásta,’ zei hij met een zelfverzekerde houding, alsof ze elkaar de vorige dag nog hadden gezien, op de kaap – hij zwijgzaam en aarzelend, zij en haar zus renden rond de vuurtoren alsof hun leven ervan afhing. ‘Wat leuk je te zien.’

Ze liep naar hem toe en wilde hem een hand geven, maar hij was sneller en omhelsde haar innig. Zijn stevige omhelzing was zo warm dat ze hem ook vastpakte en zelfs tegen zich aan trok, bijna onbewust, waarna ze zich aarzelend losmaakte en hem ongemakkelijk aankeek. ‘Ja, dat vind ik ook.’ Ze fluisterde het bijna – en glimlachte toen. Er was niets ongemakkelijks aan Arnór. Hij stond doodstil en keek naar haar, terwijl zij met haar voeten schoof en niet wist waar ze moest kijken.

Ze bedacht dat ze iets over zijn overleden vader moest zeggen, Arnór moest condoleren, maar ze deed het niet. Het zou vals en oppervlakkig zijn geweest, ze had geen idee wanneer hij was overleden en hoe – bovendien was haar eigen vader inmiddels ook overleden. Misschien hieven die twee sterfgevallen elkaar wel op.

Toen keek hij snel naar Óskar. 'Ik heb mijn gereedschap bij me, zullen we even naar dat raam in de vuurtoren gaan kijken? Beter om niet te lang met zoiets te wachten.'

'Er is een ruit gebroken tijdens het slechte weer gisteren,' zei Óskar tegen Ásta om het uit te leggen en hij wendde zich toen tot Arnór: 'Natuurlijk, je hebt alleen niet veel aan mij.'

'Kom, ga mee, ik heb je advies nodig,' zei Arnór tegen Óskar, zo vriendelijk dat Ásta bijna dacht dat het echt zo was, maar ze doorzag hem en zijn poging om Óskar zich beter te laten voelen.

Ze vertrokken. Ásta en Þóra stonden even zwijgend in de kamer. De stilte was ongemakkelijk en geladen.

'Ik denk dat ik maar eens naar boven ga,' zei Ásta ten slotte. 'Mezelf installeren.' Ze pakte haar reistas.

'Prima,' zei Þóra. 'De trap naar zolder is...'

Ásta onderbrak haar en zei somber: 'Ik vind het wel.'

3

Ze deed het licht aan op de gang. Een zwak peertje verlichtte de smalle trap, de muren waren in grijstinten geschilderd, maar mooi versierd met allerlei boomtakken – als je goed keek zag je hier en daar een rood besje aan de groene takken. De loper was versleten en de houten leuning had ook betere tijden gekend. Een tochtvlaag zorgde ervoor dat er weer een rilling door haar heen ging.

Er waren andere lege kamers in het huis, dat wist ze heel goed. Ze had haar oude zolderkamer kunnen weigeren, maar natuurlijk deed ze dat niet. Ondanks alles was het haar kamer geweest en ze verwachtte niet dat spoken uit het verleden haar uit haar slaap zouden houden. Daar was ze te sterk voor. Maar nu ze boven op de zolder aankwam en voor de dichte deur van de kamer stond, wist ze even niet meer hoe ze het had. Was het een vergissing geweest? Had ze het met rust moeten laten en weer naar huis moeten gaan?

Het was nog niet te laat, ze kon nog omkeren – naar beneden gaan, Þóra dag zeggen – vertellen dat er iets tussen was gekomen in de stad. Ze hoefde van Óskar noch Arnór afscheid te nemen. Ze had een naar voorgevoel dat het allemaal slecht zou aflopen.

Ásta aarzelde om de deur open te doen en keek opzij. Rechts waren de deuren van de ouderslaapkamer en van de kleine badkamer. En achter haar de keukenhoek en... Ze draaide zich heel langzaam om. De deur van de kamer van haar zus was dicht, ze wilde er eigenlijk graag even kijken, even maar, maar ze deed het niet. In plaats daarvan opende ze de deur van haar eigen oude kamer.

De slaapkamer was niet zo groot als ze zich hem herinnerde. Sterker nog, ze kon er niet eens meer rechtop in staan. Het was er bedompt, er hing bijna een rottingslucht. Ze haastte zich om het licht aan de zoldering aan te doen en het raam te openen.

Nu voelde ze zich beter. Het geluid van de zee kwam door het raam naar binnen, zo rustgevend en vertrouwd. Ze keek naar buiten en keek neer op de door de rotsen gevormde brug. Hier, bij dit raam, had ze destijds gestaan en gezien wat ze niet had moeten zien. Ze vond het niet onplezierig om daar weer aan te denken, al was het een verschrikkelijke gebeurtenis geweest. Het was nu alsof ze het niet zelf was geweest die het gezien had.

Het uitzicht was niet goed in de duisternis van de avond, maar het licht van de vuurtoren op de kaap hielp een beetje. Hier kreeg de duisternis nooit de overhand, dacht ze, maar toen glimlachte ze, want ze wist dat dat niet waar was. In dit huis, op deze plek, was niets behalve duisternis.

Het was onaangenaam stil in huis. Þóra was waarschijnlijk naar beneden gegaan, naar de kelder. Ásta kon zich goed voorstellen dat die verhuizing moeilijk voor haar moest zijn geweest, maar ze voelde geen enkel medelijden met deze kille vrouw.

Haar oude bed stond nog altijd op zijn plek. Het was gelukkig geen kinderbed, maar het was ook niet bijzonder groot. Ze ging er voorzichtig op liggen, met al haar kleren aan. Het bed kraakte luid, er was niets veranderd. De plafonnière was nog altijd aan. Ásta ging beter liggen, op haar zij, en nog altijd kraakte het bed. Ze voelde dat ondanks haar lichamelijke vermoeidheid haar geest nog altijd heel actief was. Ze kon onmogelijk meteen gaan slapen.

Vanuit de kleine zolderwoning, als je het al een woning zou mogen noemen, was het mogelijk om rechtstreeks naar buiten te gaan, via de trap en de achterdeur. Ze probeerde de vermoeidheid van zich af te zetten en ging naar buiten, de sneeuw in. Het waren destijds een heleboel treden geweest voor haar kleine voeten, maar nu was het maar een klein stukje lopen.

Ásta sloop zachtjes het huis uit en de duisternis in, niet omdat het moeilijk was, maar omdat er zoveel herinneringen waren en die zo zwaar waren. Ze ademde de koude lucht in en het was alsof er nog meer herinneringen boven kwamen drijven. De gebroken nachten stonden haar opeens zo helder voor de geest, waarin ze had geprobeerd om in slaap te komen in de kleine zolderkamer, bij het gekrijs van de meeuwen en het geraas van de zee. Het geluid van de meeuwen was echter niet alleen een herinnering, maar een alomtegenwoordig gegeven. Het klonk nu ook, boven de wind uit.

Weer kreeg ze het gevoel dat ze het lot tartte door hierheen te komen. Ze probeerde het nare gevoel van zich af te zetten en liep langzaam over het pad in de richting van de vuurtoren.

Het pad was moeilijk te zien in het donker, maar dat gaf niet, want Ásta vond er blindelings de weg. Geleidelijk aan kwam de vuurtoren in beeld aan de andere kant van de hoogvlakte op de kaap. Ze was zo vaak bij dat immense gebouw geweest. Soms in de zon, aan de zuidkant, maar vaak ook in de kou, aan de noordkant.

Het was haar eigen keus om naar de vuurtoren te lopen, maar ze wilde Óskar en Arnór liever niet tegenkomen, mochten ze nog steeds bezig zijn met dat raam. Daarom zette ze koers naar de rotsen aan de linkerkant, die doorsneden waren van kliffen waar het weer, de wind en de zee eeuwenlang vrij spel hadden gehad.

Voor ze het wist was ze bij de rotsrand gekomen. Ze boog zich wat naar voren, hield haar adem in en keek omlaag. Ze liet de storm en de zee om haar gezicht spelen.

Een sterke windvlaag greep haar, zodat het weinig scheelde of ze was van de klif gevallen. Ze keek achterom, was niet van plan om op die manier haar leven te eindigen. Toch was ze niet bang, ze voelde alleen het bloed door haar aderen stromen. De gedachte aan de dood blies haar juist nieuw leven in.

Ze werd min of meer betoverd door de zee. Ze had hier weleens op de rotsrand gezeten en ernaar gekeken, en was soms afgedaald naar het strand in de baai. Als de golven het sterkst waren, wilde ze nergens anders zijn. De zee was zo wit als hij boos was dat in de ogen van een klein meisje wit langzamerhand de kleur van de woede werd. En als ze dicht bij de golven stond in een felle storm vulde de zilte zee haar longen en werd ze haast één met de zee. Ze herinnerde zich nog goed hoe ze gefascineerd naar de meeuwen keek die met de wind knokten en uit alle macht probeerden om in de lucht te blijven. Zo voelde ze zich soms ook, als zo'n meeuw.

Ze keek op de terugweg naar de vuurtoren en zag in de verte Óskar en Arnór lopen. Zij zagen haar ook en Arnór zwaaide naar haar. Ze aarzelde, zwaaide terug en haastte zich toen omlaag, naar het huis.

Toen ze weer in haar kamer was, deed ze de gordijnen dicht, trok een trui aan om het minder koud te hebben en kroop in bed. Daar lag ze in het pikkedonker een tijdje te woelen tot ze eindelijk in slaap viel. Ze werd met een schok wakker, wist niet hoe lang ze had geslapen, had moeite om haar ademhaling tot rust te brengen. Het dikke gordijn maakte het allemaal nog erger, want de duisternis overspoelde haar toen ze haar ogen opende. Ze ging rechtop zitten in bed en haar ademhaling was snel en angstig. Ze had het veel te warm, de lucht was te zwaar, ze had het gevoel dat ze stikte.

Ze trok haar trui en T-shirt uit en duwde het dekbed van zich af. Ze bleef een poosje zitten, alleen in haar onderbroek, ging toen naar het raam, trok het gordijn opzij en opende het. De koude winterlucht stroomde naar binnen en de duisternis werd minder. Die goeie ouwe vuurtoren deed zijn werk.

Ze ging weer in bed liggen, overwoog even om haar mobiel uit de zak van haar spijkerbroek te halen om te kijken hoe laat het was, maar besloot dat dat er toch geen donder toe deed. Ze sloot haar ogen, ademde weer normaal en ze werd rustig. Ze was niet gewend om met het raam open te slapen als ze thuis was, in haar kelderwoning, maar nu was de frisse buitenlucht als een reddende engel.

Eindelijk viel ze in slaap. Ze sliep rustig en de herinneringen aan vroeger lieten haar met rust.

4

De dag was ondraaglijk langzaam voorbijgegaan. Ásta had zichzelf toegestaan om uit te slapen en had in een drukkende stilte met Þóra en Óskar geluncht. Reynir was nog niet gearriveerd en Arnór had zich niet meer laten zien. Na de lunch was ze een eindje gaan wandelen en had daarna geprobeerd om zich op zolder terug te trekken, maar dat lukte niet, er stond te veel op het spel.

Het liep inmiddels tegen zes uur en ze was weer naar buiten gegaan. Ze stond bij de vuurtoren en probeerde de deur te openen. Het verbaasde haar niet echt dat die op slot zat; het was wel heel optimistisch geweest om te denken dat dat niet zo was. Haar vader had nooit veel om sloten gegeven en vertrouwde erop dat zijn dochters zichzelf niet in gevaar brachten. Ásta had daarvan gebruikgemaakt door af en toe naar binnen te sluipen als ze tijd voor zichzelf nodig had, zich wilde verstoppen. Het was een mooie beschutting voor een jong meisje. Ze paste ervoor op niets aan te raken, sloot de deur achter zich, zat op de trap en ontspande zich. Dacht na. Haar vader wist er ongetwijfeld van, maar hij zei niets.

Ásta herinnerde zich vaag dat haar vader – in elk geval één keer, als het niet vaker was – met haar over de kaap wandelde en probeerde haar over de geschiedenis van deze plek te vertellen. Ze had er toen natuurlijk niet veel belangstelling voor gehad en ze had er dan ook moeite mee om die zich te herinneren. Ze had de vuurtoren altijd mooi gevonden. Hij was grotendeels witgeschilderd en de zwarte lengtestrepen staken daar scherp bij af. Het hoge bouwwerk was zo indrukwekkend als je er vlak voor stond. Ze zette een paar stappen achteruit, keek omhoog naar de hemel en naar de toren en liet zich door het gevoel overspoelen dat zij weinig waarde had in de grote samenhang van de dingen.

'Hij is gesloten,' hoorde ze iemand achter zich zeggen. Ze schrok. Ze had niemand horen naderen. Ze draaide zich snel om.

Arnór stond vlak achter haar. Hij droeg een dikke donsjas tegen de koude wind; nergens was beschutting tegen de open zee. Hij was wel blootshoofds en had rode wangen. Nog even knap als de vorige avond.

'Dan is er dus toch iets veranderd,' zei ze plagend.

'Niet iedereen is zo zorgeloos als jouw vader,' antwoordde hij, eveneens licht van toon.

'Herinner jij je dat?' vroeg ze. Haar stem was nu ernstiger.

'Ja, dat vergeet je niet zo snel. Hij was echt een geweldige man. Hij is al een poosje geleden overleden, toch?' Arnór ging zitten op de betonnen richel die rond de vuurtoren liep. Hij koos echter niet voor de kant van de deur, die op het land gericht was, maar voor het uitzicht over de imposante baai. Ásta ging naast hem zitten. Niet te dichtbij.

'Ja, lang geleden en ook weer niet,' zei ze. 'Ik was nog geen twintig. Hij was eigenlijk niet van deze wereld.'

'Lang voor zijn tijd dus,' zei Arnór nadenkend.

'Ja, inderdaad.'

Ze zwegen even.

'Hij was een harde werker, tot het moment dat...' Zijn stem stierf weg.

'Zeker.' Ásta knikte en ze keek om zich heen. Haar vader was dol geweest op deze plek, in het begin... later niet meer, natuurlijk. Hij was een buitenmens in hart en nieren. Ze ging verder: 'Ik ging...' Korte stilte, ze ademde in en voelde dat de koude lucht haar longen vulde. '... altijd...'

Ze kwam niet verder, want Arnór maakte haar zin af: '... hierheen, ja. Dat weet ik. Ik zag het weleens.'

Ze lachte.

Arnór ging verder: 'Ik vond het altijd wel grappig dat een meisje van een jaar of zes, zeven het leuk vond om zich in de oude vuurtoren op te sluiten.' Toen voegde hij eraan toe: 'Je was altijd zo afstandelijk, mysterieus... En dat ben je nog steeds, zelfs nu, nu ik recht naast je zit.'

Ásta stond op, onnodig snel misschien, ze wilde niet onbeleefd zijn. Hij bleef zitten.

'Kun je me misschien de sleutel van de vuurtoren lenen?' vroeg ze en ze glimlachte weer, als compensatie voor haar reactie. 'Alleen voor het weekend. Het zou leuk zijn om er weer eens een kijkje te nemen.'

'Geen punt.' Nu stond Arnór ook op. Hij stond in de beschutting van de vuurtoren, in de winterkou, kalm. 'Ik heb hem alleen niet bij me, hij ligt in de auto.'

'Bedankt.'

'Ik kwam eigenlijk hierheen om je te halen,' zei hij toen.

'Mij halen?'

'Reynir was er. Ik moest even op en neer naar Skagaströnd: Reynir vroeg me om te helpen een enorme kerstboom te vervoeren die hij daar had gekocht. Hij paste niet in zijn luxejeep en daarom moest ik hem met de pick-up halen. Er past niets in die protserige jeeps, en ik denk ook niet dat hij het interieur vuil wilde maken met die vieze kerstboom! Hij wil je uitnodigen voor een vroeg avondmaal. Hij heeft ongetwijfeld Þóra gevraagd om iets klaar te maken. Er kwam een heerlijke geur uit de keuken, dat hoef ik je niet te vertellen!' Hij lachte verlekkerd.

'Nou, waar wachten we dan nog op?' antwoordde Ásta met een glimlach.

De boom lag midden in de kamer, de dennengeur was overweldigend. Þóra had Ásta en Arnór ontvangen, hij had aanstalten gemaakt om te vertrekken, maar Þóra had hem gevraagd om met hen mee te eten. 'Er is plaats genoeg en veel te veel eten,' zei ze.

'Ja, ja, nou oké dan.'

Ze gingen zitten, maar Reynir was nergens te zien.

Ásta schrok toen iemand haar opeens bij de schouders pakte, niet stevig en vastberaden, maar onverdraaglijk voorzichtig. Ze keek snel om en stond meteen half op uit haar stoel.

Ze schrok ervan toen ze Reynir zag, voor het eerst na al die jaren. Hij was natuurlijk beroemd en belangrijk in het bedrijfsleven, en had duidelijk een media-adviseur – op foto's bij berichten over hem was hij jonger, slanker en met een vollere bos haar dan in werkelijkheid.

Een buikje bleef niet verborgen onder het te strakke overhemd dat in een nauwe spijkerbroek was gestopt. Misschien kon hij het op een foto verhullen, maar Reynir deed daar op dit moment in elk geval geen enkele poging toe. Zijn haren waren verward, grijzend en dun. 'Welkom, Ásta,' zei hij en er klonk warmte in zijn stem. 'Wat fijn om je weer te zien.' Hij liet haar schouders los en stak haar zijn hand toe, onnodig formeel, gezien de omstandigheden.

Ze begroette hem en schudde zijn hand licht. 'Dank je wel dat ik mocht komen,' was het enige wat haar te binnen schoot. Ze had zichzelf tenslotte uitgenodigd, dus ze kon hem niet bedanken dat hij haar gevraagd had.

'Je bent altijd welkom, meisje,' zei hij. 'Ik hoop dat je daarboven je draai hebt gevonden. In je oude kamer, toch?'

'Ja, dat klopt,' zei ze en ze voegde eraan toe: 'Veel herinneringen.'

Op die woorden volgde een ongemakkelijke stilte, eigenlijk onbedoeld van haar kant. Die werd verbroken toen Þóra opstond en zei dat ze het voorgerecht ging halen, rijstpudding met kaneel. 'Het is koud vandaag,' zei Reynir uit het niets. 'Geen enkele beschutting hier.' Hij glimlachte naar Ásta. Toen keek hij naar Óskar: 'Ben je vandaag nog de zee in geweest, Óskar?'

Óskar keek op van zijn bord en leek verbaasd dat hij ineens het middelpunt van de aandacht was; hij schraapte zijn keel en veegde een beetje pudding van zijn onderlip. 'Nee, nee... Vandaag is het geen doen om te zwemmen,' mompelde hij. 'Niet zo.'

'Hoe dan?' vroeg Reynir.

'Je kunt net je teen in het water steken,' antwoordde Óskar.

'In de zee?' vroeg Ásta en het was net alsof er oude herinneringen naar de oppervlakte probeerden te komen. Was die kerel daar vroeger niet mee begonnen, met zwemmen in zee? Ze herinnerde het zich vaag.

'Ja, ja, de zee,' mompelde Óskar in zichzelf. 'Altijd de zee.' Na een kleine stilte voegde hij eraan toe: 'Ik heb er moeite mee om te zwemmen, nu mijn been zo slecht is. Dat moet eerst beter worden.'

'Wat brengt je eigenlijk weer hierheen?' vroeg Arnór terwijl hij naar Ásta keek. Haar hart begon sneller te kloppen. Ze was niet blij met die vraag, maar had een goed voorbereid antwoord paraat, dezelfde verklaring die ze Reynir had gegeven toen ze met hem had gesproken: 'Ik werk aan een opdracht.'

'Een opdracht?'

'Ja, voor school. Ik studeer IJslands aan de universiteit, en ik schrijf een verslag over papa. Ik had moeite om op gang te komen, dacht dat ik hierheen moest komen om het goed te kunnen doen.'

'Hebben jullie daar geen kerstvakantie?' vroeg Arnór.

Ze aarzelde. 'Jawel, ik hoef het verslag pas in januari in te leveren. Ik besloot twee vliegen in één klap te slaan, het verslag schrijven en even uit de stad weg zijn.'

Arnór lachte naar haar. Er was iets geks met hoe hij keek, iets wat ze niet kon thuisbrengen.

'Zo, ja, ja,' zei Reynir en hij voegde er na een korte stilte achteloos aan toe, terwijl hij naar Þóra keek: 'Jij bent zo'n kei in het IJslands, jij had naar de universiteit moeten gaan.'

Þóra schrok en zei eerst niets. Een ongemakkelijke stilte volgde en uiteindelijk mompelde ze: 'Dat was ook de bedoeling.'

'Is dat zo?' drong Reynir aan.

Óskar schoot zijn zus te hulp: 'Þóra werd ziek voor ze toelatingsexamen kon doen.'

'Dat was vroeger,' zei Þóra een beetje scherp, en ze maakte aanstalten om op te staan.

Reynir leunde naar achteren in zijn stoel en sloeg zijn armen voor zijn buikje over elkaar. 'Dat is jammer. Je zou het goed hebben gedaan op de universiteit. Dan had je later terug kunnen komen, geleerd en wel, en ons iets kunnen leren.'

'Nee,' zei Þóra zacht, maar beslist.

'Hoezo niet?' vroeg Reynir.

'Ik zou niet zijn teruggekomen.' Ze stond op. 'Ik ga het lamsvlees halen,' zei ze toen, al was er nog genoeg over van het voorgerecht.

Ásta nam nog wat van de rijstpudding. Zulk heerlijk zelfgemaakt eten kreeg ze niet vaak meer. Zelf was ze een erg slechte kok, niemand had ooit de moeite genomen het haar te leren. Wie had dat ook moeten doen? Haar ouders hadden er de kans niet toe gekregen. Haar tante misschien? Die haar vanaf haar zevende had opgevoed? 'Opgevoed' was een veel te groot woord. Haar tante die haar onderdak had geboden tot ze bij de eerste de beste gelegenheid het huis uit was gegaan. De vrouw die haar alleen uit plichtsbesef in huis had genomen, eerst voor korte tijd en toen voorgoed. Zij had haar geen donder geleerd, alleen om zichzelf te redden.

Ásta voelde eigenlijk geen bitterheid, al had ze weinig kansen in het leven gehad. Ze koesterde geen wrok jegens haar tante, en ook niet jegens haar ouders. Ze miste ze niet eens. Ze voelde helemaal niets. Ze was van plan om die avond in actie te komen. Er was geen enkele reden om nog langer te wachten.

Þóra bracht rode wijn mee voor bij het lam. Ze vertelde er speciaal bij – alsof haar dat was gevraagd – dat die uit de wijnkelder van Reynir kwam. 'Het is nobele wijn, goede wijn voor een goede gast,' zei hij en hij lachte naar Ásta.

'Hoe is het leven in de hoofdstad?' vroeg Arnór beleefd terwijl Þóra voor Ásta een glas inschonk.

'Prima,' zei ze en ze vroeg zich af of ze eigenlijk wel wijn moest drinken.

'Mis je de rust van het platteland niet?' vroeg Reynir.

Ze glimlachte. Die vraag kon ze beantwoorden zonder te hoeven liegen. 'Nee, die mis ik niet.' Ze nam een eerste slok van de rode wijn.

5

Ásta had het bezoek dat ze later die avond kreeg niet verwacht. Ze had moeite gehad om in slaap te komen, dus gezelschap was welkom, haar gedachten waren de hele avond al met haar op de loop en haar hartslag was verhoogd.

Ze hadden samen een tijdje zitten praten op de smalle gang op zolder, de vage geur van zijn aftershave werd sterker naarmate hij dichter naar haar toe schoof. Toen had hij haar gekust, eerst voorzichtig en koud, maar al snel hartstochtelijker. Hij legde een hand op haar onderrug, bewoog die steeds meer omlaag en trok haar tegen zich aan. Ze voelde haar hart tekeergaan en probeerde helder na te denken door de alcoholroes heen.

Was dit verstandig? Ze kende hem nauwelijks. Toch kon ze zich niet lostrekken, niet meteen. Ze voelde zich prettig bij hem, een bekend gezicht van vroeger.

Het gevoel dat door haar lichaam trok was te warm, te sterk. Hij maakte haar broek los en ging met zijn hand in haar slipje. Geen aarzeling. Ze reageerde op dezelfde manier en knoopte zijn broek open.

Hun kleren eindigden in een hoop op de grond. Hij nam het initiatief, duwde haar de slaapkamer in en pas toen ze op haar oude bed lagen, allebei geheel naakt, greep ze in. 'Niet hier,' fluisterde ze tegen hem en ze kuste hem ondertussen zachtjes op zijn oorlel. 'Dit oude bed kraakt veel te veel.'

Hij fluisterde terug: 'Geeft niet. We laten ons er niet door tegenhouden.'

Vervolgens duwde hij haar tegen de ijskoude muur en ze bevroor. Het was alsof duizend kleine naalden in haar weerloze lichaam werden gestoken, maar het vervelende gevoel ging snel voorbij.

De pijn herinnerde haar er alleen maar aan dat ze leefde. Dat was een goed gevoel.

Deel twee

Leugens

1

'Hoe is het, maestro?' vroeg Tómas met zijn vriendelijke, diepe basstem, en het klonk kameraadschappelijk, alsof hij een telefoongesprek van eerder op de dag voortzette, maar in werkelijkheid was het al een hele tijd geleden dat Ari iets van zijn vroegere chef had gehoord.

Er was ruim anderhalf jaar voorbijgegaan sinds Tómas, destijds hoofdinspecteur in Siglufjörður, zijn huis had verkocht, zijn baan had opgezegd en naar de hoofdstad was verhuisd om te proberen zijn huwelijk te redden. Het was allemaal naar wens verlopen en Tómas had het ook in zijn werk goed gedaan – hij had een mooie positie gekregen bij de politie in de hoofdstad, op de afdeling waar moorden, seksuele vergrijpen en geweldsmisdrijven werden onderzocht.

Tómas had Ari aangemoedigd om te solliciteren naar de baan van hoofdinspecteur in Siglufjörður en had beloofd een goed woordje voor hem te doen. Ari bleek er moeite mee te hebben om een besluit te nemen. Moest hij blijven of vertrekken? Moest hij van de gelegenheid gebruikmaken om terug te gaan naar Reykjavík of in Siglufjörður blijven? Proberen te leven met de hoge bergen en de duisternis? Natuurlijk speelde ook mee dat zijn vriendin, Kristín, een goede baan had in het ziekenhuis in Akureyri. Met de komst van de Héðinsfjörður-tunnel was het maar een korte reis. Uiteindelijk besloot hij te solliciteren. Of eigenlijk namen

Kristín en hij dat besluit samen. De positie van hoofdinspecteur was voor zo'n jonge man een goede stap in zijn loopbaan, al had hij nu niet direct een heel leger van mensen onder zich werken – doorgaans waren ze met zijn tweeën.

Ari had in zijn ezelachtige onschuld gedacht dat die baan op een bepaalde manier op hem zou wachten – maar de realiteit bleek anders. De baan ging naar ene Herjólfur Herjólfsson. Deze Herjólfur had jarenlang bij de politie in de hoofdstad gewerkt, had toen een paar jaar verlof genomen en was uiteindelijk weer aan het werk gegaan. Ari had hem nooit gevraagd naar die afwezigheid en Herjólfur had er zelf ook nooit iets over gezegd. Meer werkervaring en een goede relatie met de hoofdstad hadden waarschijnlijk de doorslag gegeven dat hij de baan had gekregen. De teleurstelling was groot geweest en het had weinig gescheeld of Ari had ontslag genomen. Kristín zei dat het het beste was om te blijven, meer ervaring op te doen en niet een goede positie op te geven in deze tijd van bezuinigingen bij de politie.

Nu zat Ari aan zijn bureau op het politiebureau. Hij wierp een blik op Herjólfur, die niet had opgekeken toen de telefoon was gegaan. Waarom zou Tómas hem in hemelsnaam nu bellen, op 23 december, *Þorláksmessa*?

'Hallo,' zei Ari. 'Lang geleden dat ik iets van je gehoord heb.'

'Heb je een paar minuten?' vroeg Tómas. Hij klonk ernstig. Ari dacht te horen dat Tómas in de auto zat.

'Jawel...' zei Ari aarzelend. Hij vond het beter om naar buiten te lopen voor ze verdergingen, dus hij stond op en trok zijn jas aan. De grond was helemaal wit in Siglufjörður, het had de voorgaande dagen veel gesneeuwd. De sneeuw was gestaag blijven vallen. Het was niet heel heftig geweest, geen sneeuwstorm, en de inwoners leken deze vaste wintergast ongewoon kalm te verdragen. Er was een soort kalmte over de plaats gekomen, naarmate de adventsperiode verstreek.

Het ontging niemand die door de straten van Siglufjörður liep dat het bijna Kerstmis was. Kerstversieringen voor de ramen, kerstlampjes in de huizen en aan de bomen – hier en daar waren er zelfs slingers opgehangen tussen de huizen of de lantaarnpalen. En last but not least: er stond een mooie kerstboom op het stadhuisplein.

Ari stond in de op een hoop geveegde sneeuw op de stoep en luisterde naar Tómas, terwijl hij de ijskoude noordelijke lucht inademde.

'Ik heb eindelijk wat resultaat bereikt met jouw verzoek tot overplaatsing,' zei Tómas. Ari had een dergelijk verzoek ingediend, weliswaar op initiatief van Tómas, kort nadat Herjólfur de positie van hoofdinspecteur had gekregen, maar was er niet van overtuigd dat een overplaatsing de oplossing was. Het was dus niet duidelijk of dit bericht hem zou opvrolijken. Tómas ging verder: 'Ik heb het destijds doen voorkomen alsof het niet meer dan een formaliteit was dat jij die baan van hoofdinspecteur zou krijgen... Ik voel me dus een beetje verantwoordelijk...'

'Wat een onzin,' zei Ari, uitgesprokener dan hij tegen Tómas had durven zijn toen ze nog samenwerkten. 'Je bent niet verantwoordelijk voor mij.'

'Hoe dat ook zij...' Tómas schraapte zijn keel. 'Er ontstond een bepaalde mogelijkheid.' Hij zweeg even. Ari luisterde naar het geluid van het verkeer op de achtergrond en keek over de straat heen omhoog naar de met sneeuw overdekte bergen. Het plaatsje leek wel een ansichtkaart.

'Er was een tragisch sterfgeval vlak bij Skagaströnd, in Kálfshamarvík. Ken je die plaats?'

Ari dacht na. 'Ik denk het niet,' antwoordde hij toen.

'Dat maakt niet uit, maar hou dat wel voor je. Ik moest de waarheid een beetje geweld aandoen om jou met mij mee te krijgen. Ik heb gezegd dat je daar bekend was.'

'Met jou mee?' herhaalde Ari verbaasd. Hij voelde spanning, maar was ook een beetje ongerust. 'Wanneer?' vroeg hij toen.

'Nu. Een-twee-drie. Ik ben onderweg naar het noorden. Ik bespreek het wel met Herjólfur.'

'Nu?' Toen voegde hij eraan toe, of liet hij zich min of meer ontvallen: 'Maar het is bijna Kerstmis.'

'Precies. Het onderzoek zal wel een paar dagen in beslag nemen, dus de kerstviering kwam wat in het gedrang. Daarom was het moeilijk om mensen te vinden.'

'Waarom neemt de politie in Akureyri die zaak niet?'

'Ze zijn daar bezig met een drugszaak, iets groots, naar ik begreep. Ze kunnen ondertussen geen mensen missen. Ze wilden een familieman op mijn afdeling terugroepen van vakantie om met mij naar het noorden te gaan, een jongeman met wie ik niet zo goed kan samenwerken. En toen dacht ik aan jou: een jongeman met veel ervaring, een neus voor de waarheid en nog in het noorden wonend ook...'

'Maar ik werk helemaal niet voor hetzelfde district als dat... dat...'

'Kálfshamarsvík,' vulde Tómas aan.

'Precies.'

'Maakt niet uit,' zei hij en Ari kon de gemoedelijke grijns op zijn gezicht gewoon zien. 'Het lukt wel. Je gaat met mij mee.'

Er ging van alles door Ari's hoofd. Alles op zijn tijd, alles op zijn tijd. 'Wie is het slachtoffer?'

'Een jonge vrouw,' antwoordde Tómas ernstig.

‘En wat betekent een tragisch sterfgeval? Een ongeluk... Zelfmoord?’ vroeg Ari, eigenlijk alleen voor de vorm, want hij wist het wel. De afdeling van Tómas zou er in die gevallen nooit bij zijn gehaald.

‘Alles wijst in eerste instantie op zelfmoord, maar niets wordt uitgesloten geacht.’ Zijn stem klonk somber. ‘Er werden verwondingen op het lichaam aangetroffen bij de sectie die bepaalde vragen opriepen...’ Het was nog steeds of er iets ongezegd bleef en dat werd duidelijker toen Tómas er ongewoon eerlijk aan toevoegde: ‘Het is allemaal erg onwaarschijnlijk. Heel erg onwaarschijnlijk.’

‘Wat? De verwondingen?’ vroeg Ari na die suggestieve opmerking van Tómas.

‘Nee, daar doelde ik niet op,’ antwoordde hij aarzelend. ‘Ik dacht aan de voorgeschiedenis, het afschuwelijke lot van een moeder en haar dochters.’

‘Moeder en dochters?’

‘We kunnen het beter bespreken als je hier bent,’ zei Tómas en hij liep daarmee vooruit op Ari’s beslissing.

‘Ik moet eerst met Kristín praten voor ik iets besluit.’ Hij wilde niet twee keer dezelfde fout maken. Vier jaar geleden had hij een baan aangenomen bij de politie van Siglufjörður zonder met Kristín te overleggen. Vervolgens was alles verkeerd gegaan, maar nu waren ze eindelijk weer bij elkaar en hij was niet van plan om hun relatie weer op het spel te zetten. Ze was nu zo vaak mogelijk in het huis dat hij in Siglufjörður ter beschikking had gekregen en als het maar even kon verbleef hij in haar kleine woning in Akureyri.

‘Laat deze kans niet lopen,’ zei Tómas.

‘Is het mogelijk dat ik op kerstavond in Siglufjörður terug ben?’

‘Als het weer en de omstandigheden het toelaten, ja,’ antwoordde Tómas beslist. De chef die weer in zijn oude bekende rol terugviel. 'Maar zij moet het ook wel even zonder jou kunnen stellen.'

'Ja, ja, maar ik wilde liever geen risico nemen. Het zou jammer zijn als onze Kerstmis in het honderd zou lopen. We hebben al een heleboel voorbereidingen getroffen.' Ari besefte heel goed dat zijn argument zwak was en ging snel over op wat hem het zwaarst op het hart lag, de echte reden waarom hij zo aarzelde. 'En dan is er nog iets. Kristín is zwanger.'

'Zwanger?' Tómas was hoorbaar verrast. 'Dat is fantastisch nieuws. Gefeliciteerd!'

'Bedankt,' mompelde Ari.

'Ik had daar geen idee van,' zei Tómas en in zijn woorden klonk een zeker verwijt; waarom had Ari hem zulk belangrijk nieuws niet verteld?

Ari greep die onzichtbare pijl uit de lucht. 'Het is lang geleden dat we elkaar hebben gesproken. Ik was altijd van plan om je eens te bellen, maar je weet zelf hoe dat gaat. De laatste keer dat ik je sprak was het nog maar zo pril dat we het nog niet naar buiten wilden brengen.'

'Geen punt. Is ze al ver?'

'Acht maanden,' antwoordde Ari een beetje trots.

'Dat is geweldig. Een kleine Siglfirðingur in de maak,' zei Tómas ondeugend.

Ari zag ervan af om op die opmerking te reageren. Hij voelde zich al beter thuis in Siglufjörður, in deze afgelegen fjord, en hij waardeerde de rust en de nabijheid van de natuur, hij paste zich aan aan de kleinstedelijkheid, maar hij was nog altijd rusteloos, soms bijna wanhopig.

'Ik wil Kristín dus liever niet alleen laten...' Toen voegde hij eraan toe: 'Kan ik haar misschien meenemen?'

'Haar meenemen?' Tómas had duidelijk niet op deze

vraag gerekend. Hij zweeg even en antwoordde toen: 'Ja, doe dat maar... Als jij denkt dat ze zich niet zal vervelen. We verblijven in Blönduós. Jullie krijgen dan de grootste kamer. Kunnen jullie er zelf heen reizen? Zo snel mogelijk.'

Ze namen afscheid en Ari besefte dat de moeilijkste taak van de dag nog moest komen: hij moest Kristín ervan overtuigen dat ze met Þorláksmessa – en misschien ook met Kerstmis – in Blönduós zouden zijn.

Ze keken ernaar uit om de eerste keer samen Kerstmis te vieren. Een jaar geleden, toen ze eindelijk weer samen waren, had Kristín tijdens de feestdagen dienst gehad in het ziekenhuis in Akureyri en Ari had daarom aangeboden om op het politiebureau de dienst waar te nemen. Dat jaar was er dus weinig van een echte kerstviering gekomen – en nu hadden ze het dunnetjes over willen doen. Ze waren vorig weekend naar een boomkwekerij in de omgeving van Siglufjörður gegaan en hadden daar een kerstboom uitgezocht. Ze hadden rustig tussen de bomen door gelopen, helemaal niet op zoek naar de mooiste of de grootste boom, maar hadden de tijd genomen om de geur van de bomen op te snuiven, van het moment en hun samenzijn te genieten, van het licht op deze korte dag en van de kou die in hun wangen beet. Toen de kleine boom die ze hadden uitgezocht was omgehakt en de meeste sneeuw eraf was geschud, namen ze hem mee naar huis en hadden ze gediscussieerd over waar ze hem het best konden neerzetten in huis. Toen drong het tot Ari door dat het de eerste keer was dat hij zijn eigen kerstboom had gekocht – en de eerste keer sinds vele jaren dat hij uitkeek naar het kerstfeest, met een echte kerstboom. Zijn ouders waren overleden. Zij hadden elk jaar wel een kerstboom gekocht, altijd een Nordmann. Zij kochten hun bomen altijd in de buurt, bij een kerstboomverkoper die elk jaar weer op dezelfde plek stond met zijn kraam. En toen stierven Ari's ouders – en hij bleef alleen achter. Niet echt alleen, want zijn oma van vaderszijde bood hem onderdak tot ook zij overleed. In haar huis hadden ze een kleine kunstboom.

Hij hoopte dat Kristín begrip zou hebben voor deze omstandigheden, want Tómas had natuurlijk gelijk: het was een prachtige kans. Het humeur van Kristín verschilde alleen van dag tot dag, vanwege haar zwangerschap – soms was ze lichamelijk en geestelijk zo uitgeput dat geen enkel voorstel in goede aarde viel.

De zwangerschap had nog een ander effect op Kristín gehad. Ze was nieuwsgieriger geworden naar Ari's jeugd en met name naar zijn vader. Ari was nu achtentwintig jaar en op een keer had Kristín hem gevraagd hoe goed hij zich zijn vader herinnerde. Ari probeerde uit alle macht om dat gesprek te vermijden, maar er waren toch een paar oude herinneringen naar boven gekomen. Eén ervan was een herinnering aan een tripje naar een speeltuin, toen Ari vier jaar oud was. Kort na dat gesprek bedacht Ari dat zijn vader en naamgenoot toen ook achtentwintig jaar oud was geweest. Ari was dus nu zelf op een leeftijd gekomen dat hij zich zijn vader herinnerde toen die net zo oud was als hijzelf nu. Het was een ongemakkelijk gevoel van een keerpunt geweest, alsof de tijd het verdriet nog groter maakte.

Die verdomde tijd die maar doorging, wat er ook gebeurde.

En wat had Ari in die achtentwintig jaar voor elkaar gebracht? Zou zijn vader trots op hem zijn geweest? En zijn moeder? Ari's ouders waren allebei overleden toen hij nog maar een kind was. Zijn vader was zevenendertig jaar geweest toen hij stierf. Ari had er geen idee van of hem hetzelfde lot wachtte, maar hij kon er niets aan doen dat hij eraan moest denken dat zijn vader, toen hij zo oud was als hij, geen tien jaar meer te leven had gehad.

Gebruikte hij zijn tijd wel goed genoeg?

2

Þóra glimlachte bij zichzelf. De salontafel in de kelder was brandschoon, maar toch probeerde ze hem nog af te stoffen. Ze moest iets te doen hebben, ook al was ze nog zo moe. Er kon geen sprake van zijn om gewoon stil te zitten, uit het raam te kijken en te denken aan het meisje dat gestorven was.

Uit het raam kijken... Het uitzicht was nou niet bepaald om over naar huis te schrijven sinds Reynir hen naar de kelder had verbannen.

Ze hadden geen woord gezegd. Hadden het gewoon over zich heen laten komen.

Óskar liet altijd al over zich heen lopen. Er stroomde nauwelijks bloed door zijn aderen.

Zij had er iets van moeten zeggen, maar ze was te dol op Reynir om hem voor het hoofd te stoten.

Hij moest toch begrijpen wat een schande het voor hen was. Hoe onrechtvaardig het was om hen hun laatste jaren in de kelder te laten slijten – na tientallen jaren dienstverband.

Een zuiver toeval had ervoor gezorgd dat zij lang in het grote huis hadden gewoond. Eerst hadden ze het gebruik gehad van de zolder, maar daar moesten ze weg toen Kári en Sæunn er kwamen werken, met hun twee dochters. Toen was er alleen nog maar ruimte in het grote huis, want Reynir had zich de kelder toegeëigend. Wat ging de tijd snel.

Ze was een beetje moe deze dagen. Die vervloekte ziekte. Ze probeerde er niet aan te denken, maar dat was moeilijk. Heel moeilijk.

En nu was de kerststemming helemaal verdwenen. Het meisje was dood en de politie was onderweg vanuit Reykjavík om nader met hen te spreken, zoals het werd geformuleerd.

Ze ging op de bank zitten en probeerde zich een beetje te ontspannen.

In de kelder was alles klaar voor Kerstmis.

De kunstboom was uit zijn doos gehaald, de oude kerstlampjesslinger hing op zijn plek en de mooie kerstballen van haar moeder ook.

Óskar had de boom opgetuigd, net als altijd. Er werd nooit van de traditie afgeweken. Ze hielden oude herinneringen vast als in een ijzeren greep. De gezellige kerstvieringen uit hun kindertijd toen alles goed was... Toen zij een hoger doel had om in de toekomst na te streven. Voordat alles in duigen viel.

Óskar had zijn leven nooit door teleurstellingen laten leiden, niet voor zover zij wist tenminste. Hij was zo bescheiden en gespeend van alle ambitie. Hij werd nooit kwaad, in elk geval verhief hij nooit zijn stem.

Zij verschilde zoveel van haar broer dat ze soms dacht dat ze misschien hooguit halfbroer en -zus waren. Er zaten twee jaar tussen hen. Óskar was in de oorlog geboren en zij kort erna.

Hun was altijd verteld dat hun vader naar Amerika was geëmigreerd nadat hij voor het Amerikaanse leger had gewerkt, met achterlating van zijn vrouw en twee kinderen. Þóra was toen één jaar oud, dus ze kende haar vader alleen van de foto's.

Was die man misschien alleen de vader van Óskar geweest en niet van haar? Hij was tenslotte kort na haar geboorte verdwenen.

Ze had er nooit met haar broer over gepraat, maar Óskar moest daar ook aan hebben gedacht. Hij was zo onschuldig. Een goed mens, met een goed hart, stond altijd voor iedereen klaar.

Zij legde de lat hoger dan hij, maar zij werd ook gestraft voor die ambitie. Het lot hield haar in toom, zei tot hier en niet verder. Ze werd op school gezien als een veelbelovende leerling, ze haalde haar eindexamen en kreeg steun van goede mensen om te gaan studeren. Het liep nu eenmaal zoals het liep. En toen kwam ze naar huis terug, op de kaap, en daar had ze sindsdien vastgezeten.

Vastgezeten – het was moeilijk om het anders te beschrijven. Het was puur toeval geweest dat ze daar terecht waren gekomen, op die kaap bij Kálfshamarsvík. Rond 1940 woonden daar geen mensen meer, maar tien jaar later besloot een deftige meneer uit Reykjavík er een schitterend huis te bouwen. En daar woonde zij nu – met een korte onderbreking – al zestig jaar. Zestig jaar!

Haar moeder werd er huishoudster, kort nadat het huis werd betrokken. Ze had het niet breed gehad, alleen met twee kinderen, en ze liet weinig achter voor haar en Óskar toen ze overleed. Zij waren toen al in de dertig en hadden allerlei werk gedaan. Óskar had zich onder andere beziggehouden met de paardenfokkerij van Áki, de vader van Reynir. Hun werd allebei werk aangeboden na de dood van hun moeder en ze namen dat aan. Óskar omdat hij geen enkele interesse leek te hebben om ergens anders heen te gaan en Þóra omdat ze het geprobeerd had en het mislukt was. Ze schaamde zich en vond het beter om het maar zo te laten.

En toen was het opeens te laat om nog weg te gaan. Ze

had er wortel geschoten. Ze wist niet precies wanneer dat gebeurd was, het was zo geleidelijk gegaan. Ze had het er uitgehouden door de jaren heen. De kaap was ook een vredige plek, in elk geval in het begin.

De ellende begon toen Kári en Sæunn in het huis kwamen wonen – en hopelijk was die met de dood van Ásta afgelopen. Was de cirkel eindelijk rond.

Weer glimlachte ze. Ze wist nu beter. Leugens verdwenen niet, oude zonden verdampten niet zo snel. Schuld was overal.

Óskar voelde zich hier veel beter dan zij, dat kon je hem duidelijk aanzien. Hij hield van de zee, de basaltzuilen, de vuurtoren, maar zij was geen buitenmens, integendeel. Ze had veel liever in de stad gewoond – maar het had zo niet mogen zijn.

Óskar had nauwelijks gereageerd op de dood van Ásta. Hij was altijd al een man van weinig woorden. Toch waren ze destijds goed bevriend geweest, ondanks het grote leeftijdsverschil. Zij was nog een kind en hij rond de veertig. Kwade tongen beweerden dat zijn interesse in het meisje van een, tja, onnatuurlijke aard was. Ze had dat nooit willen geloven, maar toch had ze nooit zeker kunnen zijn...

Hij kon op een bepaalde manier vreemd zijn. Hij had bijvoorbeeld die winter de merkwaardige gewoonte opgevat om zich elke dag op hetzelfde tijdstip in de kamer op te sluiten. Die kamer was een soort combinatie van een zitkamer en een kantoor. Hun televisie stond er, hun radio, een kleine boekenkast en de telefoon.

Tegenwoordig wilden mensen de televisie in de woonkamer hebben, in de mooie kamer, maar Þóra moest daar niets van hebben. In die kamer werden alleen gasten ontvangen. Zo was het vroeger geweest en zo zou het blijven zolang zij het voor het zeggen had.

Wat het in vredesnaam was waarom Óskar zich daar elke dag opsloot was een raadsel voor Þóra. De deur was dik en stevig, maar doorgaans drong er wel geluid door tot op de gang, dus hij zat daar niet in stilte. Dit gedrag wekte haar nieuwsgierigheid, het maakte haar zelfs angstig.

Het kwam niet in haar op om hem ernaar te vragen. Ze gaven elkaar de ruimte. Ze leefden als een oud echtpaar.

Ze had nooit de kans gehad om een gezin te stichten. Ze wist dat ze een gelukkige echtgenote en moeder had kunnen zijn, als de studie in de hoofdstad niet zo slecht was gegaan. En dat was allemaal de schuld van één man. Die ellendige kerel was alleen dood. Ze had zijn necrologieën uit de krant bewaard om nooit te vergeten hoezeer ze hem haatte.

Misschien had ze moeten vergeven – maar dat was zo moeilijk.

3

'Dat kan iedereen overkomen, dat ze met Kerstmis moeten werken,' zei Kristín vriendelijk, 'vooral mensen in ons beroep.' Haar reactie was veel beter dan Ari had verwacht. Geen beschuldigingen, geen teleurstelling – in elk geval niet zichtbaar. Misschien kende hij Kristín toch niet zo goed als hij gedacht had, ondanks alles. Hij had er wel op gelet dat hij het bracht als een voorstel, niet als een uitgemaakte zaak, en misschien had dat het verschil gemaakt.

'We zijn op kerstavond weer thuis,' zei Ari. Thuis stond in zijn hoofd inmiddels gelijk aan Siglufjörður. Dat had hij nooit kunnen denken toen hij uit de hoofdstad was vertrokken. 'Dan vieren we hier Kerstmis.'

'Wij?' zei Kristín met een vragend gezicht.

'Ja, ga je niet met me mee, lieverd?'

'Is er daar plaats voor mij?' vroeg ze en ze voegde eraan toe: 'Ik was eigenlijk van plan om hier bij de kerstboom een beetje te ontspannen, met wat lekkers en een goed boek.'

'Tómas vindt het prima als je meekomt. We overnachten in Blönduós. Je kunt natuurlijk niet met ons mee naar waar we werken, ik bedoel naar de plaats van de moord... Als het om een moord gaat, tenminste.' Daarmee had hij het weinige herhaald wat hij van de zaak wist.

Ze leek te twijfelen. 'Ja, oké, we hebben het er nog wel over.'

‘Tómas beloofde me min of meer dat ik op kerstavond weer thuis was, en als er iets onverwachts gebeurt, is het beter als we samen zijn, al is het in een hotel. En ook, nou ja, je weet wel... Omdat je zwanger bent...’

‘Wat ben je weer romantisch,’ zei ze lachend.

Ari haalde lichter adem. Ze leek het goed op te vatten.

‘We moeten direct vertrekken. Kun je over tien minuten klaarstaan?’

‘Tien minuten? Ben je nou helemaal?’

‘De rit kan moeilijk zijn, hoewel het helder is. Het is beter dat ik rij,’ had Ari gezegd, al was de auto van Kristín. Hij wilde niet dat ze te veel van zichzelf vroeg, nu ze al zo vergevorderd was in de zwangerschap.

‘Doe niet zo ouderwets,’ had ze gezegd, maar ze liet hem zijn gang gaan, wel onder voorwaarde dat ze langs de supermarkt reden. ‘Ik eet voor twee.’

Ari reed ongewoon langzaam over de Siglufjarðar-weg; hier en daar was het glad en hij wilde geen enkel risico nemen met zijn zwangere vriendin in de auto. De sneeuw in de bergen glinsterde in de winterzon en de gedachte aan een vreselijke misdaad, een moord, stond zo ver van Ari af als maar mogelijk was. Ze hadden een doos *laufabrauð* gekocht in de supermarkt en aten daarvan terwijl ze gezellig naar kerstwensen op de radio luisterden. Bij de familie van Kristín was het vaste prik om naar niets anders te luisteren dan naar die kerstwensen met Þorláksmessa en Ari kon wel aan die gewoonte wennen. Heerlijk gewoon, zoiets ouderwets. Misschien geen herinnering uit zijn eigen jeugd, maar niettemin een jeugdherinnering.

De zon stond laag aan de hemel en scheen af en toe onder de wolken door. De bergen waren bijna helemaal wit, en af en toe was er iets anders te zien dan de bergen: vuurrode tractoren, een paar schapen en wat geïsoleerde huizen, en laten we de oude sneeuwploeg niet vergeten, die meer voor de sier was dan dat hij enig nut had.

Na ongeveer een uur rijden onderbrak Kristín het radioprogramma midden in een kerstgroet: 'Kunnen we even stoppen in Sauðárkrókur?'

'Waarom?'

'Ik moet daar een oude man spreken.'

'Een oude man?' vroeg Ari verbaasd.

'Ja... Ik heb me een beetje verdiept in genealogie.'

Ari zuchtte. Kristín had soms zulke vreemde interesses. Naarmate de zwangerschap vorderde, had Kristín steeds meer energie gestoken in zulke bezigheden. Al sinds Ari haar kende, had ze altijd moeite gehad om niets omhanden te hebben en nu had ze ineens veel tijd. Ze was minder gaan werken en ging twee keer per week naar zwangerschapsyoga in plaats van elke dag naar de sportschool.

'Een kort bezoekje?' vroeg hij.

'Nee...' zei ze aarzelend. 'Ik heb zeker wel een uur nodig. Ik probeer een raadsel op te lossen in het dagboek van mijn overgrootvader. Hij woonde niet ver van Blönduós.'

'We hebben daar nu geen tijd voor, lieverd,' zei hij en hij voegde eraan toe, om zijn interesse te tonen: 'Je hebt me nog nooit iets over dat dagboek verteld.'

'Ja, mijn overgrootvader hield een soort dagboek bij,' zei ze en ze leefde op. 'Hij schreef over zijn gezin, het weer, de boerderij en van alles. Droogte en nat weer, sneeuw en kou, de prijzen in het slachthuis, prijsstijgingen van buitenlandse waren...'

'Sommige dingen veranderen nooit,' merkte Ari op.

Kristín ging verder, ze liet zich niet uit het veld slaan. 'Luister maar...' Ze reikte naar haar tas die op de grond lag bij de passagiersstoel en haalde er een oud aantekenboekje uit. Ze opende het en liet Ari de kleine, verbleekte letters zien. Toen las ze voor:

In augustus brak er een vreselijke oorlog uit in het buitenland, die alle handel stillegde en iedereen trof omdat er direct tekorten ontstonden in alle winkels, want er was geen scheepvaartverkeer meer tussen de landen en de prijzen stegen enorm. Na de 10e sloeg het weer om en werd het nat en dat bleef zo de hele maand. Halverwege de maand kon ik ongeveer zestig paarden binnenbrengen, maar ze waren in slechte conditie. De rest kon ik pas met de round-ups binnenhalen. De hooioogst was slecht en ik kon vierentwintig weken van de zomer binnenhalen. De handel ging goed, wat onze waren betreft, het vlees schommelde tussen 27 en 28 eyrir en schapenvachten rond 45 eyrir, herfstwol 80 eyrir. Buitenlandse waren hadden hoge prijzen en waren schaars vanwege de oorlog die bleef voortduren, dus er werd weinig geoogst en in sommige landen helemaal niet. Er werd veel vee geslacht vanwege het hooitekort, dus het vee nam in aantal af. Bij de meesten gaat het slecht. Ik slachtte negentig schapen.

'Oorlog in het buitenland: is dat de Eerste Wereldoorlog?' vroeg Ari.

'Klopt,' antwoordde ze. 'Het lijkt er altijd koud te zijn geweest, storm, sneeuw, sneeuwstorm en ik weet niet wat nog meer. Soms vertelt hij over zee-ijs op de Húnaflói, wat de mensen het leven zuur maakte...'

'Schrijft hij niet over Kerstmis?' vroeg Ari. De kerstgroeten klonken nog steeds door de radio, ze vormden een prettige achtergrond van woorden.

'Tja... Eigenlijk niet. Hij ging soms naar de kerk met zijn vrouw, niet vaak, maar als Kerstmis ter sprake komt, is dat alleen om iets over het weer te zeggen. Alles draait om het weer.' Ze bladerde weer in het boekje: 'Kerstmis 1915... Sneeuwval tot Kerstmis, hagel en vorst in de grond. IJs. En hier gaat het over de winter van 1918...'

'Een strenge winter,' zei Ari. 'Klopt dat?' Hij keek opzij, uit het autoraam. Een paar eenzame paarden stonden wat afzijdig op de beijzelde grond en herinnerden hem aan een reproductie van een schilderij van Jón Stefansson dat aan de muur had gehangen bij zijn oma, bij wie hij na de dood van zijn ouders had gewoond.

'Ja, dat klopt,' zei Kristín en ze las weer voor uit het boekje:

Vanaf de 13e zette de vorst vanuit het noorden in en elke dag vroor het 26 graden. Het was al twee dagen in de adventstijd met zulke vorst, dag na dag. Het duurde tot in de vierde wintermaand, met steeds rond 30 graden vorst en meer. De ergste vorst in het land kwam op -38 graden en alle schepen vroren vast waar ze lagen en de Húnaflói was vol ijs. Zo was het overal in het noorden en er kwam een ijsbeer op het Skagaströnd en werd geschoten en er werden twee walvissen geschoten in het ijs. In februari draaide de wind naar het zuidwesten en was er elke dag sneeuwstorm en hagel. Dat was heel februari zo en sneeuw en ijs namen alleen maar toe. De vooruitzichten waren slecht.

'Nou, oké... Dat Kálfshamarsvík ligt vlak bij Skagaströnd, vertelde Tómas. Het zal toch niet zo zijn dat we daar eindelijk een ijsbeer te zien krijgen,' zei Ari.

Kristín ging door alsof hij niets had gezegd: 'En dan komen we bij dat raadsel. De laatste keer dat hij wat in dit boekje schreef, was in de winter van 1918. Hij vertelt dat na een tocht naar Sauðárkrókur alles was veranderd. Ik ben er wel iets over te weten gekomen. Zijn vrouw was ziek geworden toen hij die tocht maakte; ze overleed. En ik weet dat hun dochter hem dat altijd heeft verweten, ze vergaf het hem niet dat hij er niet was geweest. Ik wil graag weten wat hij in Sauðárkrókur te zoeken had. En ik heb een oude man gevonden die er volgens mij iets over weet. Ik vind dat erg interessant, het is alsof er een geheim verborgen ligt onder het oppervlak. Je wilt toch je roots kennen en de geschiedenis van de voorgaande generaties?'

'Dat is zo...' antwoordde Ari, die er zelf erg zijn best voor had gedaan, kort nadat hij Kristín had leren kennen, om erachter te komen waarom zijn vader spoorloos was verdwenen toen hij nog een kind was. Toen kwam er echter van alles aan het licht wat hij beter met rust had kunnen laten. 'Misschien wil je het antwoord helemaal niet weten,' liet hij zich ontvallen.

4

Tómas ontving hen met een late lunch in het hotel in Blönduós; hij zat in een hoek – de enige gast – en had zichzelf op soep getrakteerd. De eetzaal was kleurrijk, met een in donker hout ingerichte bar. De vloer was grotendeels met parket bedekt, maar op sommige plekken lag blauw tapijt en op andere rood. Een ouderwetse kroonluchter hing boven een ronde tafel. Het rook er overweldigend naar rog. Ari had een paar keer rog geproefd en had het best lekker gevonden, dus hij liet zich door de sterke geur niet van zijn stuk brengen. Hij begroette Tómas. 'We zullen de hele dag naar rog ruiken!'

'Hallo, maestro,' zei Tómas. 'Het was hier vast een rogfestijn tijdens de lunch.'

'En jij zit hier met soep, water en brood,' zei Ari en hij grijnsde.

'Denk je niet dat de rog op is? Maar dit is geen gewone soep; dit is oer-IJslandse vleessoep. Beter kan niet. Kom erbij zitten.' Toen keek hij naar Kristín. 'Hallo, Kristín, wat fijn om je te zien.' Hij klonk niet overtuigend. Tómas en Kristín kenden elkaar nauwelijks, maar de weinige keren dat ze elkaar ontmoet hadden, was het net of ze niet goed bij elkaar pasten, of ze niet op dezelfde golflengte zaten.

'Hallo, Tómas,' antwoordde ze en ze ging zitten. Ari deed hetzelfde.

'Willen jullie ook soep?' Hij zwaaide naar de ober en bestelde soep voor twee, twee glazen water en meer brood. 'Verdomd lekkere soep,' voegde hij eraan toe.

Hij viste met zijn lepel een stukje vlees uit zijn bord en je kon aan zijn gezicht zien dat hij van het eten genoot. Ari had zelfs het idee dat hij een paar kilo was aangekomen.

'Een mooie buik,' zei Tómas toen en hij keek naar Kristín. Ari had hetzelfde over zijn collega kunnen zeggen.

'Ja, het duurt niet lang meer...' antwoordde zij.

'Een jongen of een meisje?'

'Dat weten we niet,' antwoordde Kristín. 'Ik wil me laten verrassen.'

'Dat bevalt me wel,' zei Tómas. 'Zo was het bij ons ook.'

'Hoe gaat het eigenlijk in de hoofdstad?' vroeg Ari. Hij besefte dat die vraag kon worden opgevat als onbedoelde nieuwsgierigheid naar het privéleven van Tómas en daarom voegde hij eraan toe: 'In je nieuwe baan?'

'Prima... Prima.' Een lichte aarzeling, dat wel.

'Hoofdinspecteur, dat is best goed,' zei Ari vriendelijk.

'Ja, ja. Misschien wel té goed.'

'Wat bedoel je?' Ari verbaasde zich over deze reactie.

'Niet iedereen is er blij mee, snap je?'

'Dat jij die baan hebt?'

'Ja, er hebben er meer gesolliciteerd... Kennelijk met meer ervaring op deze afdeling dan ik.'

'Maar toch niet meer ervaring bij de politie?' vroeg Ari.

'Nee, nee... Dat woog blijkbaar zwaar. Ach, het is allemaal onzin...' zei Ari en hij zag er buitengewoon ongelukkig uit. 'Twee van degenen die hebben gesolliciteerd werken nu onder mij. Het is alsof ik me elke dag moet bewijzen, hoe gek dat ook mag klinken.'

'En die zaak... Dat sterfgeval...' Ari begon te vermoeden dat er iets meer achter zat dan eerder duidelijk was geworden.

'Ik wil daar een goed resultaat behalen, zie je. En het liefst zonder hulp...' Tómas lachte onhandig.

'Je hebt jezelf duidelijk snel ingewerkt in de bedrijfscultuur daar in de hoofdstad.' Ari grijnsde naar hem. 'En daarom bel je mij in plaats van iemand anders terug te roepen van verlof?'

Tómas antwoordde daar niet op en Ari drong niet aan, maar veranderde van gespreksonderwerp. 'Hebben we wel tijd voor soep? Wordt er niet op ons gewacht?'

'Die beste vrouw is dood,' zei Tómas rustig en hij doopte zijn brood in zijn soep, of wat daarvan over was. 'Die zaak loopt niet weg. Ik zal de belangrijkste punten met je doornemen terwijl jullie zitten te eten.'

Tómas leek er geen problemen mee te hebben om de zaak in het bijzijn van Kristín te bespreken.

'Het is een merkwaardige zaak, laat ik daar duidelijk over zijn.'

De ober kwam naar de tafel met twee soepborden, water en brood. Toen hij het eten op tafel had gezet en zich ver genoeg had verwijderd, praatte Tómas verder, zachter dan eerst: 'Haar naam is Ásta Káradóttir. Slechts drieëndertig jaar oud. Ouderloos.'

Ari's hart sloeg een slag over. Ouderloos. Zou hij ook zo worden beschreven als hij dood werd gevonden? *De naam van de overledene is Ari Thór Arason. Slechts achtentwintig jaar oud. Ouderloos.*

'Daarmee bedoel ik,' vervolgde Tómas, 'dat zij haar ouders onverwacht vroeg is verloren, eerst haar moeder, toen ze vijf was, en haar vader toen ze nog geen twintig was.'

Even kwam het in Ari's hoofd op dat Tómas nóg een reden had gehad om hem bij de zaak te betrekken. Dat Tómas dacht dat Ari zich goed in het slachtoffer zou kunnen verplaatsen. Hij zette die gedachte snel van zich af. Hij liet zijn fantasie met zichzelf op de loop gaan.

'Ze woonde in Reykjavík, in een kleine kelderwoning aan de Ránargata. Er is huiszoeking gedaan in de woning, maar die leverde niets op.'

Ari had even nodig om die informatie te verwerken. Toen vroeg hij zacht, maar dringend: 'De Ránargata? Zei je dat?'

'Ja.' Tómas keek hem onderzoekend aan. 'Is daar iets opmerkelijks aan? Waar denk je aan?'

'Niets,' zei Ari. 'Niets.' En hij probeerde een neutraal gezicht op te zetten en zijn verbazing te verbergen. Dat waren nu al twee ongemakkelijke toevalligheden. Ze was haar ouders op jonge leeftijd verloren en ze woonde in een kelderwoning in de oude Versturbæ. Ari had in een kelder in de Öldugata gewoond voor hij naar het noorden verhuisde, die straten lagen vlak bij elkaar. Misschien had hij die Ásta weleens op straat gezien. Of in de winkel. Toevalligheden, zeker. Niets meer dan dat. Toch voelde het niet prettig. Bijna alsof hij zelf in haar schoenen had kunnen staan.

Hij wilde meer weten over deze vrouw. Waar kwam ze vandaan en waarom was zij overleden?

'Had ze geen broers of zussen?' vroeg Ari. Hij schrok toen hij Tómas een ontkennend antwoord hoorde geven. Zijn eigen achtergrond en die van Ásta bleken dus nog meer overeenkomsten te hebben. Toen voegde Tómas er tot Ari's opluchting aan toe: 'Dat wil zeggen, niet in leven. Ze had één zus...'

'Die is overleden?' vulde Ari aan.

'Ik vertel je er later over. Zoals ik over de telefoon al zei, is de zaak nogal triest. En daar gaan wij ons deze Kerstmis mee bezighouden. Wat zeg je me daarvan?' Je zag aan zijn gezicht dat hij niet op een antwoord op die vraag rekende en Ari gaf dat dan ook niet.

Tómas ging op kalme toon verder: 'Ze stond er financieel

slecht voor. Ze woonde alleen in een huurwoning en was zeker nog huur schuldig, was op dit moment werkloos en had aan het begin van de maand bij de supermarkt haar schuld moeten aflossen.'

'Wat deed ze hier in het noorden?' vroeg Ari.

'Ze heeft daar gewoond, en ze was er jarenlang niet geweest, zo'n vijfentwintig jaar, heb ik begrepen. En geen wonder...' Hij zweeg even. Hij at zijn soepbord leeg en dronk zijn water, waarna hij voortging: 'Haar ouders verhuisden er in 1983 naartoe, toen was ze vier jaar oud. Het doel van haar bezoek nu met Kerstmis was, zei ze tegen de mensen daar, om een essay over haar vader te schrijven voor haar studie IJslands aan de universiteit.'

'Oké... Dus ze studeerde?' vroeg Ari.

'Nee, nee,' antwoordde Tómas. 'Ze had eindexamen middelbare school gedaan, maar dat was alles. Ze leerde nooit verder, laat staan aan de universiteit. Dat was allemaal maar schijn. We hebben geen idee waarom ze echt naar het noorden kwam, maar in elk geval eindigde haar reis gruwelijk.'

'Financiële problemen, werkloos...' merkte Kristín op. 'Is zelfmoord uitgesloten?'

'Uitgesloten?' Tómas keek nadenkend naar haar. 'Op zich niet... We moeten daar wel voor openstaan.' Dat laatste was tot Ari gericht.

'Vanzelfsprekend,' zei Ari kortaf.

'Ik moet jullie wel iets bekennen,' zei Tómas. 'Ik heb een slecht gevoel over deze zaak. Ik ben bang me eraan te branden.'

'Maar zijn dat niet juist de zaken die een politieman niet aan zich voorbij mag laten gaan?' vroeg Kristín en ze bleef Tómas aankijken.

'Ja, zeker.' Hij glimlachte ongemakkelijk. 'Nou, laten we ter zake komen. Zij, of eigenlijk haar lichaam, is gevonden aan de voet van de steile rotsen die van de kaap omlaag naar de baai lopen. Levensgevaarlijk terrein als je daar niet voorzichtig bent. Misschien is ze uitgegleden of kwam ze te dicht bij de rand, in het donker, maar dat is eigenlijk heel onwaarschijnlijk; ze kende de risico's goed, daar ben ik zeker van.' Hij fronste zijn wenkbrauwen en keek ernstig voor zich uit. 'Toen het lijk werd gevonden, werd het bij de politie gemeld als zelfmoord. Die verklaring leek het meest voor de hand te liggen. De plaatselijke politie heeft gesproken met de mensen die in het enige huis op de kaap wonen, namelijk het huis waar ze logeerde, en met een jongeman op een nabijgelegen boerderij. In het huis wonen een broer en een zus, allebei tegen de zeventig, en een man die je vast weleens op het nieuws hebt gezien. Reynir Ákason.'

'Ja, daar zeg je wat,' zei Ari. 'Steenrijk, toch?'

'Dat heb ik ook begrepen. Zijn vader was in elk geval heel welgesteld, dus die jongen moet een heleboel hebben geerfd. Hij is eigenaar van dat huis en verblijft er veel.' Hij zweeg even en ging toen verder: 'Vanochtend kwamen de eerste resultaten van de autopsie binnen. Er waren verwondingen die niet overeenkomen met de theorie dat het zelfmoord was. Een soort afdruk op de hals, alsof ze in een wurggreep was gehouden, maar dat was niet de doodsoorzaak. Ze is overleden aan verwondingen aan haar hoofd. Het vermoeden is nu dat ze een klap achter in haar nek heeft gekregen, maar er zijn natuurlijk verwondingen van de stenen en de rotsen bij gekomen na haar dood. De arts wilde nog geen conclusies trekken. Dit was echter voldoende om argwaan te wekken.'

'Dat geloof ik,' zei Ari.

'De technische recherche is ter plaatse, ze zijn mij vanochtend met zijn tweeën vooruitgereisd. We moeten erachter komen waar ze is vermoord, áls ze is vermoord. Er kwamen meer interessante dingen naar voren,' zei Tómas en hij ging zachter spreken. 'Ze lijkt kort voor haar dood seksueel contact te hebben gehad.'

'Met wie?' vroeg Ari.

'Dat weten we nog niet. Het kost tijd om de sporen veilig te stellen. Niets wijst erop dat ze iemand van buiten heeft ontvangen, dus we moeten ervan uitgaan dat het ofwel Reynir of die andere kerel is geweest, Arnór heet hij. Hij woont vlakbij en heeft de avond voor ze stierf bij hen gegeten.'

'Zei je niet dat daar ook een broer en een zus wonen?' vroeg Kristín.

'Ja, ja... Maar ik vind hem eigenlijk een onwaarschijnlijke kandidaat, die broer,' antwoordde Tómas. 'Hij heet Óskar, achtenzestig jaar, loopt met een stok, begreep ik. Maar natuurlijk sluiten we niets uit.'

'Ik begrijp nu waarom je zei dat dit een merkwaardige... of tragische zaak is,' zei Ari. 'Die arme vrouw heeft waarschijnlijk afschuwelijke laatste uren beleefd.'

Tómas keek Ari strak aan en zei toen: 'Nee, je begrijpt me verkeerd... Dat was niet wat ik bedoelde.'

De stilte die volgde was zwaar en geladen. Nu pas kreeg Ari een ongemakkelijk gevoel over de zaak. Hij kon niet precies zeggen waarom, het voelde alsof er iets naars te gebeuren stond.

'Ásta had één zus. Zij heette Tinna en overleed in 1986. Dat is, eh...'

'Zesentwintig jaar geleden,' zei Kristín zonder nadenken.

'Precies. Zesentwintig jaar.'

'Was ze toen nog... een kind?' vroeg Ari aarzelend.

'Ja, nog een kind. Vijf jaar oud.'

'Oké, dus... En hoe, nou ja... hoe kwam ze aan haar einde?' vroeg Ari. Hij wist niet zeker of hij het antwoord wel wilde horen.

'Ze is van diezelfde rotsen gevallen,' zei Tómas. Zijn stem was onaangedaan, alsof hij het smakeloos vond om zo'n verdrietig verhaal onnodig dramatisch te maken. Zijn woorden spraken voor zich, waren aangrijpend en overweldigend tegelijk.

'Diezelfde rotsen?' herhaalde Ari. 'Zesentwintig jaar later en Ásta treft precies hetzelfde lot als haar zus. Dat is ongelooflijk, echt ongelooflijk.'

'Je staat er wel even bij stil,' zei Tómas.

'Alsof het van tevoren zo bepaald is, een onvermijdelijk lot.'

Tómas reageerde daar niet op en ging verder. Hij wilde zich kennelijk niet halverwege het verhaal laten onderbreken. 'Twee jaar daarvoor verloren de zusjes hun moeder. Het gezin was toen nog maar pas op Kálfshamarsnes komen wonen, maar ik moet de reden waarom ze erheen gingen nog achterhalen.'

'Het is niet gering wat hun is overkomen,' zei Kristín.

'En hoe is zij overleden? Hun moeder?' vroeg Ari en op het moment dat hij die woorden uitsprak, kende hij het antwoord al. Hij zag het aan het gezicht van Tómas. Het koude zweet brak hem uit.

'Ze is van diezelfde rotsen gevallen.'

Ari had gedacht op dat antwoord voorbereid te zijn, maar dat bleek niet het geval: 'Alle drie... zijn ze alle drie van diezelfde rotsen gevallen?' vroeg hij toen zacht, als door de bliksem getroffen – en zei toen weer, meer tegen zichzelf dan tegen de anderen: 'Alle drie...'

'Ja. Met... zoals gezegd... achtentwintig jaar ertussen. Ik zei het al... dit is geen gewone zaak.' Hij glimlachte moeilijk en Ari begreep nu dat het misschien iets was wat je liever uit de weg ging. Voordat je je eraan brandde, zoals Tómas het had verwoord.

Kristín verbrak uiteindelijk de stilte: 'En waar is de vader van de meisjes?'

'Hij is ook dood. Hij is de dood van zijn dochtertje Tinna nooit echt te boven gekomen en overleed op jonge leeftijd. Na een lang verblijf in het ziekenhuis, een psychiatrisch ziekenhuis heb ik begrepen. Hij zou de wil om te leven zijn kwijtgeraakt. Hij werkte nog een jaar als vuurtorenwachter, maar werd nooit meer dezelfde. Hij had ondertussen zijn oudste dochter, Ásta, die toen zeven jaar was, in Reykjavík in een pleeggezin ondergebracht. Er werd vermoed...' Hij zuchtte en ging toen verder: '... dat hij haar tegen iemand wilde beschermen. Of zoiets. Misschien zijn ze allebei gesprongen, zijn vrouw en zijn dochtertje. Misschien was hij bang dat Ásta hetzelfde zou doen.'

'Was het de eerste keer dat ze terug was in Kálfshamarsvík sinds ze er op zevenjarige leeftijd was vertrokken?' vroeg Kristín.

'Dat klopt. Haar eerste bezoek aan de plaats van haar jeugd, begreep ik. Verdorie zeg, dat is gewoon niet normaal.' Tómas sloeg met zijn vuist op tafel. 'Hoe moeten we in vredesnaam onderzoeken wat drie mensen, een moeder en haar dochters, ertoe brengt om zich van dezelfde rotsen te werpen? Willen we dat eigenlijk wel weten?'

'Het is echt afschuwelijk...' zei Kristín en Ari kon niet helpen te denken dat hij misschien zijn hoogzwangere vrouw niet in deze duistere zaak had moeten betrekken. Kristín was over het algemeen nogal een harde, maar de afgelopen tijd leek dat iets veranderd.

Ari nam het woord: 'Je zegt dat ze zich van de rotsen hebben geworpen. Stel dat ze alle drie vermoord zijn?'

'We moeten er in elk geval achter komen hoe het is gegaan,' zei Tómas met een veelzeggende blik.

'En die mensen die je net noemde en die er op dit moment wonen,' zei Kristín, 'die Reynir Ákason, die broer en zus... En die man die in de buurt woont... Was een van hen ook aanwezig toen de zus van Ásta en haar moeder stierven?'

Ari keek nu naar Tómas en wachtte op een antwoord. De sfeer in de ruimte was bijna elektrisch geladen. Tómas liet zijn hoofd hangen, keek toen op en zei met vastberaden en ijskoude stem: 'Ja, blijkbaar alle vier.'

5

Ari had afscheid genomen van Kristín voor het hotel in Blönduós met de woorden dat ze voorzichtig moest zijn, en al waren die woorden welgemeend, hadden ze toch weinig betekenis, want Kristín zat nu eenmaal zo in elkaar dat ze voor zichzelf zorgde – of ze nu zwanger was of niet. Ze was gedreven en vastberaden en moest nu beslissingen nemen over allerlei zaken die de komende jaren betroffen. Ze had het er af en toe over om naar het buitenland te gaan om een opleiding te volgen, maar nooit echt van ganser harte. Ze leek in de geneeskunde niet erg haar draai te kunnen vinden, maar het was toch niet echt verstandig om zo'n basis, zo'n lange studie, weg te gooien om iets anders te gaan doen. En waar lag haar interesse nu werkelijk? Ze had niet veel interesses; toen ze elkaar net kenden, had ze zich helemaal in haar studie ondergedompeld, zo erg dat er voor niets anders tijd was, en toen ging ze werken en draaide lange en zware diensten. Misschien zag ze op tegen haar moederrol, maar Ari was daar niet zeker van. Hij was soms onnodig drammerig geweest als ze het over kinderen hadden gehad, misschien liet ze meer zíjn droom uitkomen dan de hare.

Hij en Tómas zaten zwijgend in de auto. Tómas aan het stuur van zijn oude barrel. De rit verliep zonder problemen, maar Ari schrok op, net als de auto, toen ze plotseling op een onverharde weg belandden. Hij was helemaal opgegaan in zijn mijmeringen over Kristín. Ze waren nu pas op het platteland aangekomen, zoals Ari zich vaag herinnerde van vakanties in het land met zijn ouders, toen er overal nog schilderachtige, hobbelige landwegen lagen.

Ari zette de radio aan. De kerstwensen waren nog in volle gang. Een welluidende stem: '... we zenden al onze vrienden en verwanten overal ter wereld warme kerstgroeten.' En waarom? Hij had nooit de zin van zulke groeten ingezien. Hij had weinig vrienden, zelfs de sterkste vriendschappelijke contacten in de hoofdstad waren verbroken toen hij naar Siglufjörður was verhuisd. Natuurlijk had hij nog wel enkele verwanten, maar ook die had hij nooit meer gezien sinds zijn ouders waren overleden. Zo ging dat nu eenmaal. Zijn tante van moederszijde had soms contact opgenomen, geprobeerd om hem voor het eten uit te nodigen – maar hij ging nooit en het contact sleet.

'Kunnen we dat niet gewoon uitzetten?' vroeg Tómas zonder zijn blik van de weg te halen. De schemering viel en legde een beklemmende duisternis over alles. De kortste dag van het jaar was al achter de rug, maar nog niet zo lang.

De duisternis van de namiddag had altijd zwaar op Ari en zijn humeur gedrukt, zeker nadat hij naar het noorden was verhuisd. Hij had gehoopt dat een rustig en vrolijk verlicht kerstfeest de werkelijkheid iets lichter zou maken.

'Krijg nou wat, er zit een oude vent aan het stuur, lijkt het wel,' zei hij lachend. Tómas' vraag verraste hem echter niet. Hij was veel te nuchter om zich door Kerstmis te laten beïnvloeden, had waarschijnlijk zelfs nooit in de *Jólasveinar* geloofd.

Tómas reageerde niet op Ari's opmerking. 'Wil je onder het rijden niet even naar het dossier van de zaak kijken dat in mijn tas zit? Je tijd nuttig gebruiken. De tas staat op de achterbank. We moeten vandaag nog met die mensen praten, kijken wat dat oplevert. Vier mensen, het zou haalbaar moeten zijn. Denk je niet?'

'Dat lukt ons.'

Ari pakte de tas, opende hem en haalde het dossier eruit. De papieren zaten in een plastic tas, maar er zat geen enkele orde in, alles lag door elkaar. Ari bladerde door de stapel; processen-verbaal van de politiemannen die de zaak in eerste instantie hadden onderzocht, toen zelfmoord nog de meest waarschijnlijke conclusie was, of misschien zelfs wel een ongeluk. Foto's van de plaats waar het lichaam was gevonden, een lijst met vier namen: Arnór Heiðarsson, Reynir Ákason, Þóra Óskarsdóttir en Óskar Óskarsson.

Ari zag ook twee of drie foto's van mensen, de meeste leken van het internet te zijn gehaald en geprint. Er was één bepaalde foto waarbij hij bleef hangen. Een zwart-witte portretfoto van een jonge vrouw: donker, steil haar tot op haar schouders, hoge jukbeenderen, de ogen een klein beetje schuin. Ze keek hem recht aan, enigszins plagerig, vond hij. Haar blik was betoverend, vol seksuele beloften – maar tegelijk afstandelijk. Haar uitdrukking was ondoorgrondelijk, ernstig en toch vrolijk. Hij voelde dat zijn bloed sneller door zijn aderen stroomde.

De foto was niet eens erg scherp, en toch had hij zo'n ongewoon sterke invloed op hem.

Hij liet hem aan Tómas zien en stelde de vraag, al vreesde hij voor het antwoord: 'Wie is dit?'

Tómas keek even snel opzij. 'Nou, dat is zij natuurlijk.'

Er viel een onaangename stilte.

'De vrouw die is overleden. Ásta.'

Ari sloot de map met papieren snel en mompelde toen voor zich uit: 'Juist, ja... Ze was... erg knap.'

Ze werden begroet door duisternis en het vage licht van de vuurtoren, toen Tómas snelheid minderde en van de doorgaande weg afboog in de richting van Kálfshamarsvík. Tómas had het laatste stuk van de rit voortdurend over die vuurtoren gepraat, zei dat hij hem nog nooit had gezien, alleen op een foto. 'Het is een prachtig bouwwerk. Ik kijk ernaar uit hem te zien.'

Ze volgden de weg de kaap op, er was een beetje sneeuw gevallen. Mooi winterweer, Ari kon de kou die over alles heen lag bijna zien, voelde dat hij de auto binnenkroop.

'Indrukwekkend,' zei Ari. Hij keek uit over de baai, de kalme zee en de kaap voordat Tómas de laatste bocht nam. De weg werd steeds hobbeliger naarmate ze dichterbij kwamen. Het woonhuis op de kaap was nu zichtbaar.

'Dat mag je wel zeggen,' mompelde Tómas. Hij tuurde ingespannen naar dat wat je de weg zou kunnen noemen.

'En er staan hier maar twee gebouwen, dat is alles.'

'Het waren er meer. Ik ken het verhaal niet precies, maar vroeger was hier een dorp.'

'Een dorp?' Ari keek verbaasd naar Tómas. 'Op de kaap? Waar zijn de huizen dan gebleven?'

'Die zijn min of meer verdwenen. Er moeten nog wat ruïnes zijn, maar zoals ik al zei, ik ben hier nog nooit eerder geweest.' Hij zette de auto aan het eind van de weg neer. Voor het hek van prikkeldraad waarmee de kaap was afgezet stond één auto: een glanzende zwarte luxejeep.

'Zie je, maestro,' zei Tómas toen hij uit de politieauto was gestapt en naar de baai wees. 'Basaltzuilen. Echt prachtig.'

Ari knikte. Hij was er niet van onder de indruk en trok zijn jas dicht om zich heen. Het was er ijskoud. Hij liep naar de poort en zag op datzelfde moment dat er een man half rennend naar hen toe kwam lopen. Ari wachtte even om de poort te openen en keek naar de man.

'Hallo,' zei de man een beetje buiten adem. Ari zag al snel dat dit Reynir Ákason moest zijn – hij had de afgelopen jaren foto's van hem gezien in de kranten, maar daarop had hij er jonger uitgezien. 'Mijn naam is Reynir.' Hij opende de poort en heette hen welkom met een handdruk, alsof de hele kaap zijn eigendom was.

Ari kon de verleiding niet weerstaan: 'Wat een prachtige plek hebt u hier. Het huis, de vuurtoren...'

Reynir lachte vaag. 'Alleen het huis is van mij,' zei hij en de kou deed zijn best om zijn woorden op te slokken. 'Hier was ooit een dorp,' voegde hij eraan toe toen de stilte onprettig werd.

'Dat heb ik gehoord,' zei Ari koel.

Ze volgden Reynir naar het huis. Toen ze eenmaal binnen waren, in de warmte, hoorde Ari bekende pianoklanken. In de kamer zag hij een oudere man aan een oude, maar respectabele, zwarte piano zitten. Hij was duidelijk geen beginner, maar redelijk gevorderd. De kamer was mooi, maar een beetje pretentieus. De meubels waren klassiek en hadden een vermogen gekost, maar het geheel maakte een kille indruk. De atmosfeer was zwaar, het licht gedempt. Alsof er zout ontbrak.

'Schubert,' was het eerste wat Ari zei. Zijn opmerking was voor Tómas bedoeld, maar had het effect dat de man abrupt stopte. *Ave...* maar geen *Maria.* Hij keek naar Ari en knikte. Ari kende de muziek goed. Zijn moeder had die thuis rond de feestdagen vaak op de viool gespeeld.

'Die kerel speelt niets anders in de adventsperiode,' zei Reynir sarcastisch.

Met 'die kerel' bedoelde hij Óskar. Achtenzestig jaar oud, had Tómas gezegd. Aan de tafel zat een vrouw van gelijke leeftijd.

'Ze zijn op zolder,' zei Reynir tegen Tómas. Ari begreep

dat hij daarmee doelde op hun collega's van de technische recherche.

'Bedankt. Wat is er verder op zolder?' vroeg Tómas.

'De kamer van Ásta. Zij woonde hier vroeger ook, toen ze een klein meisje was,' antwoordde Reynir. Er was iets gemaakts in dit beleefde antwoord.

Tómas knikte. Reynir stond nog midden in de kamer, net als Tómas en Ari, maar de broer en zus zaten doodstil, alsof ze wachtten tot er een oordeel over hen werd uitgesproken.

'Het spijt me dat ik u zo vlak voor Kerstmis moet lastigvallen.' Tómas sprak luid en trok een formeel gezicht. 'U begrijpt waarschijnlijk allemaal dat het belangrijk is dat we deze zaak zo snel mogelijk tot de bodem uitzoeken.'

'Sprong ze niet zomaar de zee in?' vroeg de vrouw zacht. 'Er moet iets op deze arme vrouwen hebben gedrukt.'

'Bent u Þóra?' vroeg Tómas. 'Þóra Óskarsdóttir?' Hij keek de vrouw strak aan.

'Dat klopt.' Þóra zag er hooghartig uit en leek niet van plan zich door Tómas van haar stuk te laten brengen.

'Wij moeten onze tijd goed gebruiken. We willen natuurlijk graag met Kerstmis thuis zijn en u wilt vast en zeker van ons verlost zijn voor de feestdagen beginnen. We zullen hier ongetwijfeld tot in de avond blijven, we moeten met u praten.' Toen voegde hij eraan toe: 'Arnór Heiðarsson, is hij hier niet?'

'Hij is natuurlijk in zijn eigen huis. Het is maar een klein stukje,' zei Þóra.

'We gaan vanavond wel even bij hem langs, als we hier weggaan,' zei Tómas tegen Ari.

'U hebt Þóra net geen antwoord gegeven,' zei Reynir zacht. 'Kunnen we ervan uitgaan dat het geen zelfmoord is geweest?'

Tómas wendde zich tot hem. 'Daar kunnen we nog geen

uitspraken over doen.' Hij wilde duidelijk niet te veel zeggen op dit moment. 'Kunnen we bij u wat ondersteuning krijgen? Een kantoortje of een andere kamer?'

'Ja, ja, u kunt deze kamer gebruiken, of mijn kantoor,' antwoordde Reynir. 'Dat is hierachter.'

'Goed, dat zullen we doen. Is het mogelijk om bij u het internet te gebruiken?'

Reynir antwoordde snel: 'Helaas, ik heb hier geen computer.'

Ari merkte dat Óskar iets wilde zeggen, maar het niet deed.

'Wij hebben een computer,' zei Ari, 'maar het zou fijn zijn om bij u op een draadloos netwerk te kunnen komen.'

'Oké, ja... Natuurlijk,' antwoordde Reynir. 'Ik regel het.'

'Misschien kunt u als eerste met ons praten,' zei Tómas toen. Het was een opdracht, geen vraag. 'Maar we gaan eerst even onze collega's begroeten. Kunt u ons de weg naar boven wijzen?'

6

Ari en Tómas beklommen een donkere wenteltrap en ontmoetten boven op zolder een jonge vrouw van de technische recherche en haar collega, een oudere man. De vrouw stelde zich voor als Hulda. Zij voerde het woord en leek de leiding te hebben. Ze deed Ari denken aan een bekende zangeres, maar hij kon niet op haar naam komen.

'Hier sliep de overledene.' Hulda wees naar een klein kamertje, dat misschien heel geschikt was geweest als kinderkamer, maar echt te klein voor een volwassene. Een klein bed stond onder het zolderraam; blijkbaar was dit de laatste slaapplek van Ásta geweest.

Hulda kwam meteen ter zake. 'Daarbinnen, op de grond, vlak bij de muur, vonden we sporen, sperma. We laten het onderzoeken, maar het kost natuurlijk tijd om het te laten analyseren. Dat is altijd zo.'

'Dat klopt dus. Ze had seks met iemand, kort voor ze stierf,' zei Tómas.

'We zijn bezig vingerafdrukken te verzamelen in de kamer, voor zover dat mogelijk is. We hebben al vingerafdrukken en DNA verzameld in het hele huis.'

'Ook van de buurman op de boerderij hier vlakbij, die Arnór?' vroeg Ari.

'Ja, Mummi is net bij hem langs geweest.' Ze keek even naar haar collega.

'Wijst iets erop dat ze hierboven is vermoord?' vroeg Ari.

'Nog niet. Geen bloed, geen sporen van een gevecht. We gaan door met zoeken. Er zijn ook geen tekenen van een gevecht bij de trap gevonden.'

'Kunnen jullie zo even beneden kijken in het kantoor van Reynir? We willen dat vanavond als werkplaats gebruiken, maar moeten er eerst zeker van zijn dat we geen bewijsmateriaal vernietigen.'

'Mummi en ik hebben voor jullie komst al de hele woning beneden doorzocht. Niet zo grondig als hier boven, want er was geen reden te denken dat zich daar iets onoorbaars heeft afgespeeld, dacht ik.'

Tómas knikte. 'Is er niet ook een kelder?'

'Ja, die staat als volgende op het programma.' Ze glimlachte, precies zoals die zangeres. Ari kon niet op de naam komen, maar wist wel dat hij haar liedjes nogal vervelend vond.

Het kantoor van Reynir was kil, al was er veel zorg aan besteed om het in te richten als een warme plek. Kosten noch moeite waren gespaard. Een bureau van donkerbruin hout, antiek, en een leren bureaustoel. Achter het bureau was een boekenplank met daarop een heleboel fraai ingebonden oude boeken die duidelijk van generatie op generatie in de familie waren geweest. Voor het raam hingen dikke gordijnen en in een hoek stonden een leren bank en een moderne glazen salontafel.

Tómas ging op de bureaustoel zitten, achter het bureau, en Ari haalde twee stoelen uit de kamer, ging op een ervan zitten en vroeg Reynir op de andere plaats te nemen.

'Bedankt dat we uw kantoor mogen gebruiken,' zei Tómas vriendelijk. 'Wanneer bent u hierheen gekomen?'

'Ik verblijf hier al zolang ik me kan herinneren af en toe, vooral in de zomer, maar ik ben altijd in Reykjavík woonachtig geweest. Het afgelopen jaar ben ik echter vaker hier geweest. Je voelt je echt een jongen van het platteland.' Hij probeerde te glimlachen. 'Mijn opa bouwde het huis in 1951. Hier was, zoals gezegd, vroeger een dorp. Ik zei het eerder al tegen u, maar toen waren alle mensen al weggetrokken.'

'Waarom?' vroeg Ari.

'Óskar kent de geschiedenis van de plaats vanbinnen en vanbuiten. Vraag hem er maar naar. Ik ben geen groot historicus.' Hij schoof op zijn stoel en leek zich niet op zijn gemak te voelen. Hij voegde er na een korte stilte aan toe: 'Ik ken wel een ander verhaal uit de omgeving. Weet u dat hier net ten noorden van ons een beroemde boerderij ligt, waar het volgens sommigen spookt? Daar hebben de beroemdste spookverhalen van de afgelopen jaren zich afgespeeld.'

Ari kende dat verhaal niet. 'Wanneer was dat?'

'In het jaar dat ik werd geboren, in 1964... In dezelfde maand zelfs, in maart. Mijn ouders woonden toen hier in dit huis, bij mijn opa. Ze kwamen hier kort voor Pasen om wat te ontspannen. Mama verwachtte mij pas begin mei, maar toen werd ik eind maart al geboren, veel te vroeg. Misschien hebben die spoken uit de buurt daarmee te maken gehad...' Hij glimlachte ongemakkelijk. 'Die verhalen hebben destijds wel de voorpagina's gehaald. Stoelen en een tafel werden verplaatst, steeds opnieuw, aardewerk brak, een kast viel om, als je op de verhalen in de kranten mag afgaan... Ik heb erover gelezen. Zoiets fascineert me. Er kwamen een heleboel journalisten op af.'

'Was het niet gewoon een aardbeving?' vroeg Ari, nuchter als altijd.

'Nee, nee... Er is hier zelfs een geoloog heen gestuurd om het te onderzoeken, maar het waren alleen losse meubelstukken die zich verplaatsten, dus zoiets werd uitgesloten. Het werd zelfs wereldnieuws. *The New York Times* heeft erover geschreven.'

'En hebt u zoiets hier ook weleens meegemaakt?' vroeg Ari. Hij keek naar Tómas en zag aan zijn gezicht dat hij vond dat er nu wel genoeg over dit onderwerp was gesproken.

'Niet direct... Maar het lot van deze drie vrouwen is natuurlijk tragisch, in meerdere opzichten,' zei Reynir met een ernstig gezicht.

'Bent u vrijgezel, Reynir?' vroeg Tómas.

De vraag leek Reynir te overvallen. 'Ja. Niet dat dat iets met de zaak te maken heeft,' antwoordde hij geïrriteerd.

'Hoe was uw relatie met Ásta?'

'Relatie?' Hij verhief zijn stem. 'Er was helemaal geen relatie. Ze vroeg of ze hier mocht overnachten en ik stond dat toe. Ik kon moeilijk nee zeggen. Ik heb haar niet meer gezien sinds ze hier is weggegaan, ruim vijfentwintig jaar geleden.'

'Hadden jullie seks met elkaar?' vroeg Tómas, alsof het heel normaal was.

Ari lette op de reactie van Reynir, die oprecht verbijsterd leek.

'Wat? Nee, natuurlijk niet.'

'Is dat zo'n gekke vraag?'

'Waarom denkt u dat ik seks met haar heb gehad?' vroeg Reynir een beetje boos.

'Als het zo was, zou ik het maar meteen toegeven,' zei Tómas kalm. 'We zullen snel weten hoe het zat.'

'Ik heb helemaal geen seks met haar gehad!' riep hij uit. 'Is ze vermoord? Is ze verkracht? Jullie vertellen ons niets.'

'Wat denkt u?'

'Ik denk dat ze van die verdomde rotsen is gesprongen, net als haar zusje en haar moeder.'

'Vertel ons eens wat er is gebeurd toen zij stierven,' zei Tómas, nog altijd met zachte stem. Ari zag dat Tómas zijn gesprekspartner niet boos wilde maken.

'Tja...' Reynir schraapte zijn keel. 'Ik zal bij het begin beginnen. Het toezicht op de vuurtoren is de afgelopen tientallen jaren onze verantwoordelijkheid geweest, maar mijn opa en mijn vader deden dat werk niet zelf. Ze hadden altijd genoeg te doen, in Reykjavík en zelfs in het buitenland. Ásta verhuisde bijna dertig jaar geleden hierheen met haar ouders en haar zusje. Haar vader, Kári, was aangenomen als vuurtorenwachter. We wisten dat toen niet, maar de reden van de verhuizing naar het noorden was ongetwijfeld dat zijn vrouw had geworsteld met depressies en dat ze van omgeving wilden veranderen. Kári vertelde dat na haar dood.' Reynir boog zich een beetje naar voren en rechtte toen weer zijn rug. Hij sloeg zijn benen over elkaar. 'Ze sprong van die rotsen, net als Ásta.'

'Was u hier toen dat gebeurde?' vroeg Ari langs zijn neus weg, alsof de vraag eigenlijk onbelangrijk was.

Reynir keek hem argwanend aan. 'Ja, inderdaad. Ik bracht na mijn eindexamen de zomer hier door bij mijn opa. Ik ging pas een jaar later naar de universiteit. De vrouw van Kári, Sæunn, stierf eind juni. Ik herinner me dat het die nacht stormde. De rotsen liggen direct achter het huis, vlakbij. Ze is er midden in de nacht gewoon vanaf gesprongen.'

'Heeft iemand dat gezien? Of iets gehoord?' vroeg Tómas.

'Nee. Volgens mij niet. Þóra zei dat ze had horen schreeuwen, herinner ik me, maar dat had net zo goed de wind kunnen zijn geweest.'

'Wie waren hier nog meer toen dat gebeurde?' Tómas' gezicht was geconcentreerd.

'Þóra en Óskar natuurlijk; zij waren een soort pleegzus en

-broer van mijn vader, ze horen min of meer bij het huis. Þóra kwam met haar moeder mee als huishoudster. Toen hun moeder overleed, zat er niets anders op dan dat Þóra haar werk overnam. Ze is naar Reykjavík gegaan om te studeren, maar daar is iets gebeurd. Volgens mij is ze heel intelligent, maar ze kan scherp en afwijzend zijn. Misschien is ze wat teleurgesteld in het leven.' Hij zuchtte. 'Ze is voor mij altijd heel goed geweest. Mijn moeder is jong gestorven, dus Þóra vervulde zo'n beetje haar rol als ik hier was, al was ze nooit erg warm. Misschien was ik de zoon die ze nooit had gekregen.' Hij zweeg even. 'Dit is nooit een traditionele boerderij geweest. Mijn vader was een echte paardenman en ik heb ontelbare paarden geërfd, kan ik u vertellen. Óskar zorgde destijds voor ze, maar Arnór heeft die rol overgenomen. Nu is Óskar zo'n beetje de vuurtorenwachter. Een rare kerel, dat moet ik wel zeggen. Excentriek, rustig, zegt weinig, maar hij is beresterk en een harde werker. Ik betaal broer en zus vrijwel niets voor dit werk, maar ze hebben hier hun hele leven gratis kunnen wonen. Zelf woonde ik destijds in de kelder, daar had ik een woning. Kári en Sæunn woonden op zolder met hun twee dochters, Ásta en Tinna. Zo was het geregeld...'

'En uw vader, was hij hier toen Sæunn stierf?'

'Nee, hij was hier niet.'

'En Arnór?'

'Ja, dat denk ik wel... Hij woonde met zijn ouders op hun boerderij, hier vlakbij, maar is hier altijd kind aan huis geweest. Hij was nog een kind toen Sæunn stierf, tja...' Hij dacht na. 'Ik denk een jaar of acht.'

'En toen overleed het zusje van Ásta, toch?' Tómas sprak zacht en weloverwogen.

'Ja, toen overleed ze,' antwoordde Reynir. 'Dat was natuurlijk een grote schok.'

'Herinnert u zich dat?' vroeg Ari, maar hij had net zo goed kunnen vragen: 'Was u aanwezig toen dat gebeurde?'

'Ja. Het was ook in de zomer. Een mooie zomeravond. De zusjes waren na het eten aan het spelen. Ásta was slim en verantwoordelijk, haar vader vertrouwde het haar toe dat zij op haar zusje paste. Natuurlijk had hij hier weg moeten gaan na de dood van zijn vrouw, maar hij had zich aan het werk hier gehecht. Ik denk dat hij uit een arme familie kwam en niemand had bij wie hij terechtkon. Hij was niet van plan om zich in de werkloosheid te storten, met twee kleine kinderen op sleeptouw. Hij had zijn dochters wel duidelijk gemaakt dat ze niet te dicht bij de rotsen mochten spelen, maar deze keer speelden ze verstoppertje. Ásta ging naar binnen en wachtte, terwijl haar zusje zich verstopte.'

'Hoe oud was Tinna?' vroeg Ari.

'Ruim vijf jaar, ze scheelden nog geen twee jaar.'

'En zij sprong dus ook van die rotsen?' vroeg Ari, ook al kende hij het antwoord al.

'Ja. Er is iets met die rotsen wat die vrouwen aantrok,' antwoordde Reynir en er liep een rilling over Ari's rug. 'Ásta kwam huilend naar mij toe, in de kelder en zei dat ze haar zusje niet kon vinden. Dat ze verstoppertje hadden gespeeld.'

Ari ging verder met vragen stellen, omdat Tómas geen aanstalten maakte tussenbeide te komen. 'Heeft iemand gezien wat er gebeurde?'

'Nee. Er was niemand aan die kant, achter het huis, behalve Tinna... Nou ja, Óskar was er ook, maar hij was in zee aan het zwemmen en heeft niets gezien. Uit het huis zelf kun je de rotsen niet zien, behalve uit het zolderraam, bij Ásta. Ik was beneden in de kelder. Hun vader was ergens buiten, aan de voorkant van het huis. Hij dacht dat de meisjes allebei achter het huis aan het spelen waren. Hij had

Ásta niet naar binnen zien komen, zij ging door de achterdeur, waar de wenteltrap naar de zolder is. Voor de dood van Tinna was Kári eigenlijk verdwenen in een diep gat van depressie na het overlijden van zijn vrouw. Het lukte hem het werk van vuurtorenwachter te doen, bijna alsof hij in trance was, maar hij deed weinig anders. Hij had weinig aandacht voor zijn dochters, sliep veel, zat avond na avond voor de televisie, zonder er echt naar te kijken. Deze gebeurtenis leek hem tot in zijn binnenste te schokken en hij beet zich erin vast dat hij Ásta eenzelfde lot moest besparen. Het was alsof hij voelde dat ze... dat ze dezelfde weg zou gaan.' Reynir boog zijn hoofd, maar Ari vond dat gebaar erg gemaakt. 'Uiteindelijk lukte het Kári om haar onder te brengen bij zijn zus in de hoofdstad.'

Ari had medelijden met Ásta, niet alleen vanwege de afschuwelijke dood die zij gestorven was, maar ook – en misschien nog wel meer – om hoe verdrietig haar leven was geweest. Ze was haar hele familie in korte tijd kwijtgeraakt. Hij besefte dat hij eigenlijk vooral medelijden had met zichzelf.

Reynir vervolgde zijn verhaal: 'Dat schijnt een slechte beslissing te zijn geweest voor iedereen, zijn zus zorgde nauwelijks voor haar en...'

Ari viel hem in de rede: 'Hoe weet u dat? Zei u niet dat u elkaar vele jaren niet gesproken hebt?'

Even leek Reynir van plan om een poging te doen zich daaruit te redden, maar toen antwoordde hij: 'We hebben gepraat, voor ze stierf...'

'Onder vier ogen?' vroeg Ari.

'Ja, één keer.' Reynir praatte zacht, weloverwogen.

'Wanneer?'

'Na het avondeten. We aten allemaal samen, haar laatste avond hier. De avond voordat ze stierf, bedoel ik. Toen verspreidde het gezelschap zich. Ze kwam even later weer beneden, was iets vergeten, herinner ik me, en we praatten een tijdje met elkaar. Ik was natuurlijk nieuwsgierig hoe het haar vergaan was sinds ze hiervandaan vertrokken was en kreeg, heel in het kort, te horen dat het leven voor haar niet gemakkelijk was geweest.'

'Was dat laat op de avond?' vroeg Ari.

Reynir dacht na: 'Tja... Ik weet niet meer hoe laat het was. Daarna ging ze naar boven om te slapen.'

Ari keek naar Tómas. Volgens de eerste resultaten van de autopsie was het waarschijnlijk dat Ásta in de nacht was gestorven. De forensisch arts had dat echter nog niet willen bevestigen.

Tómas nam nu het woord: 'Dus ze kwam hier op 18 december. Jullie aten samen op de avond van de 19e en de ochtend daarop werd ze dood gevonden. Klopt dat?'

'Ja. Dat klopt.'

'Wanneer nam ze contact met u op?'

'Een paar dagen eerder. Ze stuurde me een e-mail, of liever gezegd stuurde ze een e-mail naar mijn bedrijf en vroeg om die naar mij door te sturen. Ze wilde hier een paar dagen zijn in verband met het verslag dat ze aan het schrijven was.'

'We hebben een kopie nodig van die e-mail.'

'Daar zal ik voor zorgen,' zei Reynir.

'Hoe is het eigenlijk om hier te wonen?' vroeg Ari. Hij had de afgelopen jaren direct en indirect ervaren welke invloed isolement op mensen kon hebben.

'Het is een prachtige plek,' zei Reynir. 'Er komen af en toe toeristen hierheen om de vuurtoren en de basaltzuilen te bekijken. Mooiere basaltzuilen dan hier zul je niet snel vinden.'

'Is het moeilijk om hier te wonen? Eenzaam?'

'Nee, nee... We zijn hier natuurlijk niet ver van een dichtbevolkte plaats en er wonen mensen op verschillende boerderijen in de buurt. Het is hier misschien een beetje afgelegen, al is het niet ver van Skagaströnd, maar er is bijvoorbeeld geen brandweer in dit district en als er iets zou gebeuren, zou het huis al in de as liggen voordat de brandweer van Skagaströnd ter plaatse is.' Hij glimlachte onverschillig. 'Natuurlijk ligt er in de winter soms een dik pak sneeuw, maar de zee is zo dichtbij.'

'Houdt u van de zee?' vroeg Tómas.

Het was alsof Reynir onrustig werd. 'Ja.' Toen voegde hij eraan toe. 'Hij geeft je een bepaald gevoel van vrijheid.'

7

Er waaide een koude, frisse bries van zee. Ari had de gordijnen geopend en het kleine raam in het kantoor op een kier gezet terwijl Tómas Þóra Óskarsdóttir ging halen.

'We hebben elkaar nauwelijks gesproken, die twee dagen voor ze stierf, die arme meid.' Þóra had een scherp gezicht, zoals Reynir al had gezegd, maar Ari dacht niet dat daar een bepaalde boodschap in school, haar gezicht stond gewoon zo.

Tómas leunde naar achteren in zijn stoel en keek naar Þóra, maar maakte geen aanstalten iets te zeggen. Die taak werd aan Ari toevertrouwd. Hij was niet naar deze afgelegen kaap gelokt, helemaal vanuit Siglufjörður, op de dag voor Kerstmis, om alleen maar toeschouwer te zijn. Hij ging daarom door met vragen stellen: 'Was uw contact destijds innig?'

'Innig?' Ze haalde haar schouders op. 'Nee. Dat kan ik niet zeggen. Ze trok eerlijk gezegd meer naar Óskar. Hij is altijd goed met kinderen geweest.'

Ari hoorde aan het eind van haar zin een lichte aarzeling. 'Was u verbaasd dat ze hierheen kwam? Na al die jaren...'

Weer haalde ze haar schouders op. 'Ja, dat moet ik wel toegeven... Ze zei dat ze een verslag schreef, maar ik geloofde het maar half. Als ik in haar schoenen had gestaan, had ik me ver gehouden van deze plaats. Deze kaap heeft dat gezin geen enkel geluk gebracht.' Ze snoof even.

'Nee, nee, zeg dat wel,' zei Ari vriendelijk. 'Welke verklaring hebt u voor dit... ongeluk, als je het zo zou kunnen noemen?'

Haar antwoord kwam snel: 'Het is niet aan mij om daar een verklaring voor te geven. Misschien sprongen ze alle drie vrijwillig van die rotsen, weet ik veel? Ik ben er alleen wel zeker van dat er hier geen bovennatuurlijke krachten aan het werk zijn.' Ze zweeg.

'Waarom bent u daar zo zeker van?' vroeg Ari om het gesprek gaande te houden, niet omdat hij hoopte nog meer spookverhalen te horen.

'Ik ben een nuchtere vrouw, ik geloof niet in die onzin.'

'Reynir vertelde ons dat een boerderij hier vlakbij het wereldnieuws heeft gehaald omdat het er zou hebben gespookt.'

'O ja, vertelde hij dat?' Ze lachte. 'De wonderen zijn de wereld nog niet uit... Als er iemand is die nuchterder is dan ik, dan is het Reynir. Hier zijn geen kwade krachten aan het werk, alleen menselijke zwakheid.'

'Wat bedoelt u daarmee?' Ari keek de vrouw strak aan, maar ze liet zich niet van haar stuk brengen, niet door zijn blik en niet door zijn vragen. 'Wat is er volgens u gebeurd?'

'Daar heb ik geen idee van. Ik heb haar niet geduwd,' zei ze vinnig. 'Maar toen dat kleine meisje van de rotsen sprong, had je natuurlijk wel je gedachten.' Ze sloeg een kruis. 'God hebbe haar ziel.'

Ari wachtte geduldig.

'Ik denk dat Ásta toen iets heeft gezien. En dat ze misschien juist daarom is weggestuurd, naar Reykjavík.'

'Iets gezien?'

'Ja. De enige kamer in het huis waaruit je die vervloekte rots kunt zien, is haar zolderkamer. Ze ging naar binnen, ze speelden verstoppertje, en ze liet haar zusje achter. Ik denk dat ze naar boven is gegaan, dat ze uit het raam wilde kijken waar haar zusje zich verstopte, en iets zag wat ze niet had mogen zien.'

'Waarom denkt u dat?' vroeg Ari. 'Hebt u daar een reden voor?'

Þóra zweeg en wachtte, leek niet zeker te weten hoeveel ze aan Ari kon vertellen.

'Ze suggereerde zoiets,' zei ze ten slotte.

'Ásta?'

'Ja, voordat ze hier voorgoed vertrok. Ze zei toen tegen me, in een soort driftbui, dat ze moest vertrekken omdat ze het had gezien. Ik vroeg haar wat ze precies bedoelde. "Boven op zolder?" vroeg ik, want ik begreep meteen wat ze wilde zeggen. Ze knikte en zei verder niets meer.'

'En wat denkt u dat ze heeft gezien?' vroeg Ari.

'Iets afschuwelijks.' De woorden waren zwaar van betekenis, alle lichtheid ontbrak eraan.

'Zoals wat? Dat iemand het kleine meisje geduwd heeft?'

'Precies.'

'En wie zou dat in vredesnaam hebben willen doen?'

Þóra aarzelde, voor het eerst. Ze leek een idee te hebben, maar overwoog of ze dat met de politie zou moeten delen. 'Ach, het doet er nauwelijks iets toe. Ze zijn allemaal dood. Wat mij betreft ligt het het meest voor de hand dat hun vader het gedaan heeft.'

'Hun vader?' Ari kon zijn oren niet geloven. Hij dacht aan Kristín en het kind dat zij droeg. Zo'n veronderstelling ging zijn voorstellingsvermogen te boven. 'Waarom denkt u dat?'

'Omdat hij besloot zijn dochter naar Reykjavík te sturen. Hij wilde dat zij het vergat. Of een nieuw leven begon, waar hij geen deel aan had. Wie weet? Daarna trok hij zich steeds verder terug in zijn schulp. Moest in het ziekenhuis worden opgenomen. Hij was helemaal in de war.' Ze legde haar hand even op haar voorhoofd om te benadrukken wat ze bedoelde.

'Herinnert u zich die dag goed?' vroeg Ari. Hij twijfelde eraan of die gebeurtenissen uit het verleden verband hielden met het sterfgeval dat hij en Tómas nu onderzochten, maar toch wilde hij niets uitsluiten. Het was allemaal zo vreemd, er hing zoveel geheimzinnigheid omheen.

'Hoe kan het anders,' zei ze zacht. 'Ik was in de keuken met het avondeten bezig toen ik Reynir ons hoorde roepen. Ásta was naar hem toe gekomen en had hem verteld dat Tinna zoek was.'

'In de keuken, hierboven, in deze woning? Of beneden in de kelder?'

'Nee, nee, niet in de kelder. Destijds hadden Óskar en ik ieder onze eigen kamer hierboven, in het grote huis. We woonden hier het hele jaar door. De vader van Reynir kon wel een huishoudster in het huis gebruiken. Een man van de oude stempel, begrijpt u?'

Ari knikte. 'En nu bent u naar de kelder verbannen,' zei hij wat scherp. Hij viste naar een reactie.

'Zo gaat het leven nu eenmaal,' zei ze. Eerst leek haar stem te breken. Toen schraapte ze haar keel en voegde eraan toe: 'Reynir wilde verandering.' Op die woorden volgde een vage glimlach. 'Maar goed, hoe dat ook zij... Er begon een zoektocht naar het kleine meisje en het duurde niet lang voor we het lichaam vonden, op de stenen aan de voet van de rotsen. Een afschuwelijk gezicht... afschuwelijk.'

'Hoe lang wonen uw broer en u hier?'

'Ongeveer zestig jaar nu. Óskar iets langer dan ik. Ik ben opgehouden de jaren te tellen,' zei ze.

'Dat is heel wat.' Ari dacht aan zijn eigen achtentwintig

jaar. Zestig jaar. Dat was bijna een heel mensenleven en in sommige gevallen zelfs meer dan dat. 'Waarom zegt u dat Óskar hier langer heeft gewoond dan u?'

'Ik heb een tijdje in Reykjavík gewoond. Voor mijn studie. Deze kaap en die baai, dat is Óskars omgeving. Hij kent het hier allemaal vanbinnen en vanbuiten. Zou nooit ergens anders kunnen zijn. Maar ik... ik... Ach, je went aan alles,' zei ze toen met een stem die zo vol rouw was dat Ari erdoor werd geraakt. Hij wist niet meer wat hij had willen vragen en hij keek naar Tómas, hoopte dat hij hem te hulp zou komen. Tómas zat doodstil, met een geconcentreerd gezicht, maar hij zei geen woord. Uiteindelijk was het Þóra zelf die de stilte verbrak: 'Neem me niet kwalijk. Ik was misschien iets te eerlijk, maar als een mens zijn einde nadert, heeft het geen zin om de feiten mooier te maken dan ze zijn.'

Zijn einde nadert? Ari herinnerde zich niet precies meer hoe oud ze was. Jonger dan Óskar, waarschijnlijk vijfenzestig of zesenzestig jaar. Niet veel mensen zouden op die leeftijd zoiets zeggen.

'Zestig jaar, zegt u... U hebt Reynir dus zien opgroeien.' U hebt de plaats van zijn moeder ingenomen, wilde Ari eigenlijk zeggen, maar hij deed het niet.

'Vanaf dat hij een zuigeling was, ja... Maar natuurlijk met tussenpozen. Hij was hier veel. Kwam in de zomer vaak hier met zijn ouders, toen zijn opa nog leefde. Áki maakte ook vaak van de gelegenheid gebruik om Reynir bij Óskar en mij onder te brengen, alsof we een soort oppas waren, toen zijn moeder was overleden. Vader en zoon leken niet veel op elkaar. Áki had weinig met kinderen en zorgde nauwelijks voor de jongen.' Het was duidelijk dat ze veel om Reynir gaf.

'Reynir vertelde dat u in de nacht dat de moeder van de

zusjes overleed geschreeuw hebt gehoord,' zei Ari. Hij bracht het gesprek op een ander onderwerp, liet de woorden hun werk doen en lette op de reactie van Þóra.

'Dat klopt,' zei ze kalm. 'Ik hoorde haar schreeuwen. Daar ben ik zeker van. Niemand geloofde me.' Ze aarzelde even voor ze verderging: 'Het kwam niemand uit om mij te geloven. Als zij had geschreeuwd, dan was ze vast geduwd. Dat is een ongemakkelijke uitleg, nietwaar?'

'En als ze inderdaad geduwd werd...' Ari wachtte, hoopte dat Þóra zou reageren op deze niet voltooide vraag, maar dat deed ze niet.

In plaats daarvan nam Tómas onverwacht het woord: 'Ásta logeerde in haar oude kamer, is het niet?'

'Ja, ja. De zolderkamer.'

'Was dat niet moeilijk voor haar?'

'Nee, dat denk ik niet. Reynir stelde het voor, hij vond dat het meest voor de hand liggen. Hij vroeg Óskar en mij om het te regelen. De kamer werd als opslag gebruikt. Óskar bracht alle spullen die daar lagen, ontelbare dozen, naar een andere kamer.' Ze ging zachter praten: 'Om precies te zijn naar de kamer van Tinna, aan de andere kant van de gang.' Toen vervolgde ze: 'Het kostte me veel tijd om alles schoon te maken; er lag zoveel stof dat het er niet erg uitnodigend uitzag.'

'Wat voor meisje was Ásta?' vroeg Tómas.

'Tja, ik heb haar vele jaren niet gezien...'

Tómas viel haar in de rede: 'Maar u kende haar vroeger toch wel, nietwaar?'

'Ja, natuurlijk. Ásta was sterk, gedreven, vastberaden. Liet niet over zich heen lopen. Tinna was zachter. Gemakkelijker in de omgang, gehoorzamer. Heel verschillend, maar toch leken ze op elkaar, als zusjes. Ásta en Óskar trokken erg naar elkaar toe, zoals ik eerder al zei.' Weer die aarzeling. 'Ásta en Reynir waren destijds ook goede vrienden, al was er een leeftijdsverschil. Ásta was zeven jaar toen ze hier vertrok. Toen was Reynir al over de twintig. De zee trok hen allebei. Reynir was toen het meest geïnteresseerd in zeilen.' Ze glimlachte, maar het leek ongewild, toen ze die verhalen uit het verleden vertelde. 'Hij was die zomer bezig een kleine boot te bouwen... Of eigenlijk had hij de vader van Arnór zo gek gekregen om daar de meeste tijd in te steken. Reynir is zelf nooit zo handig geweest. Ásta had het over niets anders dan over die boot. Dat als die boot klaar zou zijn, zij en Reynir elke ochtend zouden gaan zeilen.' Þóra glimlachte nog altijd. 'Ze was dol op de zee, dat meisje.'

Ari wilde iets vragen over het sterfgeval – de dood van Ásta – toen er op de deur werd geklopt. Hulda meldde dat zij en Mummi in de vuurtoren wilden gaan kijken, maar dat hij op slot was.

'Hebben jullie een sleutel?' vroeg ze.

Tómas schudde zijn hoofd en keek naar Þóra.

'Ik heb geen sleutel,' zei ze. 'Alleen Óskar en Arnór hebben er een.'

Ari stond op, liep de gang in en ging de kamer binnen waar Óskar en Reynir op de bank zaten, met een flinke afstand tussen hen in. Ari kreeg het gevoel dat ze daar zwijgend hadden gezeten. In een hoek van de kamer stond een eenzame kerstboom, onversierd, al zou het binnen een etmaal Kerstmis zijn. Zo had Ari zich zijn Þorláksmessa niet voorgesteld.

'Ik heb de sleutel van de vuurtoren nodig,' zei hij met luide en duidelijke stem, als een autoriteit.

Reynir antwoordde als eerste. 'Er zijn twee sleutels. Arnór heeft er een en Óskar heeft er een.'

Ari keek naar Óskar. Deze stond op en pakte de stok die

tegen de bank leunde, strompelde naar de gang en haalde een sleutelhanger uit zijn jaszak. 'Alstublieft,' zei hij en hij gaf Ari de sleutelhanger, waaraan één enkele sleutel hing.

'Is dat iets recents?' vroeg Ari en hij wees naar de stok waarop Óskar steunde.

'Sinds ongeveer een halfjaar,' mompelde Óskar. 'Mijn knie, ziet u.'

Ari knikte en bedacht dat een oudere man met een stok waarschijnlijk niet veel kon uitrichten als het erom ging een moord te plegen.

Toen Ari Hulda de sleutel had gegeven en terugkeerde in het kantoor van Reynir, was het duidelijk dat Tómas het gesprek met Þóra had voortgezet.

'... helemaal niets,' zei ze en ze zweeg toen ze Ari zag.

'We hadden het over de nacht dat Ásta stierf. Þóra heeft niets gehoord, was vast in slaap.' Tómas keek naar haar en zij bevestigde dat door te knikken.

'Dus Óskar vond het lichaam,' zei ze. 'De volgende ochtend.'

'Was hij naar haar op zoek?' vroeg Ari.

'Nee, we wisten niet beter dan dat ze lag te slapen, boven, op zolder. Hij dwaalt altijd over de kaap, maakt 's avonds en 's ochtends lange wandelingen.'

'Met een kapotte knie?' vroeg Ari. Hij probeerde zijn argwaan te verbergen.

'Niet kapot, overbelast,' zei ze. 'Hij loopt altijd langs het strand, dicht langs de zee. Hij heeft er veel plezier in om van de stenen af te klauteren en zo dicht mogelijk bij de zee te komen. Hád er plezier in, moet ik zeggen. Zo kwam hij aan die blessure, in het voorjaar. Vroeg of laat moest dat wel gebeuren. Het is beter als ik vóór hem ga, dan hoef ik daar geen getuige van te zijn,' zei ze zonder nadere toelichting.

Ari wilde niet nader ingaan op deze opmerking, hij dacht niet dat hij iets met de zaak te maken had.

'U zei eerder dat u geen enkele theorie hebt over de dood van Ásta,' zei Tómas.

'Precies...' antwoordde ze, maar haar aarzeling was niet goed genoeg verborgen.

'Niets ongewoons wat u is opgevallen? Niets verdachts?' vroeg Tómas langs zijn neus weg en Ari wist dat hij het juist dan serieus bedoelde met een vraag.

'Niets,' zei Þóra kortaf en ze richtte haar blik op het raam, alsof ze naar buiten wilde.

'Bedankt,' zei Tómas, al even kortaf. 'Voorlopig hebben we genoeg.'

'Ze verbergt iets,' zei Tómas toen hij en Ari met zijn tweeën in het kantoor achterbleven en de deur gesloten was. 'Ik kreeg dat gevoel toen we het over de dood van Ásta hadden, toen jij even weg was. Ik besloot haar een vergelijkbare vraag te stellen, zodat jij haar reactie ook kon zien.'

'Het is me niet ontgaan,' zei Ari. 'Die vrouw is zo vreemd dat ze me angst aanjaagt, maar we moeten natuurlijk morgen nog eens met haar praten. Ze weet iets.'

8

Zijn gezicht was door het weer getekend en vermoeid, zijn ogen waren wonderlijk jong, maar zijn blik was afwezig. Óskar zat ineengedoken in zijn stoel. Hij kon het toch zeker niet koud hebben in die dikke blauwe coltrui, maar desondanks was het of hij rilde. Een klein beetje, maar genoeg dat het Ari opviel. Het kon zwaar zijn om een verklaring te moeten afleggen in een mogelijke moordzaak en alleen in een kamer te zitten met twee politiemannen. Óskar was duidelijk niet van plan om veel te zeggen, want tot nu toe had hij de weinige vragen van Tómas en Ari alleen met ja of nee beantwoord.

Ari nam zich voor om een heldhaftige poging te ondernemen om Óskar op zijn gemak te stellen en dus ging hij over op een ander onderwerp, iets uit de belevingswereld van Óskar: 'Ik meen dat u degene bent die het meest weet van Kálfshamarsvík.'

Óskar knikte en keek Ari nu voor het eerst aan.

'Heb ik het goed begrepen dat hier ooit een dorp was?' Een gemakkelijke vraag om mee te beginnen. 'Ik kan het haast niet geloven.'

'Wis en waarachtig,' zei Óskar. 'Kort na 1900 is hier flink gebouwd. Er stonden huizen op de kaap en in de omgeving daarvan. De baai trok de mensen aan. Hier woonden vooral zeelieden. Het waren meest huizen van turf, hout en steen, maar nu zijn ze natuurlijk allemaal verdwenen. Als je 's ochtends, als de zon opkomt, over de kaap loopt, zie je nog restanten die eraan herinneren. Bij de belangrijkste plaatsen zijn bordjes neergezet, voor de toeristen.'

Óskar was meteen veel ontspannener dan aan het begin van het gesprek. Ari ging op dezelfde voet verder: 'Wat is er gebeurd? Stierf het dorp uit?'

'Niet meteen. Er kwamen juist meer huizen bij. Er kwam zelfs een school. Daar kwamen de mensen ook bij elkaar voor vermaak. Maar het was geen gemakkelijk leven hier in die jaren; er was veel armoede. Sommigen hadden wat vee. In 1930 stonden hier op de kaap en eromheen veertien huizen met bijna zeventig bewoners, als ik het me goed herinner.'

'Zeventig bewoners?' Daar keek Ari van op.

'Ongeveer, ja,' zei Óskar. 'Twintig jaar eerder waren het er zelfs nog meer. Er is hier altijd een goede natuurlijke haven geweest, maar verder waren de omstandigheden zwaar. Hier op de kaap was geen drinkwater en de huizen werden verwarmd met turf. Water en turf moesten hierheen worden gebracht.' Hij zweeg even en voegde er vervolgens aan toe: 'Toen verslechterden de omstandigheden en rond 1940 werden de huizen verlaten.'

'Waarom was dat?'

'Tja, de economische crisis, de lage visprijzen en er werd ook minder gevangen dan voorheen. Een heleboel factoren... Andere vismethoden, verbeterde technologie. Velen zijn waarschijnlijk naar Skagaströnd verhuisd. Zo is het altijd gegaan bij ons, de bewoning richt zich naar de grillen van de natuur. Wij zijn een volk van vissers, en zo moet het ook zijn.' Toen voegde hij eraan toe: 'Maar nu wordt het land op zijn kop gezet... En ik weet heel goed wie daar verantwoordelijk voor is!' Hij schudde zijn hoofd om zijn woorden kracht bij te zetten. Zijn blik die eerst zo afstandelijk was geweest, was nu vol haat, maar hij verhief zijn stem niet.

Ari wist niet goed hoe hij hierop moest reageren.

'Komen u en uw zus hiervandaan?' vroeg Tómas vriendelijk. 'U kent de plaatselijke geschiedenis goed, lijkt me.'

'Nee, nee. Onze moeder is hierheen gekomen toen wij klein waren, als huishoudster. Onze vader is naar het buitenland gegaan nadat Þóra werd geboren. Ik ben twee jaar ouder dan zij, ziet u.'

'En u en Þóra hebben besloten te blijven,' zei Tómas.

'Zo eenvoudig ligt het misschien niet,' zei Óskar en hij liet zijn hoofd hangen.

'Waarom niet?' vroeg Tómas. Zijn gezicht stond welwillend.

'Þóra is destijds naar Reykjavík gegaan, om te studeren. Ze is zeer intelligent, maar het lukte helaas niet. Ze kwam weer thuis, eigenlijk was ze ziek. Het kostte haar enkele jaren om te herstellen,' antwoordde Óskar. Hij zuchtte.

'Ziek?' vroeg Ari. 'Wat was er dan?'

'Ja...' Óskar wierp een snelle blik op Ari, alsof hij wilde zeggen: *dat moet je mij niet vragen*. Ari wachtte echter geduldig en uiteindelijk verbrak Óskar de drukkende stilte. 'Het ligt gevoelig. Ik wil er liever niet over praten. Het is beter als u dat aan Þóra vraagt. Dat speelt nu toch zeker geen rol?'

'We onderzoeken waarschijnlijk een moord,' antwoordde Tómas. 'Dan speelt alles een rol.'

Óskar aarzelde, maar zei toen: 'Ze was verslaafd geraakt aan drugs.'

Ari had op van alles gerekend, maar dat niet. 'Was Þóra aan de dope?' vroeg hij, misschien onnodig bruusk.

'Nee, ik zou het zo niet willen noemen...' Óskar sprak zacht en langzaam. 'Het was de schuld van de arts. Hij schreef haar een medicijn voor om zich te kunnen concentreren tijdens examens.'

'Welk medicijn?'

'Amfetamine.'

Ari floot tussen zijn tanden.

'Er werd vroeger gemakkelijker omgegaan met zulke middelen,' zei Óskar. 'Het is vreselijk verdrietig. Ik denk ook dat Þóra pech heeft gehad met die arts. Hij was iemand van de oude stempel, die tot in de jaren zeventig doorging met amfetamine voorschrijven aan studenten, zoals hij dat ongetwijfeld al tientallen jaren had gedaan. Ze kwam niet van dat vervloekte middel af en kwam naar huis. De ontwenning was afschuwelijk.' Hij schudde zijn hoofd om dat nog eens te benadrukken.

'Is ze volledig hersteld?' vroeg Ari.

'Ja, maar ze durfde niet meer naar de stad om te studeren... En ze heeft zich nooit over die teleurstelling heen kunnen zetten, volgens mij. En zo zou je kunnen zeggen dat deze levenservaring haar uiteindelijk tot de dood heeft gebracht.' Die laatste woorden fluisterde hij bijna.

'Tot de dood? Wat bedoelt u in vredesnaam?' vroeg Tómas.

'Daarna had ze een afkeer van artsen. En dat is zacht uitgedrukt,' antwoordde Óskar. Hij leek woedend, maar net als daarvoor praatte hij met zachte stem. 'Het grenst eerder aan haat. Ze weigert om naar een dokter te gaan als ze die nodig heeft en uiteindelijk zal haar dat de kop kosten. Ze heeft al jarenlang pijn, maar deed er niets aan... Toen ik haar er eindelijk van overtuigde dat ze naar een dokter moest gaan, was er niets meer aan te doen. Een of andere vervloekte inwendige ziekte. Ze heeft niet lang meer, een paar maanden misschien, een jaar als ze geluk heeft. Ze heeft alle behandelingen geweigerd.'

Ari schrok van dat bericht. Hij kende de vrouw vrijwel niet, maar hij vond het toch naar om dat te horen. Hij zag het gesprek met haar nu in een nieuw licht.

'Laat haar niet weten dat ik u dit heb verteld,' zei Óskar.

'Dat ze stervende is?' vroeg Tómas.

'Nee, dat met die amfetamine. Dat is een soort familiegeheim. Wat die ziekte betreft, weten onze vrienden hier in de omgeving wel dat ze niet zo lang meer heeft, al praten we er nauwelijks over. Het is gewoon zoals het leven gaat.'

Tómas stelde toen de vraag die Ari juist aan het overwegen was: 'Hoe heette de arts die hier verantwoordelijk voor was?'

'Dat zou ik met de beste wil van de wereld niet meer weten.' Óskar keek naar Tómas en glimlachte. 'Ik ben zo slecht in namen onthouden. Hij is al heel lang dood, dat weet ik wel. Mijn moeder heeft er destijds nog een zaak van gemaakt, al leidde dat nergens toe. Ze diende een klacht in en we hoorden dat meer studenten, buiten Þóra, slecht hebben gereageerd op die... medicijnen, als je ze zo zou mogen noemen.'

Na een korte stilte vond Ari het een goed moment om het gesprek op Ásta te brengen: 'Denkt u dat Ásta's dood een ongeluk was?'

'Eerlijk gezegd heb ik geen idee. Misschien... Misschien sprong ze gewoon naar beneden, willens en wetens.'

'Dat is natuurlijk mogelijk,' zei Ari. En als dat zo was, waar had ze dan aan gedacht tijdens haar val? Hij zag in gedachten haar foto voor zich, die verleidelijke blik. Die verdrietige glimlach. Heel even vroeg hij zich af hoe ze er naakt had uitgezien. Hij probeerde direct die ongepaste gedachte van zich af te zetten, maar dat bleek gemakkelijker gezegd dan gedaan. Er was iets aan Ásta wat dat effect op hem had.

'En Sæunn en Tinna?' vroeg Ari, die even niet meer over Ásta wilde praten. 'Gingen zij ook vrijwillig de zee in, denkt u?'

'Sæunn misschien...' zei hij. Zijn stem klonk ver weg. 'Sæunn, die naam betekent toch juist dat ze van de zee houdt?' Tómas noch Ari reageerden hierop, dus Óskar ging een beetje ongemakkelijk verder: 'Ik vind het leuk om wat over de betekenis van namen na te denken. Tómas: dat betekent tweeling.' Hij keek naar Tómas en toen naar Ari: 'En Ari... Weet u wat dat betekent? Er is hier namelijk een meertje op Skagi dat het Aravatn heet.'

'Ari betekent arend,' antwoordde hij. 'Klopt dat niet?' Hij had opeens het gevoel dat hij een mondeling examen aflegde.

'Dat klopt. Mooie naam. Vlieg alleen niet te hoog.' Hij glimlachte vaag.

'Ook niet te laag,' antwoordde Ari. 'En Óskar? Wat betekent dat?'

Een korte stilte. Toen antwoordde hij: 'Vijand.' Hij grijnsde opeens en er ging een rilling over Ari's rug.

'Wat is er met uw knie gebeurd?' vroeg Ari toen.

'Het waren die rotsen,' antwoordde Óskar. 'Ik was in zee aan het zwemmen en toen bedacht ik dat ik weleens de kaap op kon klimmen.'

'Op dezelfde plaats als waar die vrouwen zijn gestorven?'

'Ongeveer. Je mag nu eenmaal niet al te bijgelovig zijn.'

'Zwemt u veel in zee?' vroeg Tómas.

'Ja, in zee zwemmen geeft je energie. Het is tegenwoordig natuurlijk moeilijk om veel te zwemmen, met die blessure, maar ik hoop dat die knie zich snel herstelt, al is dat niet helemaal zeker; je wordt nu eenmaal ouder. Ondertussen probeer ik af en toe een duik te nemen, maar ik ga niet ver uit de kust.'

Tómas ging door met vragen stellen: 'Was u aan het zwemmen op de avond dat het zusje van Ásta stierf? Tinna...'

Óskar leek niet op die vraag te hebben gerekend. 'Ja, inderdaad.'

'En hebt u iets gezien?' vroeg Tómas nogal scherp.

'Nee.' Het was moeilijk om aan dat ene woordje te bepalen of Óskar loog of niet. Als hij iets verborg, dan had hij ruim vijfentwintig jaar de tijd gehad om zich daarin te oefenen.

Toen voegde hij eraan toe: 'Ik geef niets om al die hypotheses dat er daar iets bovennatuurlijks heeft plaatsgevonden.'

'Reynir vertelde ons dat het hier vlakbij gespookt zou hebben, in 1964. Meubels werden verplaatst, aardewerk brak...' zei Tómas.

'Tsss, ik geloof helemaal niet in die onzin, maar hier vloog het aardewerk ook van de planken,' zei hij en hij glimlachte.

'O?' Tómas keek hem strak aan.

'Er was hier een heftige aardbeving in 1963. Ik herinner het me heel goed... Het huis schokte en trilde, schilderijen vielen van de muren, losse voorwerpen vielen van de planken en er ontstonden scheuren in de muren. Mijn moeder en ik waren alleen in huis, het was winter. Þóra was in Reykjavík, aan het studeren. Mijn moeder en ik waren diep in slaap, het liep tegen twaalf uur. We schrokken wakker van dat vreselijke lawaai. Ik herinner me dat we naar buiten zijn gevlucht en pas tegen de ochtend weer naar binnen durfden.' Óskar raakte enthousiast als het over het verleden ging.

'Ik heb thuis, in Siglufjörður, verhalen gehoord over die aardbeving,' zei Ari. Hij stond er zelf van te kijken hoe goed hij de geschiedenis van de plaats inmiddels kende.

'De kerkklokken luidden de hele tijd en de stroom viel uit.'

Tómas nam het woord: 'Uw zus zei dat Ásta...' Hij dacht even na. 'Dat zij naar u toe trok, als ik me de woorden goed herinner. Konden jullie het goed vinden samen?'

'Ja, ja... Dat kun je wel zeggen,' mompelde hij. 'Voor zover er van vriendschap sprake kan zijn tussen een kind en een volwassene. Zij was zeven jaar oud toen ze hier wegging, ik was al over de veertig... Tweeënveertig, ja.'

'Ging u ook zeilen?' vroeg Ari.

'Wat? Zeilen?' Óskar keek hem verbaasd aan, maar leek het toen te begrijpen. 'O, zoals ze met Reynir deed, bedoelt u dat?'

Ari knikte.

'Nee, nee, dat was meer hun ding. Voornamelijk van Reynir, natuurlijk, maar Ásta hing veel bij hem rond; ze verheugde zich erop om te gaan zeilen als zijn boot klaar was.'

'En is het ervan gekomen?'

'Nee. Reynir was aan het eind van de zomer klaar met het werk aan de boot, maar toen was Ásta al weg. Ze vertrok kort na de dood van Tinna.'

'Waarop was uw vriendschap met haar gebaseerd?' vroeg Tómas.

Óskar dacht na. 'Ze kon je om haar vinger winden,' zei hij toen. 'Ze was bijvoorbeeld een heel moeilijke eter. Ze at lang niet alles wat Þóra op tafel zette. En Þóra is een uitstekende kok. Wij hadden de gewoonte ontwikkeld dat ik haar dan nog iets lekkers bracht als ze naar bed was gegaan.' Hij glimlachte een beetje beschaamd.

Ari schrok toen er opeens nogal dringend op de deur werd geklopt. Hulda stak haar hoofd om de hoek van de deur. 'Mag ik jullie even storen?' Het was aan haar gezicht te zien dat het dringend was.

‘Bedankt, Óskar,’ zei Tómas. ‘Dat is voorlopig genoeg.’

Óskar stond op en schuifelde weg, steunend op zijn stok. Opeens had Ari het gevoel dat hij hem iets vergeten was te vragen, maar hij kon onmogelijk bedenken wat.

9

Hulda had hun gemeld dat bij de eerste inspectie alles erop leek te wijzen dat er een worsteling had plaatsgevonden in de vuurtoren. Sporen van bloed op een muur binnen, dicht bij de trap, sporen die iemand had proberen te verwijderen. 'Als dat bloed van Ásta is,' had Hulda gezegd, met een ernstiger gezicht dan daarvoor, 'dan is het denkbaar dat ze is geduwd, dat ze achterover is gevallen en met haar hoofd de muur heeft geraakt. Het hoeft op zich niet veel te hebben gebloed, maar ze kan het bewustzijn hebben verloren en het kan zelfs haar dood hebben veroorzaakt.'

Tómas sprak uit wat Ari dacht: 'En dan kwam het goed uit om haar van de rotsen te gooien, bewusteloos of dood. De rotsen waar haar moeder en haar zusje ook de dood hadden gevonden.'

Tómas en Ari hadden niet lang nodig om naar de boerderij te rijden waar Arnór woonde, na enkele duidelijke aanwijzingen van Reynir. Het woonhuis telde twee verdiepingen, was met golfplaat bekleed en al wat ouder. De pick-uptruck die voor het huis stond verschilde zoveel als maar mogelijk was van de luxejeep op de landtong – hij was oud en vies.

Een levendige herdershond rende hun tegemoet voor Arnór op zijn gemak het huis uit kwam en hen begroette. 'Ik verwachtte u al,' zei hij. 'Arnór Heiðarsson.'

Ze stelden zich voor en liepen achter Arnór aan naar de kamer. Er was daar veel meer kerstsfeer dan in de woonkamer van Reynir. Een kleine, maar mooie kerstboom stond naast de televisie, feestelijk opgetuigd en verlicht met rode en blauwe kerstlampjes. Onder de boom lagen enkele pakjes, al waren het er niet veel. Ari concludeerde dat er in dit huis geen kinderen woonden.

Zelf had hij onopvallende oorknopjes voor Kristín gekocht, en een boek. Ze hadden afgesproken om deze Kerstmis niet veel aan cadeautjes uit te geven, maar het geld uit te sparen voor alle dingen die ze zouden moeten aanschaffen als het kind kwam.

De televisie stond aan met het geluid uit en aan de ouderwetse eettafel zat een vrouw van dezelfde leeftijd als Arnór, misschien iets jonger.

'Dit is mijn vrouw, Þórhalla,' zei Arnór.

Ze stond op en begroette Tómas en Ari met een handdruk. Ze zag er bezorgd uit, moe.

'We moeten helaas onder vier ogen met uw man praten,' zei Tómas. Zijn stem klonk niet al te ernstig, al was het iedereen duidelijk dat er diepe ernst achter school.

'Dat dacht ik al.' Haar glimlach was niet overtuigend. Toen wendde ze zich tot Arnór: 'Ik ben boven, schat.' Haar stem miste warmte.

Arnór bood zijn gasten een stoel aan de eettafel aan.

Tómas keek naar Ari en leek hem het woord te geven. Ari liet zich dat geen twee keer zeggen en kwam direct ter zake: 'Hebt u een sleutel van de vuurtoren?'

Arnór leek niet op die vraag te hebben gerekend. Hij dacht ongemakkelijk lang na, leek zenuwachtig. 'Ja,' antwoordde hij toen. 'Óskar en ik hebben allebei een sleutel.'

Toen voegde hij er onmiddellijk aan toe: 'Wat denkt u dat er met Ásta is gebeurd? Is ze... Is ze vermoord?'

Ari was niet van plan Arnór zo gemakkelijk te laten ontsnappen: 'Kunt u ons die sleutel laten zien?'

Weer aarzelde Arnór. 'Tja... Eigenlijk niet. Ik heb hem niet.'

Ari wachtte en keek strak naar die arme man, die zich leek af te vragen of hij zich nog dieper in de nesten moest werken door te liegen.

Uiteindelijk zei hij zacht: 'Ik heb haar die sleutel uitgeleend.' Hij zuchtte.

'Haar?'

'Ásta.'

'Wanneer?'

Weer die aarzeling. 'Vlak voor het avondeten... Op haar laatste dag... De avond voordat ze stierf, bedoel ik.' Hij praatte veel te snel. 'Ze stond voor de deur van de vuurtoren en wilde naar binnen, maar de deur zat natuurlijk op slot. Ze vroeg of ik haar de sleutel kon lenen en dat deed ik. Ze wilde er graag weer eens een kijkje nemen, na al die jaren.'

Het zweet brak Arnór uit. Het liep van zijn voorhoofd. En we zijn nog maar net begonnen, dacht Ari.

'Ik wist niet dat dat belangrijk was.'

'Het is allemaal belangrijk,' zei Ari. Dat was precies iets wat Tómas had kunnen zeggen. Hij had wel het een en ander van die kerel geleerd.

'Heeft iemand jullie gezien?'

'Wat bedoelt u?' vroeg hij met onvaste stem, aarzelend, bijna alsof die vraag een diepere betekenis had.

'Kan iemand bevestigen dat het zo is gebeurd, dat Ásta u om de sleutel heeft gevraagd en dat u die haar gegeven heeft?'

'O, ja... Ik begrijp het... Nee, niemand behalve Ásta.' Toen stelde hij dezelfde vraag als daarvoor: 'Is dat belangrijk?'

Ari glimlachte. Hij had bedacht dat een onverwachte glimlach op zo'n moment iemand totaal kon ontregelen. Daar was duidelijk weinig voor nodig.

'Had ze geen sleutel bij zich?' vroeg Arnór. Zijn wanhoop was overduidelijk.

Ari keek naar Tómas.

'Ze had wel een sleutel in haar zak, herinner ik me. We dachten dat die van haar huis in de stad was. Ze had haar jas aan, met een autosleutel en nog een andere sleutel in de zakken.'

'U moet dat onderzoeken!' Arnór schreeuwde haast.

'Wanneer had u seks met haar?' vroeg Ari. Hij wist – en het gezicht van Tómas bevestigde dat – dat hij met die vraag direct was doorgeschoten naar de hoogste tree, misschien zelfs wel eroverheen.

Nu leek Arnór helemaal dicht te klappen. 'Wat bedoelt u? Wanneer...'

Tómas kwam ertussen, tot frustratie van Ari. 'Vergeef ons deze ongepaste vraag, maar we moeten weten of u en Ásta... nou ja, met elkaar hebben geslapen. We zullen daar snel duidelijkheid over krijgen na onderzoek van de sporen.'

Arnór keek naar Tómas, met een ernstig gezicht, alsof hij erachter probeerde te komen of Tómas bluftte. Pokeren op leven en dood, zoiets. 'Nee. Ik ben een getrouwd man en slaap niet met andere vrouwen.'

'Bent u een regelmatige gast op Kálfshamarsnes?' vroeg Ari.

'Ja, dat mag je wel zeggen. Reynir heeft weinig tijd voor het onderhoud en dat soort dingen. Hij heeft het veel te druk met geld verdienen. En Óskar, die beste man, nadert de zeventig en heeft zich in het voorjaar ook nog eens geblesseerd. Ik help hem ook met de vuurtoren; hij is vuurtorenwachter, in naam. De bediening van die vuurtorens is inmiddels min of meer automatisch geworden, dus er is niet veel werk te doen.'

'En wordt u betaald voor dat klusje?'

'Ja, natuurlijk. Reynir heeft genoeg. Hij geeft daar niet om. Ik heb hier mijn hele leven gewoond en de boerderijen liggen vlak bij elkaar, dus natuurlijk zijn we altijd veel met elkaar omgegaan.' Hij haalde diep adem, leek over de grootste schok van het gesprek heen te zijn. 'Ik was enig kind en er waren vaak kinderen op de landtong te vinden. Reynir is behoorlijk wat ouder dan ik, maar hij was altijd vriendelijk voor me. En toen kwam Ásta...' Hij glimlachte, het leek alsof het vanzelf ging. 'Zij was drie jaar jonger dan ik. Het was hier eenzamer toen zij was vertrokken, maar er kwamen soms kinderen bij hen op bezoek, herinner ik me.'

'Spraken u en Ásta lang met elkaar?' vroeg Tómas.

'Wat?' Arnór leek de vraag niet te begrijpen.

'Bij de vuurtoren. Toen u haar de sleutel gaf.'

'Nee,' antwoordde hij kort, maar toen ging hij verder: 'We hebben er even samen gezeten en hebben vooral over vroeger gepraat.' Er klonk verdriet door in zijn stem. Rouw.

Ari nam het weer over. 'Waar was u in de nacht dat Ásta stierf?'

'Hier thuis.' Hij verhief zijn stem. 'Wat is dat eigenlijk voor een vraag?'

'Ging u na het eten naar huis?'

'Ja. Naar huis en naar bed.'

'Ik ga ervan uit dat uw vrouw...' Ari probeerde op haar naam te komen. '... Þórhalla, dat kan bevestigen.'

'Natuurlijk,' zei hij beslist. Misschien te beslist?

'Herinnert u zich dat het zusje van Ásta stierf? Was u toen op de landtong?'

Hij antwoordde zonder aarzeling: 'Ja, natuurlijk herinner

ik me die dag. Hoe kun je zoiets vergeten? Maar ik was niet in de buurt.'

'Wat denkt u dat er is gebeurd?'

'Dat weet ik niet. Ik was een jochie van tien op dat moment. Je krijgt maar weinig te horen. Wijlen mijn vader was een regelmatige gast op de landtong, maar hij paste ervoor op me te veel over dat gruwelijke ongeval te vertellen. Hij wilde waarschijnlijk niet dat ik nachtmerries kreeg...' Hij glimlachte vaag.

'Ongeval... Denkt u dat het een ongeval is geweest?' vroeg Ari voorzichtig.

'Ja, natuurlijk, wat anders? Denkt u dat het kind een bewuste beslissing heeft genomen om van die rotsen te springen?' Hij schudde zijn hoofd.

'Nee,' antwoordde Ari. Hij liet andere, gruwelijker hypotheses even voor wat ze waren. 'Dus u moet acht jaar oud zijn geweest toen hun moeder stierf.'

'Dat kan kloppen.'

'Waar was u die nacht?'

'Wat bent u in hemelsnaam allemaal aan het suggereren? Dat ik op achtjarige leeftijd een vrouw gedood heb, en vervolgens ook nog eens haar twee dochters, met een periode van vijfentwintig jaar ertussen? Dat ik ze allemaal van de rotsen heb geduwd? Ik doe daar niet aan mee!' Hij stond met veel misbaar op.

'Rustig, rustig,' zei Tómas en hij bleef zitten. 'We suggereren helemaal niets. De dood van Ásta is op vergelijkbare manier verlopen en we moeten tot de bodem van deze zaak komen. Misschien hangt hij samen met vroegere gebeurtenissen op de kaap, misschien ook niet.'

Arnór ging weer zitten. 'Oké, ik ben het alleen niet eens met zulke insinuaties.'

'Wat voor type was Ásta?' vroeg Ari.

'Ze was een harde. Ik denk dat ik dat wel kan zeggen. Ik kende haar natuurlijk alleen als kind, maar ik had het gevoel dat ze nauwelijks was veranderd toen we elkaar weer zagen. Ze hield je altijd op een bepaalde afstand, bewust of onbewust. Misschien was het alleen haar blik, afstandelijk, alsof ze ergens anders was, verloren, ook als ze recht tegenover je stond. Begrijpt u wat ik bedoel?'

'Ik denk van wel,' zei Ari en hij zag de foto voor zich. Die moeilijk te duiden blik. 'Ik heb een foto van haar gezien.'

Arnór knikte.

'Hoe verliep het avondeten? Was Ásta zichzelf?'

Arnór glimlachte: 'Daar vraagt u me wat... Hoe zou ze moeten zijn. Ik heb eigenlijk geen idee, maar het avondeten verliep goed; ik vond dat ze zich heel normaal gedroeg. Reynir had haar de kamer op zolder gegeven, haar oude kamer. Sommigen zouden zich daardoor uit het veld hebben laten slaan, maar Ásta niet. Ik denk dat ze zich door weinig uit haar evenwicht liet brengen.'

'Was uw vrouw er niet bij?'

'Þórhalla? Nee... Zij heeft haar eigen vrienden en ik de mijne.'

'Waarover werd er tijdens het eten gepraat?'

'Dat herinner ik me niet precies. Koetjes en kalfjes.' Hij dacht na en zei toen: 'Ik herinner me alleen dat Ásta zei dat ze de rust van het platteland niet miste. Ze was hierheen gekomen om een artikel te schrijven. Ik weet niet of dat echt zo was. In elk geval was het niet haar bedoeling om hier van het natuurschoon te genieten. Het zou trouwens geen vrolijk artikel zijn geworden, dat kan ik u wel vertellen. Ze zag haar eigen zusje doodvallen. Vanuit het zolderraam. En als Tinna's val geen ongeluk was, dan zou het heel goed kunnen dat Ásta gezien heeft dat iemand haar eraf duwde...'

'Denkt u dat dat iets met haar terugkomst nu te maken heeft?' vroeg Ari.

'Misschien,' antwoordde hij in gedachten verzonken. 'Misschien was ze van plan oude schulden te vereffenen... voordat het te laat was.'

Ari wist niet of hij nadere toelichting moest vragen op deze wilde suggestie, maar voordat hij zover was, nam Tómas het woord: 'Hebt u het uitzicht vanuit de zolderkamer gezien? Neergekeken op de rotsen daar?'

Nu dacht Arnór verdacht lang na. 'Nee, dat herinner ik me niet. Misschien vroeger. Ik begreep dat die kamer vele jaren een opslag is geweest. Ik had daarboven niets te zoeken.'

Tómas ging door met vragen stellen: 'Bent u niet met Ásta naar boven gegaan? Misschien na de maaltijd?'

Weer vloog Arnór op: 'Nee! Ik ben na het eten niet bij haar in de buurt geweest. Ik heb niet met haar geslapen... En ik heb haar niet gedood!'

Nu stond Tómas op, en Ari volgde zijn voorbeeld. 'We moeten even kort met uw vrouw praten.'

Arnór mompelde iets en riep haar toen. Ze reageerde ongewoon snel, bijna alsof ze de hele tijd had meegeluisterd.

'Moet ik ondertussen niet naar boven?' vroeg hij met een sarcastische grijns op zijn gezicht. 'U wilt haar vast vragen waar ik allemaal ben geweest.'

'Dat is een goed idee,' antwoordde Ari, maar het was overduidelijk dat ze genoeg tijd hadden gehad om zijn uitspraken te verifiëren, dus echt belangrijk was het niet.

Zij glimlachte naar hen, maar ze zag er verslagen uit. Ze ging niet zitten en vroeg hun ook niet om weer plaats te nemen.

'Zoals u weet, onderzoeken wij de dood van Ásta Káradóttir,' zei Tómas formeel.

Ze knikte.
'Was Arnór thuis in de nacht waarin ze stierf?'
'Ja,' antwoordde ze zonder aarzelen. 'De hele nacht. Hij kwam in de avond hier, nadat hij op de landtong had gegeten.'
'Waarom was u niet meegegaan?'
'Ik hou niet zo van zulke dingen,' zei ze ongemakkelijk. 'Ik blijf liever thuis. Ze hebben het allang opgegeven mij uit te nodigen.'
'De hele nacht, zegt u?'
'De hele nacht,' herhaalde ze.
'Was u de hele nacht wakker? Kunt u dat bewijzen?'
Ze raakte geagiteerd. 'Nee, nee... Natuurlijk niet. Naar beste weten. Ik zou het gemerkt hebben als hij naar buiten was gegaan.'
'En hij?' vroeg Ari.
'Hij? Wat bedoelt u?' vroeg ze een beetje nerveus.
'Zou hij het hebben gemerkt als u naar buiten was gegaan?'
'Ik? Waarom zou ik...'
Ari keek naar Tómas en zei toen: 'Bedankt voor het gesprek.'

10

Þóra was verdrietig. Het kon echt niet door haar ziekte komen, daar had ze zich inmiddels bij neergelegd – zoveel als mogelijk was. Die afschuwelijke dood van Ásta had de stemming op de kaap natuurlijk bedrukt. De beklemmende nabijheid van de dood in al zijn vormen.

Misschien miste ze gewoon de kerstsfeer. Ásta had alles verpest met haar komst naar de kaap. Met haar dood.

Op de avond van Þorláksmessa moesten tranen van blijdschap vloeien. Zo waren haar jeugdherinneringen, die ze elk jaar weer probeerde te herleven. Haar moeder had altijd geprobeerd om het kerstfeest memorabel te maken, ook al was er nooit veel geld.

En Þóra had vooral dit jaar naar Kerstmis uitgekeken; ze wist dat het waarschijnlijk haar laatste was, alleen een wonder kon haar nog een Kerstmis erbij geven.

Óskar zat aan de piano en zei niets. Af en toe speelde hij het wijsje waarvan de jonge politieman had gezegd dat het van Schubert was. Waarom had ze Óskar nooit gevraagd wat het voor muziek was? Ze wist zo weinig van hem, ondanks alles. Wat dreef hem? Hoe kon hij hier al die jaren hebben geleefd zonder te proberen weg te komen? Elk jaar hetzelfde als het voorgaande. En elke verduivelde dag dezelfde als de voorgaande.

Zij had het nog geprobeerd. Dat gaf haar leven een zekere waarde, al was het niet veel. Hij had zijn leven te grabbel gegooid. Het was zijn eigen schuld.

En nu was hij kerngezond en zij keek de dood in de ogen. Hij zou langer leven dan zij, dat was wel duidelijk. En hoe zou hij die tijd gebruiken? Door zich in een kalm gangetje door elke dag te slepen, op de automatische piloot. Doorgaan met zijn leven te vergooien.

En daar op de bank zat Reynir, die net een peperdure fles whisky tevoorschijn had gehaald. Zelf dronk ze rode wijn, op uitnodiging van Reynir. Hij was opgevoed met een dure smaak, voor zover hij enige opvoeding had genoten. Zijn vader was veel weg geweest – en als hij er wel was, was hij ook afwezig; zijn moeder was jong gestorven.

Þóra had dus moeten proberen hem op te voeden, naar beste kunnen. Zoals te verwachten was, had ze stank voor dank gekregen.

Buiten in de winterse duisternis was de politie – of in de vuurtoren, een van beide. De twee politiemannen die met haar hadden gesproken waren weer weg, maar ze wist niet beter dan dat die andere twee nog in de vuurtoren waren. De jonge vrouw had aangeklopt en hun beleefd meegedeeld dat ze de vuurtoren beter moesten onderzoeken en dat ze er tot in de avond zouden blijven. Ze had geen nadere uitleg gegeven.

Er klonk rustige kerstmuziek in de kamer. Þóra was bezig de kerstboom te versieren. Ze had de doos met kerstversiering uit het oude kamertje van Tinna gehaald, op zolder. Er ging altijd een rilling door Þóra heen als ze daar naar binnen ging. Er was iets bijzonder gruwelijks aan de dood van dat kleine meisje. Die gebeurtenis drukte nog steeds als een nachtmerrie op de bewoners van het huis, na al die jaren nog.

Verder had Þóra nog veel meer op haar hart, al die geheimen werkten haar op de zenuwen. Sommige had ze stilgehouden, van andere dacht ze te weten dat anderen er ook van wisten – en dan was er nog dat verdomde verstoppertje spelen van Óskar. Waarom in vredesnaam sloot hij zich overdag altijd op in zijn kamer?

Ze had misschien iets te veel rode wijn gedronken en er was een soort duivel in haar gevaren. Ze verlangde ernaar het oppervlak alleen maar wat te laten rimpelen, voordat het te laat was. Ze voelde dat er niet veel tijd meer was.

Ze was net klaar met het versieren van de kerstboom toen er op de deur werd geklopt. Reynir maakte geen aanstalten om open te doen en Óskar was officieel verontschuldigd vanwege zijn knieblessure.

Ze ging ervan uit dat het die vrouw van de politie zou zijn om hun te zeggen dat het onderzoek voor vanavond werd beëindigd, maar daar stond Arnór in de kou.

'Hallo,' zei hij en hij vroeg of hij binnen mocht komen.

'Arnór, beste jongen, kom erin,' zei Reynir. 'Ga zitten.' Toen keek hij naar Þóra en Óskar en voegde eraan toe: 'Komen jullie hier ook bij ons zitten. We moeten toosten op Ásta, op haar herinnering. Meer kunnen we niet doen. Afschuwelijk, echt afschuwelijk... Maar we moeten elkaar steunen en vooruitkijken.'

Toen waren ze gaan zitten, met zijn vieren, in een halve cirkel aan de tafel – zij met haar rode wijn, de anderen dronken whisky. Verenigd vanwege de dood van een vrouw die ze nauwelijks hadden gekend. Verenigd in een loze poging om om haar te rouwen.

Þóra dacht dat ze door die valsheid heen kon kijken, ze dachten allemaal in de eerste plaats aan zichzelf.

'Halla, Þórhalla, is naar bed gegaan. Ik kon onmogelijk slapen,' zei Arnór, al had niemand hem gevraagd om een verklaring voor zijn bezoek. 'Je bent het niet gewend om door de politie te worden verhoord en dan gewoon maar naar bed te gaan en te gaan slapen alsof er niets aan de hand is.' Hij nam een grote slok.

'Hier hetzelfde,' zei Reynir. 'Dat is geen dagelijkse kost.'

'Ze zijn er nog steeds,' merkte Þóra op. Ze wilde de reactie van Arnór zien.

'Ze? Wie?' vroeg hij.

'De politie is de vuurtoren aan het onderzoeken.'

'De vuurtoren? Waarom in vredesnaam?' vroeg hij. Hij leek een beetje verbaasd.

Reynir was Þóra voor met antwoord geven. 'Geen idee. Dit onderzoek gaat nergens over. Die vrouw sprong gewoon van die rotsen, net als haar zusje... Net als haar moeder. Een foutje in de genen, dat is alles.'

'En hebben ze iets gevonden in de vuurtoren?' vroeg Arnór. Hij was opvallend onrustig.

'Dat zeiden ze niet,' zei Þóra, 'maar dat kun je je natuurlijk wel voorstellen. Ze zijn er al een hele tijd en kijken in alle hoeken en gaten. Is Ásta in de vuurtoren geweest?'

Ze keek naar de drie mannen. Geen van hen leek antwoord te willen geven.

'Ik heb haar de sleutel van de vuurtoren geleend,' zei Arnór. Hij schaamde zich een beetje. 'Ze wilde er een kijkje nemen... Ik vond dat vanzelfsprekend. Ik weet niet of ze dat inderdaad gedaan heeft.'

'Ze vroegen ernaar,' zei Óskar. 'Of wij een sleutel van de vuurtoren hadden. Ik gaf de politie de mijne.'

'Heb jij de jouwe?' vroeg Reynir.

'De mijne?' Arnór werd onrustig. 'Nee, die heb ik niet. Ásta had hem niet teruggegeven... Ze... Nou ja...'

'Dat is natuurlijk heel vervelend voor je. De sleutel is hopelijk bij haar aangetroffen,' zei Reynir.

'Dat hoop ik zeker!' zei Arnór. Hij ademde nu sneller. 'Het is vreselijk. Jullie hadden hun gezichten moeten zien...

Ik mag dankbaar zijn dat ik vannacht niet in de cel zit.'

'Er gaat niemand naar de gevangenis,' zei Reynir kalm. 'Dit onderzoek is een farce. Wij worden bijna gegijzeld, alleen omdat een of andere meid besloten heeft hierheen te komen en een einde aan haar leven te maken.'

'Ze vroegen mij van alles over Sæunn en Tinna,' zei Þóra. 'Ik heb het gevoel dat ze die sterfgevallen met elkaar in verband willen brengen.'

'Met elkaar in verband brengen!' zei Reynir. 'Wat een onzin. Als er iets in de genen zat bij die vrouwen, zoals ik net al zei, iets in het bloed... dan is de verklaring alleen dat er hier op deze kaap soms krachten aan het werk zijn die wij niet begrijpen.'

'Spoken?' vroeg Óskar. Hij keek naar Reynir.

'Iets bovennatuurlijks,' antwoordde Reynir.

Waarom begon die jongen ineens over spoken te praten? dacht Þóra.

'Wat een ongelooflijke onzin,' zei Óskar en hij sloeg op de tafel. 'Dit is een mooie en vredige plek. Het is echt te gek voor woorden dat een man van jouw leeftijd ineens met spookverhalen komt. Alle ellende hier is door mensen veroorzaakt, daar ben ik zeker van. Direct of indirect. Bewust of onbewust.'

'Bedoel je dat iemand Ásta geduwd heeft?' vroeg Arnór.

'Nee, dat bedoel ik niet,' zei Óskar. 'Ik denk dat ze zelf gesprongen is. Misschien was dat haar enige reden om hierheen te komen.'

Þóra zuchtte. Ze was moe, lichamelijk en geestelijk.

Óskar keek naar haar. 'Gaat het, Þóra?'

'Ik ben alleen zo moe,' antwoordde ze.

'Het moet erin hakken,' zei Reynir, 'voor iemand in jouw toestand.'

'Iemand in mijn toestand, ja,' zei ze. 'Er is van alles wat in deze dagen door mijn gedachten gaat. Je denkt aan oude vrienden en voorbije tijden. Ik kan nu eenmaal niet ontkennen dat ik na wat er gebeurd is veel aan Sæunn, Kári, Ásta en Tinna moet denken. En aan Sara.'

Dat laatste zei ze heel zacht en ze keek heel even de man aan tot wie die woorden gericht waren.

Hij kon zijn angst niet verhullen, al deed hij zijn best. Ze glimlachte en ging verder. Er lag haar iets op het hart. 'Het was trouwens wel zo, nu we het toch over Sæunn hebben, dat we niet alleen in huis waren die nacht.'

Ze zag aan Óskars gezicht dat hij wist wat ze bedoelde. Reynir leek echter verbaasd: 'Niet alleen? Wij waren hier, en Óskar... En Kári en de meisjes natuurlijk. Was er nog iemand?'

Ze knikte.

Arnór zei snel: 'Ik was hier niet. Bedoel je mij? Word je dan nergens met rust gelaten?' Hij was nog altijd zenuwachtig.

'Rustig aan, vriend,' zei Reynir en hij vulde diens glas bij. 'Niemand beweert dat. Dat is toch zo, Þóra?' Hij keek naar haar.

'Nee, ik had het niet over jou, Arnór,' zei ze. 'Maar misschien kunnen we sommige dingen beter laten rusten.' Ze glimlachte weer. Ze had er heimelijk plezier in om de boel een beetje op te stoken. 'Sommige. Niet alle.'

Ze nam een slok rode wijn en keek naar de drie mannen. Probeerde de verschillende gevoelens die in hen omgingen te onderscheiden: angst, onzekerheid, bezorgdheid... Toen keek ze naar Óskar en bleef hem een tijdje observeren. 'Ik heb het gevoel dat er hier verstoppertje wordt gespeeld,' zei ze. 'Er zijn er hier die halverwege de dag verdwijnen en zich zonder uitleg in hun kamer opsluiten, om maar iets te zeggen. En ik begrijp het wel dat die politiemensen vragen stellen over de dood van Sæunn en Tinna, hoewel het lang geleden is, ik zeg het alleen maar. Natuurlijk was het niet allemaal wat het leek, dat spreekt vanzelf. Het was voor iedereen het prettigst om alles destijds zo netjes mogelijk af te handelen: zelfmoord, ongeluk... Beter om alles met rust te laten. Alles met de mantel der liefde te bedekken.' Nu keek ze naar Reynir: 'En dan heb ik het vooral over jouw vader.'

Reynir bleef kalm, maar het was duidelijk dat hij daar zijn uiterste best voor moest doen. 'Wat bedoel je? Papa heeft nooit een vlieg kwaad gedaan.'

'Je vader was een machtig man, als het over geld ging. Niemand durfde hem dwars te zitten. Zo was IJsland vroeger, beste jongen.'

'Er is maar weinig veranderd!' merkte Óskar op.

'Ja... De politie is deze keer in elk geval langsgekomen, en ook nog eens met een heel team, ondanks het feit dat onze Reynir hier een grote vis is,' zei Þóra.

'Wat een openhartigheid ineens.' Reynir glimlachte. 'Dan zou ik jullie eens willen vragen, mannen...' Hij keek eerst naar Óskar en toen naar Arnór. 'Wie van jullie heeft seks gehad met Ásta?'

Óskar glimlachte, hij liet zich niet van zijn stuk brengen. 'Wat een ongepaste vraag,' zei hij toen. 'Ik denk dat hij meer aan Arnór is gericht dan aan mij, een oude man met een kapotte knie, een versleten lichaam en een gezicht dat betere tijden heeft gekend.'

'Arnór?' Reynir keek naar hem. Hij kon soms nogal dreigend overkomen.

'Waarom denk je dat iemand... seks met Ásta heeft gehad?' vroeg Þóra voordat Arnór kon reageren.

'Dat suggereerde de politie. En ik weet dat ik het niet was, dus het cirkeltje wordt kleiner.'

Arnór leek te willen opstaan. 'Al die insinuaties... Wat heeft dat allemaal te betekenen, verdomme?'

'Sorry, Arnór... maar je kunt dat toch echt geen insinuaties meer noemen,' zei Reynir. 'Ásta was een bloedmooi meisje, zowel toen als nu. Jullie waren van gelijke leeftijd, dus het is echt niet uitgesloten dat...'

'Ik ben een getrouwd man, Reynir,' zei hij kalm en hij nam een grote slok van zijn whisky.

'Ja, dat weet ik. Maar wist zij dat ook?' vroeg hij. 'Jij bent niet zo consequent in het dragen van je trouwring.'

Arnór was gaan zweten. 'Ik werk veel in de buitenlucht, met mijn handen. Ik vind het onprettig om hem te dragen, en ik wil niet dat hij ergens in het veld kwijtraakt.'

'Of in de zee,' mompelde Óskar.

'Kunnen we niet over iets anders praten dan... over Ásta?' vroeg Arnór. 'We kunnen zoiets toch niet tussen ons laten komen? We kennen elkaar al... nou ja... mijn hele leven.' Het leek of hij probeerde te glimlachen. 'We moeten één front vormen.'

'Je hebt groot gelijk,' zei Reynir. 'Jij slaapt hier vannacht. Het heeft geen zin om tegen te stribbelen. We drinken er nog een paar en praten over vroeger, de goeie ouwe tijd. Proberen die meid te vergeten die ons hele leven op zijn kop heeft gezet. En proberen die vervloekte politieagenten te vergeten. Klinkt dat niet goed, vriend?'

Arnór knikte: 'Dat klinkt uitstekend, om je de waarheid te zeggen.'

11

Net als eerder waren zij drieën, Tómas, Ari en Kristín, de enige gasten in de eetzaal van het hotel. Op deze tijd van de dag was de hotelbar waarschijnlijk een vrolijker oord. Het liep al tegen middernacht. Een man van middelbare leeftijd in een roodgeblokt hemd wierp af en toe een blik op hen. Hij wilde vast afsluiten, maar toch ook geen gasten wegsturen, zeker geen politiemensen.

Tómas had vrijuit over het onderzoek zitten praten, en liet zich er niet door storen dat Kristín ook aan tafel zat. Zij had zich nauwelijks in het gesprek gemengd. Ze dronk citroenlimonade, terwijl de twee politiemannen aan het bier zaten.

'Laten we eerlijk zijn,' zei Tómas met overtuiging, 'het ziet er niet goed uit voor Arnór, die arme jongen. Ze is waarschijnlijk in de vuurtoren vermoord. En met zijn sleutel in haar zak.'

Voor Tómas en Ari afscheid hadden genomen van Arnór en Þórhalla, hadden ze om een beschrijving gevraagd van zijn sleutel van de vuurtoren. Het was een enkele sleutel aan een rode, ongemerkte sleutelhanger. Onderweg naar Blönduós had Ari getelefoneerd om te informeren naar de sleutels die op het lijk waren gevonden – en de sleutel van de vuurtoren leek daarbij te zijn.

Opeens nam Kristín het woord: 'Zou hij niet juist die sleutel met zich mee hebben genomen als hij haar had vermoord?'

Tómas knikte en glimlachte. 'Dat ligt natuurlijk voor de hand, maar we moeten niet vergeten dat iemand die net een ander heeft vermoord, mogelijk in een soort bevlieging, niet volkomen logisch nadenkt. Maar misschien heeft hij wel gelijk... Misschien leende hij haar de sleutel en heeft hij haar daarna niet meer gezien.'

'Gaan jullie er dus van uit dat ze in de vuurtoren is vermoord?' vroeg Kristín.

Nu antwoordde Ari: 'Daar lijkt het wel op; die twee van de technische recherche lijken dat wel te denken.'

'Had ze daar een afspraak met een geliefde?' vroeg Kristín.

'Denk je dat?' vroeg Tómas. Hij beantwoordde altijd een vraag met een tegenvraag, altijd in de rol van politieman, na het derde biertje zelfs.

'Nou ja, een afdruk in de nek, seks kort voor haar dood... Zeiden jullie dat niet?'

'Klopt,' antwoordde Tómas.

'Is het dan niet een iets te ruw liefdesspel geweest dat uit de hand is gelopen? En dat hij, wie hij dan ook geweest mag zijn, het lijk naar de rotsen heeft gesleept en haar eraf heeft gegooid om sporen uit te wissen? Hoopte dat het zou worden afgedaan als zelfmoord, of een ongeluk, net als bij haar zusje en haar moeder...'

Tómas glimlachte. 'Dat is een uitstekende hypothese. Niet slechter dan elke andere.'

'Ja... Dachten we niet allemaal aan zoiets?' vroeg Kristín en ze glimlachte terug.

'Nee, niet echt...' antwoordde Tómas een beetje ongemakkelijk.

Ari kwam zijn meerdere te hulp door van onderwerp te veranderen: 'Kunnen we voor Kerstmis naar huis, zoals je hebt beloofd?'

'Ik heb dat niet echt belóófd,' antwoordde Tómas. Hij

praatte langzaam. 'Het moet wel lukken. We spreken Hulda en Mummi hopelijk nog voor we naar bed gaan...' Hij keek op zijn horloge. 'Ik heb ze gevraagd om nog even langs te komen voor ze naar hun kamer gaan. Dan beginnen we morgenvroeg, gaan weer naar de kaap... En als er niets raars gebeurt, kunnen we 's middags naar huis.'

Zodra Ari de woorden *als er niets raars gebeurt* hoorde, voelde hij dat deze zaak nog lang niet rond was. Dat er nog iets stond te gebeuren; dat Tómas hen met deze woorden had vastgelegd. Hij keek naar Kristín en zag aan haar blik dat zij hetzelfde dacht. Toch deed hij of er niets aan de hand was. Het was beter om hoop te houden.

'Fantastisch,' zei hij en hij probeerde zijn twijfels te verbergen onder opgewektheid. 'Als het weer zo goed blijft, dat gaan Kristín en ik terug naar Siglufjörður. Ga jij niet terug naar de stad?'

Tómas aarzelde even. 'Ik denk van wel... Maar ik weet het niet zeker. Je moet toch beschikbaar zijn voor als er zich iets voordoet.' Hij glimlachte, maar niet van harte. 'Je krijgt waarschijnlijk wel een positieve beoordeling van je meerderen, en van je collega's, de mensen die pas onder je werken, als je Kerstmis in je eentje doorbrengt in een hotel op het platteland. Erger kan het niet worden.'

'En dan spelen ze Presley door de luidsprekers in de hotelbar na de nachtmis: "I'll be Home for Christmas",' zei Ari.

Tómas lachte. 'Daar zeg je wat.'

'Ga nu maar naar huis, als het lukt. Laat je vrouw niet alleen met Kerstmis. Ik heb dat één keer gedaan, en geloof me, dat was een grote fout.' Hij ging dichter bij Kristín zitten, sloeg een arm om haar heen en keek haar aan. Ze toonde geen reactie. Ze hadden zich duidelijk verzoend, ze kregen zelfs een kind samen, maar toch kon hij haar niet helemaal peilen.

'We zullen zien,' zei Tómas zacht. 'We zullen zien. Onze jongen is bij haar, dus ze is in elk geval niet alleen.' Ari vond het, net als vroeger ook weleens, moeilijk om zijn stem en gezichtsuitdrukking te lezen. 'Het is trouwens verbazingwekkend hoeveel reislust jullie nog hebben, ondanks de baby die onderweg is.' Zijn woorden waren duidelijk gericht tot Kristín, al gebruikte hij meervoud.

Kristín antwoordde met één woord: 'Reislust?'

'Ja... Heen en weer door het land, en dat midden in de winter. Jullie zouden ook hier in Blönduós Kerstmis kunnen vieren.'

'Het lukt wel,' zei Ari kortaf. Hij kon die bemoeizucht slecht hebben. Kristín en hij hadden besloten om de zwangerschap en het kind niet hun hele leven te laten beïnvloeden. Kristín doorstond de zwangerschap heel goed, al had ze af en toe last van misselijkheid en vermoeidheid, en waren haar stemmingswisselingen heftiger dan waar Ari op had gerekend.

Hij had al enkele malen het kind in de buik voelen bewegen en uit alle macht voelen schoppen. Het was een wonderlijk gevoel en het maakte het allemaal zo echt. En Ari was er nog helemaal niet zeker van dat hij klaar was voor zijn vaderrol, al was het besluit om een kind te krijgen heel goed doordacht. Op dat moment was de geboorte nog ver weg geweest, maar de voelbare schop in de moederbuik van iemand die op de wereld wilde komen, had Ari opeens van de ernst van de zaak doordrongen.

Ze hadden nog geen naam voor het kind gekozen, al had Ari enkele pogingen gedaan om dat op de agenda te zetten. Kristín wilde geen beslissing nemen over een naam voor het kind geboren was en ze wisten welk geslacht het had. In Ari's hoofd was slechts plaats voor één naam als het een jongetje zou zijn: Ari Thór Arason. Zijn eigen naam, dat was zo, maar boven alles de naam van zijn vader. Hij rekende erop dat Kristín dat voorstel niet zonder meer zou overnemen. En misschien was het een meisje, en hoewel hij het dan heel graag naar zijn moeder zou vernoemen, was hij om de een of andere reden flexibeler als het om een meisjesnaam ging.

Hij wist trouwens zeker dat het een jongetje zou zijn. Dat voelde hij gewoon.

Hij was blij dat hij Kristín had meegenomen, vond het prettig om na een zware werkdag bij haar te kunnen gaan zitten en over de zaak te praten. Ze was erg intelligent en had dingen meestal sneller door dan hij, maar er was niet vaak gelegenheid om lopende onderzoeken met haar te bespreken. Er waren enkele interessante zaken op zijn bordje beland de afgelopen jaren, nadat hij naar het noorden was verhuisd – drie grote zaken, als je deze meetelde, en een oud en vergeten raadsel – maar dat was niet iets om blij over te zijn. Misschien moest hij de gelegenheid te baat nemen en vast werk zoeken bij Tómas in Reykjavík. En Kristín weer achterlaten en hun relatie op scherp zetten, of haar vragen mee terug te verhuizen naar Reykjavík en haar goede baan in het ziekenhuis van Akureyri op te geven. Als hij eenmaal een baan als hoofdcommissaris te pakken had, zou het veel gemakkelijker zijn om de onveranderde omstandigheden te rechtvaardigen. Die verdomde politiepolitiek ook!

'Hebben jullie al een beetje een idee wat voor vrouw die Ásta was?' vroeg Kristín belangstellend.

Ari liet die vraag aan zich voorbijgaan en liet Tómas antwoorden: 'Ik vind het moeilijk om hoogte van haar te krijgen. Het is natuurlijk een enorm verdrietig verhaal: eerst raakt ze haar moeder kwijt, dan haar zusje, dan wordt ze naar een tante gestuurd en verliest dan ook nog eens haar vader, al was hij in de geest allang vertrokken, begreep ik.

En dan schijnt ze ook nog eens te hebben gezien hoe iemand haar zusje, Tinna, van de rotsen duwde, al kan ik moeilijk geloven dat iemand zoiets doet.'

'Wat bedoel je?' vroeg Kristín. 'Zag ze dat echt?'

'Ja, dat zegt die oude vrouw, Þóra. Ásta zei dat ze iets had gezien en dat ze daarom werd weggestuurd. Vanaf de zolder. Vanuit haar kamer had ze uitzicht op die rotsen. Het enige raam in het huis vanwaaruit je ze kon zien.'

'Jeetje, wat verschrikkelijk,' zei Kristín en ze zuchtte. 'Echt verschrikkelijk.'

'Dat kun je wel zeggen. En ze lijkt nooit haar draai in het leven te hebben gevonden; ze maakte haar opleiding niet af, had financiële problemen... Heb je nog wat van de documenten in het dossier kunnen lezen in de auto, Ari?'

Ari keek naar de map die hij uit de auto had meegenomen en die nu op de grond lag. Hij wilde het liefst van die vervloekte map af, alle informatie over Ásta vergeten, de foto van haar gezicht, haar glimlach. Haar vergeten tot de volgende ochtend, het meisje dat zoveel overeenkomsten met hem had. Hij voelde met haar mee, had haar willen ontmoeten, haar willen troosten. Haar zeggen dat het mogelijk was om met het verleden te breken, je los te maken van het noodlot van je ouders, verder te komen, het beter te doen. Langer te leven.

'Ja, ik heb erdoorheen gebladerd,' zei Ari en hij reikte Tómas de map aan.

'Nee, bedankt zeg, ik heb dat gisteren allemaal bestudeerd. Jij moet er vanavond nog eens beter naar kijken. Ik vertrouw op je, jij bent altijd zo scherp.' Tómas schoof de map meteen weer terug naar Ari.

Op datzelfde moment hoorde Ari voetstappen en stemmen. Hij keek op en zag Hulda de eetzaal binnenkomen. Mummi liep achter haar aan, terneergeslagen, alsof hij liever ergens anders was. Misschien gewoon thuis.

'Goedenavond!' zei Hulda luid en ze ging naast Tómas zitten. Mummi bleef even staan alsof hij zich geen raad wist met zichzelf, want er stonden niet genoeg stoelen bij de tafel. Hulda keek naar hem: 'Haal een stoel, man. We gaan niet de hele avond op jou wachten.'

'Jullie zijn net op tijd,' zei Tómas. 'Ik drink net mijn laatste biertje op.'

Mummi haalde een stoel, zwijgend en verlegen.

'En wie is deze jonge en hoogzwangere dame?' vroeg Hulda.

'Mijn naam is Kristín, ik ben de vriendin van Ari.'

'Leuk om je te leren kennen.' Toen keek ze naar Tómas: 'Ik ga ervan uit dat ik vrijuit over de zaak mag spreken, ook al hebben we een gast aan tafel? Ik zie in elk geval dat het dossier van de zaak hier op tafel ligt.' Ze grijnsde.

Tómas knikte.

'Dat is mooi, maar eerst bestellen we nog een biertje voor je,' zei Hulda.

Toen keek ze naar Ari, maar hij schudde zijn hoofd en wees naar zijn halfvolle flesje.

Hulda keek naar de bar, maar leek geen oogcontact te kunnen krijgen met de ober. Het was dezelfde man die hen had ontvangen toen ze het hotel binnenliepen – hij leek alles in zijn eentje te doen, misschien was hij ook wel directeur van het hotel. Hij was ouderwets van stijl, praatte zacht en rustig, ongelooflijk beleefd. Ari verwachtte haast dat hij een buiging voor hem zou maken.

Hulda knipte ineens met haar vingers, zo hard dat het door de zaal echode. De ober – of de hoteldirecteur – keek haastig op en liep met zachte passen naar hun tafel, kalm als altijd. 'Wat kan ik voor u doen, juffrouw?'

'Eens zien.' Ze dacht na. 'Een bier voor mijn vriend.' Ze

gaf Tómas een ferme klap op zijn schouder en keek toen naar Mummi. 'Een glas water voor dat lachebekje daar. En hebt u een sambucashotje voor mij?'

'Natuurlijk, juffrouw. Wilt u er een koffieboon in?'

Nu glimlachte ze zo breed als ze maar kon. 'Nou ja, wat dacht je, vriend? Natuurlijk!'

Ari zag aan het gezicht van Tómas dat hij helemaal niet blij was met hoe de zaken zich ontwikkelden. Hij zei niets, kon er ook niets van zeggen. Strikt genomen hadden ze nu geen dienst – en bovendien had hij geen enkele autoriteit over Hulda.

'Het lijkt allemaal zonneklaar, met een slag om de arm, natuurlijk. We hebben de sporen naar Reykjavík gestuurd voor onderzoek,' zei ze zelfverzekerd. 'Iemand heeft die meid in de vuurtoren aangevallen. Het bloed wijst daarop. Of ze daarbinnen stierf of niet, weet ik niet, maar ik zou er wat om verwedden. Waarschijnlijk een harde klap op haar hoofd. De moordenaar probeert vervolgens de sporen te verbergen door haar van de rotsen te gooien. Prima plan, maar als je Mummi en mij voor de gek wilt houden, moet je vroeger opstaan. We hebben een mannetje van de politie in Blönduós gekregen om de vuurtoren vannacht te bewaken, om te voorkomen dat iemand het bewijsmateriaal vernietigt... Verder zijn we zo goed als klaar met het nemen van monsters en foto's, maar je kunt beter voorzichtig zijn. Ik vind het idee dat die arme jongen daarbuiten in de kou staat, aan de rand van de bewoonde wereld, wel een beetje akelig.'

'Was het misschien een verkrachting?' vroeg Tómas. Ari dacht dat hij wilde doorvragen op de hypothese van Kristín over dat uit de hand gelopen liefdesspel, maar het moeilijk vond om woorden te vinden voor de seksuele activiteiten die zij had bedoeld.

'Verkrachting? We hebben sperma gevonden op zolder,

in haar zolderkamer. Ze lijkt daar dus seks met iemand te hebben gehad, maar ze is vermoord in de vuurtoren. Je zou wel denken dat er een verband tussen beide is, dat degene met wie zij seks had bovenaan de lijst van verdachten staat. Misschien is ze verkracht, maar het kan ook zijn dat ze overal voor openstond.' Ze grinnikte smalend.

'Doe niet zo,' zei Ari, tot zijn eigen verbazing. Hij was eigenlijk helemaal niet van plan geweest om Ásta te verdedigen, maar deed het nu toch. 'We weten niets over de voorgeschiedenis. Misschien had ze een liefdesrelatie met die man, al weten wij daar niets van. En in elk geval was de betreffende persoon geen onbekende van haar; ze kende alle drie die mannen, Reynir, Arnór en Óskar, van vroeger. We mogen niet zo neerbuigend praten over deze vrouw, die net is overleden.'

Hij keek voor zich uit, durfde noch Kristín, noch Tómas aan te kijken na deze uitbarsting.

'Ari heeft gelijk,' zei Tómas toen onverwacht.

'Ja, ja, rustig maar,' zei Hulda, maar ze leek weinig onder de indruk. 'We zullen morgen weten met wie ze geslapen heeft. Er zijn een paar bruikbare vingerafdrukken gevonden in de slaapkamer. Het liefdesspel lijkt zich tegen de muur te hebben afgespeeld, of daar te zijn begonnen. Er is ons beloofd dat ze morgen voor de middag de resultaten hebben.' Toen voegde ze eraan toe, ernstiger van toon dan daarvoor: 'En dan ga ik weer naar de stad. Ik ben echt niet van plan hier Kerstmis te vieren, dat kan ik je wel vertellen.'

'En in de vuurtoren? Waren daar ook vingerafdrukken?' vroeg Tómas.

'Nee, in elk geval geen waar we iets mee konden; die ruwe muren zijn lastig om mee te werken.'

Op dat moment kwam de ober met de drankjes, het bier en het water en ten slotte een glas met drie koffiebonen erin. Daarin schonk hij een helder drankje uit een fles, dat hij vervolgens aanstak.

Hulda liet de vlam in het glas flakkeren als een kerstlichtje in de duisternis van december, doofde het vuur toen door haar hand op het glas te leggen, waarna ze het naar haar lippen bracht en de alcohollucht opsnoof. 'Proost.' Toen sloeg ze het brandbare godendrankje in één keer achterover.

12

'Dat is me er een, die Hulda,' zei Kristín toen ze boven in hun kamer waren. Ze lag als eerste in bed. Ari zat aan het kleine bureautje. Hij keek op: 'Ja, dat kun je wel zeggen.'

'Ze doet me denken aan die zangeres, die... Hoe heet ze ook weer...'

'Inderdaad.' Ari glimlachte. 'En wat heb jij vandaag allemaal gedaan, liefje?'

'Gewoon wat ontspannen. Was een beetje moe. Was eigenlijk van plan om naar Sauðárkrókur te gaan om die oude man op te zoeken. Ik ga dat nu morgenochtend doen.'

'Ga je alleen?'

'Ja, ja, de wegen zijn prima, en ik moet toch iets te doen hebben. Ik ben tegen de middag weer terug. Ik geloof helemaal niet dat jij dan vrij bent; we zijn de kerstdagen vast hier en wat mij betreft is dat oké. Jij hebt meer met Kerstmis dan ik.'

'Dat is een belachelijk plan,' zei Ari zonder zijn stem te verheffen. 'We rijden er op weg naar Siglufjörður gewoon langs. Wat ben je ineens in die genealogie geïnteresseerd.'

'Laat mij nou gewoon doen wat ik wil,' zei ze en ze was opeens boos. Tegenwoordig wist Ari nooit precies wat hij kon verwachten met Kristín. Het ene moment was ze lief en het volgende als een donderwolk. Hij weet het aan de zwangerschap en de vermoeidheid die daarbij hoorde. 'Ik wil gewoon meer weten over het verleden... Al wil jij nooit iets over je ouders vertellen. Zeker niet over je vader.'

Ari zweeg. Ze had zijn zwakke plek geraakt en ze wist dat. Hij hoefde zich heus niet te verantwoorden.

Ze ging door. 'Wat was hij voor man? Wat voor vader was hij? Ik weet helemaal niets...'

'Hij was goed voor mij,' zei Ari zacht.

'Ik heb een paar maanden geleden op internet de nieuwsberichten over die verdwijning opgezocht. Jij vertelde me dat hij nooit is gevonden.' Ze aarzelde even en zei toen: 'Denk je dat hij zelfmoord heeft gepleegd?' Ze leek er meteen spijt van te hebben dat ze dat had gevraagd.

'Ik wil er liever niet over praten,' antwoordde Ari.

'Wil je niet weten wat er met hem is gebeurd?'

'Laten we het over iets anders hebben,' zei hij kalm. 'We kunnen er later over praten. Ik ben nu veel te druk met die Kálfshamarsvík-zaak.' Hij wilde niet liegen, maar hij wilde ook de waarheid niet vertellen. Hij had het voor Kristín verborgen gehouden, toen ze net samen waren, dat hij precies rond die tijd was begonnen om onderzoek te doen naar de verdwijning van zijn vader en zelfs tot de bodem van die zaak was gekomen. Daarom had hij besloten zich in te schrijven op de politieschool: er was belangstelling bij hem gewekt voor misdaadonderzoek, er was een vonkje opgewekt. Daar kon hij zijn vader dankbaar voor zijn. Of hem er de schuld van geven.

Hij wilde er voorlopig nog over zwijgen. Misschien zou hij haar later meer vertellen.

'Oké... Ik wil die zaak van mijn overgrootvader in elk geval nu oplossen,' zei ze. Ze leek echt boos. 'Ik vind het interessant, al zie jij dat misschien anders. Bovendien ben jij morgen aan het werk en ik heb niets beters te doen.' Ze leek vastbesloten. Het was echt iets voor Kristín om zich ergens in vast te bijten, zich zo op een taak te focussen dat niets anders ertussen kwam. Ari besefte dat hij het nu beter kon laten rusten, maar soms was ze gewoon te... tja, te koppig.

'Waarom ben je daar nu zo mee bezig? Is het belangrijk voor ons?' vroeg hij, en hij klonk een beetje moe en geïrriteerd.

'Natuurlijk is het verleden belangrijk. Het werpt licht op wie we zijn. Misschien komt het door het kind. Het is een grote stap om nieuw leven op de wereld te zetten en er verantwoordelijk voor te zijn hoe een nieuw mens zich ontwikkelt. Je wilt eerst jezelf door en door kennen.'

'Ja, ja,' mompelde Ari. 'Heb je al meer nagedacht over een naam?' vroeg hij en hij keek naar haar indrukwekkende buik.

'Nee, schat. Je weet dat ik daarmee wil wachten.'

'Als het een jongen is...'

Ze viel hem in de rede. 'Laten we wachten.'

'Ja, ja, oké,' antwoordde hij, maar die reactie werkte hem wel op de zenuwen. Hij draaide zich om, wilde geen ruziemaken. Soms wilde hij dat Kristín zorgelozer was, minder voorspelbaar.

Minder voorspelbaar, meer zoals Ásta, dacht hij bij zichzelf, al had hij deze dode vrouw nooit gekend. Ze had iets. Natuurlijk kwam het door haar foto, haar gezichtsuitdrukking, haar charme, maar misschien was het ook een zekere herkenning. Uit haar foto sprak net zoveel geheimzinnigs als uit haar gedrag.

Hij keek naar de foto. Staarde ernaar. Toen stond hij op, trok zijn T-shirt uit, begon zijn broek uit te trekken en draaide zich naar Kristín. 'Kunnen we...'

'Wat, nu?' vroeg ze verbaasd.

'Het is toch niet gevaarlijk voor het kind?'

'Nee.'

Hij had zijn spijkerbroek en zijn onderbroek uitgetrokken en trok het dekbed voorzichtig van de aanstaande moeder van zijn kind. Hij glimlachte naar haar, maar hij dacht alleen maar aan Ásta.

13

Þóra was moe geworden en het was gelukt om twee, misschien drie glazen rode wijn te drinken. Ze nam afscheid van de drie mannen en ging naar bed, de versleten trap af die naar de kelder voerde.

Ze voelde zich wat duizelig onderweg naar beneden, en weet dat aan de alcohol. Het kon ook zijn dat haar lichaam het begon op te geven. Ze wist en voelde dat er niet veel tijd meer over was, maar dat was eigenlijk helemaal niet zo'n slechte gedachte.

Een einde, ja, op een bepaalde manier, maar misschien ook wel een nieuw begin.

Ze was altijd gelovig geweest; dat was haar moeder ook geweest. Het was misschien wel het enige wat ze van haar moeder had geleerd.

Ze vond troost in het geloof als het tegenzat, maar ze vond het moeilijk om te vergeven.

Ze kon boos worden, zeker, en ze kon haten. Ze had die verdomde arts gehaat die haar haar eerste dosis amfetamine had gegeven. Misschien met de beste bedoelingen, maar hij had beter moeten weten.

Toen ze helemaal beneden in de kelderwoning was aangekomen, besefte ze dat ze het halfvolle glas wijn nog in haar hand had. Nou ja, dat was misschien wel zo prettig. Het was uitstekende wijn.

En het zou snel Kerstmis zijn.

Zoals het er nu naar uitzag, zou ze nog één keer Kerstmis kunnen vieren, haar laatste. Ze was niet van plan haar dat feest door Ásta en de politie te laten ontnemen. Ze wilde zo veel mogelijk genieten van kerstavond. Hoopte dat het deze nacht een beetje zou sneeuwen. Het was zo feestelijk om met Kerstmis wakker te worden in een witte wereld.

Ze verwachtte één pakje, van Óskar. Het was vast en zeker een boek, zoals altijd. En zij had voor hem ook een boek gekocht, een biografie. Ze had het ingepakt in vuurrood cadeaupapier, met een lint eromheen. Zij en haar broer waren gewoontemensen.

Misschien had Reynir ook iets voor haar gekocht. Ze wist niet beter dan dat hij Kerstmis met hen zou doorbrengen. Ze had ook een boek voor hem gekocht – een biografie van iemand uit het bedrijfsleven. Hopelijk was hij er blij mee.

Toen dacht ze aan Arnór. Misschien had ze ook iets voor hem moeten kopen... Het was nu natuurlijk te laat, en het was niet hun gewoonte. Ze had altijd wel iets gekocht voor Heiðar, de vader van Arnór. Haar hart ging een beetje sneller kloppen bij de herinnering aan Heiðar.

De pakjes voor Óskar en Reynir bewaarde ze in een kast in de slaapkamer. Daar lagen ook de kerstkaarten die ze dit jaar had gekregen.

Toen ze onder haar witte dekbed ging liggen, met het glas rode wijn op haar nachtkastje, nam ze de kerstkaarten met zich mee. Ze opende ze voorzichtig, de ene na de andere, en las ze meerdere malen.

Het waren er maar vier en de tekst was steeds kort, maar de weinige vrienden die haar niet waren vergeten in deze zware periode waren haar dierbaar.

Ze ging rechtop zitten in bed, legde de kaarten weg en nam een slok rode wijn.

Ze ging weer liggen, deed de lamp uit en liet de vermoeidheid uit zich wegtrekken. Ze genoot van de duisternis en de eenzaamheid. Stond zichzelf toe zich op Kerstmis te verheugen.

Ze wist niet hoe laat het was toen ze wakker werd, hapte letterlijk naar adem en voelde dat ze geen lucht kon krijgen. Ze opende haar ogen, maar zag niets. Was ze aan het doodgaan? Gebeurde dat zomaar?

Toen drong tot haar door, tot haar grote schrik, dat het ingewikkelder was dan dat.

Iemand hield een kussen over haar gezicht.

Ze probeerde om hulp te roepen, maar het dikke kussen slokte haar woorden direct op. Toen sloeg ze in haar wanhoop met beide handen om zich heen en raakte iets – ja, het wijnglas.

Ze hoorde niet of het brak, het vloerkleed was natuurlijk zacht, maar de wijn zou ongetwijfeld een grote vlek achterlaten en misschien was er zelfs iets op het frisgewassen beddengoed terechtgekomen.

Ze bleef zich verzetten, maar ze wist diep vanbinnen dat het geen zin had. Ze was zwak en kon het niet opnemen tegen die zware, die resolute wil om te doden.

Ze wist natuurlijk ook wie het was.

Toen besloot ze het gewoon maar op te geven, zich over te geven. Het zichzelf niet moeilijker te maken dan nodig was. Het was vast niet erger dan wat haar binnenkort te wachten zou hebben gestaan.

Ze liet haar levenskrachten uit zich vloeien, voelde even een traan opwellen en gaf zich toen gewonnen.

Deel drie

Onschuld

1

Het was nog nacht toen Ari wakker werd. Hij voelde het, het was waarschijnlijk een uur of drie, vier. Buiten was het rustig.

Het was onaangenaam koud in de hotelkamer, maar dat was niet de reden waarom hij wakker was geworden. Het was een droom geweest, of een naar gevoel dat hem bekroop. Hij had over zijn vader gedroomd, en dat was niet de eerste keer. Misschien was zijn moeder ook in de droom geweest, maar dat was niet waar het om ging. Het was de eenzaamheid waarvan hij wakker was geworden. De angst voor eenzaamheid, beter gezegd; het gevoel dat hij als hij wakker was van zich af probeerde te zetten, maar dat hem in de nacht soms overviel. Als hij Kristín niet had, zou hij er alleen voor staan. Dat was een gegeven waar hij liever niet aan dacht. Zijn ouders waren dood, zijn oma en opa ook, zowel die van moeders- als van vaderskant. Geen broers en zussen. Een paar neven en nichten hier en daar, die altijd heel vriendelijk tegen hem waren, met beleefde conversatie en omhelzingen, de zeldzame keren dat hij ze ontmoette, maar geen van hen koesterde echt sterke gevoelens voor hem. Geen van hen zou oprecht met hem meeleven als hem iets overkwam. Geen van hen zou hem opzoeken in het ziekenhuis als hij een ongeluk zou hebben en geen van hen zou hem helpen als hij geldproblemen zou krijgen. Hij had niemand bij wie hij terechtkon.

Niemand, behalve Kristín, natuurlijk. Hun relatie was echter explosief als een kruitvat, dat hadden ze al bewezen. Ze waren eigenlijk in maanden en jaren geteld nog niet zo lang samen, ook al was het al lang geleden dat ze elkaar hadden leren kennen. Toch kende zij hem beter dan wie ook. Hij mocht haar niet kwijtraken.

Ze lag rustig naast hem te slapen. Hij keek een poosje naar haar. Ze was ongelooflijk mooi, haar zwangerschap had haar in Ari's ogen nog mooier gemaakt. Hij moest echter wel opstaan, zich uitrekken, wat water drinken – anders lukte het hem niet om zijn hoofd leeg te maken en weer in slaap te vallen. En hij moest goed slapen, hij had een lange dag voor de boeg.

Hij stapte stilletjes uit bed en ging de badkamer in, draaide de kraan een beetje open en dronk wat water. Hij had al moeite met slapen gehad sinds hij naar het noorden was verhuisd, naar Siglufjörður, midden in een strenge winter met veel sneeuw, maar het duurde nooit lang. Hij wist niet waar hij het deze keer aan te danken had; de nieuwe, koude slaapplek, de stress van het onderzoek of misschien de spanning vanwege zijn toekomstige vaderschap.

Ari draaide de kraan dicht en zette de verwarming iets hoger voor hij weer in bed kroop.

Hij sliep een poosje, maar er zat een bepaalde angst in hem.

Het gerinkel had zich eerst een weg gebaand naar zijn droom, maar uiteindelijk besefte Ari dat het echt was. Hij haastte zich uit bed, hoorde Kristín ook wakker worden.

Hij keek op de klok van zijn telefoon terwijl hij opnam. Het was halfnegen. Het was Tómas. Dat was niet heel verrassend, maar Ari hoorde meteen dat er iets aan de hand was. Zijn stem was scherp, zijn ademhaling snel. 'Hallo, maestro.' Hij kwam direct ter zake: 'Ze is dood, Þóra is dood.'

Ari wreef in zijn ogen en probeerde het bericht te verwerken. 'Dood?'

'Ja, verdomme nog aan toe.'

'Was het haar ziekte?'

'Hopelijk... Maar ik weet het nog niet zeker. Haar broer vond haar lichaam vanochtend. Ze stond altijd tussen zes en zeven uur op. Hij klopte bij haar aan toen hij de tafel had gedekt voor het ontbijt, maar kreeg geen antwoord.'

'Geen verwondingen?'

'Dat weet ik niet. Er is een arts onderweg, mogelijk is hij nu ter plekke. Ze lag gewoon in haar bed, is 's nachts gestorven. We moeten ervan uitgaan dat het geen natuurlijke dood was, tot het tegendeel blijkt... in het licht van de omstandigheden. Je kunt niet voorzichtig genoeg zijn. Het is een rotsituatie. Ik heb al naar Reykjavík gebeld...' Hij zuchtte. 'Nu willen ze een extra man sturen, iemand met meer ervaring dan jij. Ik wilde daar niets van weten, zei dat we het prima redden samen. De druk is groot, dat begrijp je toch wel?'

Ari mompelde iets instemmends, terwijl hij de kraan van de douche opendraaide.

'We hebben niet veel tijd om het op te lossen. Het is slechts een kwestie van tijd voordat de pers ermee aan de haal gaat. Twee mysterieuze sterfgevallen in hetzelfde huis, je snapt het wel. De boodschap aan mij was duidelijk: het eerste op de agenda moet een arrestatie zijn.'

'Precies,' zei Ari, nog half slapend.

'Haast je, we zien elkaar in de hal. Ik stuur Hulda en Mummi ook op pad.'

'Ik ben er over een kwartier,' antwoordde hij.

'Vijf minuten,' zei Tómas bruusk en hij verbrak de verbinding.

Ari ging naar Kristín: 'Liefje, ik moet ervandoor.'

Ze kwam overeind. 'Ja, natuurlijk. Ik zie je vanmiddag.'

Hij aarzelde. 'Dat is helemaal niet zeker. Er was daar vannacht weer een sterfgeval, de vrouw die daar woonde is in haar slaap overleden... Of misschien wel vermoord, dus...'

'... we zijn hier met Kerstmis.'

'Laten we nog geen conclusies trekken, schat, we proberen voor de avond thuis te zijn. We zien wel hoe de dag loopt,' zei hij en hij glimlachte.

'Ik denk dat we allebei weten dat dat niet heel waarschijnlijk is. Ik ga straks even naar Sauðárkrókur en misschien kan de hoteldirecteur vanavond een kerstmaal voor ons bereiden.'

Op weg naar het noorden, naar Kálfshamarsvík, begon het te sneeuwen, en een dikke, mooie sneeuwjacht gaf het land een feestelijk en geluidloos kerstkostuum. Er klonk kerstmuziek door de radio in de politieauto en tussen de nummers door werd er over de telefoon gepraat met IJslanders in het buitenland over hoe hun kerstviering eruitzag. Niemand zou zin hebben in een gesprekje met politiemannen die hun Kerstmis in een hotel moesten doorbrengen.

De jonge politieman die die nacht bij de vuurtoren op wacht had gestaan, kwam Ari en Tómas tegemoet. Hij zag er doodmoe uit. 'Ik heb niets gezien,' was het eerste wat hij zei, en hij klonk geschrokken en nerveus.

'Rustig maar,' antwoordde Tómas, op een toon van iemand die de leiding heeft. 'Het kan heel goed zijn dat ze een natuurlijke dood gestorven is. Het zal allemaal blijken. Was je de hele nacht bij de vuurtoren?'

'Ja. Het is niet echt mogelijk om vanaf daar veel van het huis te zien, en de voordeur ligt aan de andere kant.'

'Heb je misschien 's nachts een auto horen aankomen?'

vroeg Tómas kalm. Ze stonden voor het huis, de sneeuw viel nog steeds. Ari wilde Tómas het liefst vragen om het gesprek binnen voort te zetten, maar wilde hem niet in de rede vallen.

De jonge man dacht na: 'Ja, ik denk van wel. Er was weinig wat hier de stilte doorbrak in de nacht, behalve de zee, natuurlijk.'

'Zijn ze allebei binnen, Reynir en Óskar?' vroeg Tómas en hij keek naar het indrukwekkende huis.

'Ja,' antwoordde de politieman aarzelend. 'Ze zijn er alle drie.'

'Drie? Wat bedoel je? Wie is de derde? Arnór?'

'Ja, inderdaad, hij heet Arnór. Hij heeft hier vannacht geslapen, begreep ik.'

'Wel verdorie,' mompelde Tómas. 'Hou ze in de gaten, en probeer zo mogelijk te voorkomen dat ze te veel met elkaar praten, al is het wel wat laat om daar nog mee te beginnen. Ari en ik gaan eerst even in de kelder kijken.'

2

De arts uit Blönduós wachtte op hen in de kelderwoning. 'Het enige wat ik met volledige zekerheid kan zeggen, is dat ze dood is,' zei hij cynisch. Hij was een lange man van middelbare leeftijd, zijn ogen gingen schuil achter een dikke bril. 'U hebt hopelijk een ervaren iemand voor de autopsie; hij kan u meer vertellen.'

'Was ze patiënt van u?' vroeg Tómas.

'Ja, dat klopt. De bewoners van dit huis zijn voor medische verzorging altijd naar Blönduós gegaan.'

'Is dit sterfgeval onverwacht voor u?'

De arts trok een nadenkend gezicht en nam ruim de tijd voor hij antwoord gaf. 'Strikt genomen had een specialist in Reykjavík de verantwoordelijkheid voor haar behandeling, maar het probleem was dat ze er helemaal geen belangstelling voor had om haar leven te proberen te verlengen, met de bijbehorende bijwerkingen van de medicijnen. Ze heeft mijn collega slechts één keer ontmoet, op mijn aandringen. Ik deed mijn best om haar daarna in de gaten te houden, maar ze kwam maar heel zelden bij me langs. Je zou het een soort artsenfobie kunnen noemen, hoe vreemd dat ook mag klinken. Ze had veel te lang gewacht met zich te laten onderzoeken toen ze klachten kreeg en daarom was het direct al uitgesloten dat ze volledig zou herstellen.' Hij zweeg even en ging toen op ernstige toon verder: 'Ik heb haar in de herfst voor het laatst gezien, en toen was ze nog redelijk fit. Ik zou haar nog een halfjaar hebben gegeven, hooguit negen maanden. Bovendien betwijfel ik dat ze een vredige en zachte dood is gestorven... Tja, ik bedoel dat haar overlijden, naar het zich laat aanzien, lang heeft geduurd. Het kan ook haar hart zijn geweest. Ik begreep van Óskar, die mij ontving, dat u hier gisteren de mensen hebt verhoord over het sterfgeval van die jonge vrouw. Het is niet uitgesloten dat die stress haar te veel is geworden.'

Ari kwam direct ter zake: 'Is het ook mogelijk dat ze is vermoord?'

'Dat is mogelijk,' antwoordde de arts, maar hij reageerde verder niet, de toon van zijn stem bleef onveranderd. 'Maar er zijn geen zichtbare verwondingen. Ik zou bijvoorbeeld willen uitsluiten dat ze gewurgd zou zijn. Als ze is vermoord, dan is ze misschien vergiftigd... Tja, of iemand heeft haar verstikt.'

'Dus Óskar heeft het lichaam gevonden?' vroeg Tómas.

De arts knikte. Toen hij bij het bed wegliep, viel Ari een opvallende rode vlek op de witte vloerbedekking op, vlak bij het nachtkastje. Het zag eruit als een rodewijnvlek. 'Kijk,' zei hij tegen Tómas. 'Rode wijn?'

De arts schraapte zijn keel. 'Ja, ja, ik ga maar weer eens.'

Tómas bedankte hem en wendde zich toen tot Ari. 'Geen glas op het nachtkastje. Ik ga even in de keuken kijken.'

Hij kwam direct terug. 'Het glas staat bij de afwas. Een leeg glas waar rode wijn in gezeten heeft. Ze moet het zelf hebben weggezet. Hulda en Mummi zijn onderweg, laten zij er maar naar kijken. Maar het kan zeker een aanwijzing zijn dat er zich vannacht hier iets heeft afgespeeld.'

'Of gewoon klunzigheid,' zei Ari, half tegen beter weten in, want er was iets met die vlek wat hem stoorde. Iets wat hem vertelde dat de vrouw vermoord was, zonder dat hij precies begreep hoe hij tot die conclusie kwam.

'Wat vind jij van dit... dit sterfgeval?' vroeg Tómas scherp, alsof hij Ari's gedachten kon lezen.

'Tja... Er is hier in dit huis iets gaande wat wij nog niet helemaal begrijpen, iets wat onder de oppervlakte borrelt.'

'Laten we eerst Hulda en Mummi maar laten komen en daarna moeten we haar spullen bekijken, haar papieren en zo. Maar eerst moeten we met Óskar praten.'

En weer zaten ze in het kantoor van Reynir, de tijdelijke verhoorruimte in deze zaak die met het uur ingewikkelder werd. Óskar zat op dezelfde stoel als de dag ervoor, in dezelfde blauwe coltrui. Zijn handen trilden een beetje en hij leek enkele jaren ouder te zijn geworden. Ari zou haast zeggen dat Óskar had gehuild. Dat zou een heel normale reactie zijn, maar toch was Ari erdoor verrast, het paste niet bij deze sterke, robuuste man van de oude school. Misschien had hij de man verkeerd ingeschat. Het was warm in de kamer, de gordijnen waren geopend en de sneeuw die zich buiten ophoopte, zette de kamer op deze dag voor Kerstmis in een heldere gloed.

'Gecondoleerd,' zei Tómas en hij meende het. 'U begrijpt hopelijk dat we u enkele vragen moeten stellen.'

'Ja, ja,' antwoordde Óskar aarzelend. Zijn stem stond op het punt te breken. 'Ik begrijp dat heel goed.' Hij haalde diep adem, haalde een zakdoek uit zijn broekzak en snoot zijn neus, zuchtte toen en zei: 'Neem me niet kwalijk, maar ik moet er nog aan wennen... Het was zo plotseling. Natuurlijk was ze ziek, maar de afgelopen tijd was ze juist behoorlijk fit. Ik ging ervan uit dat ze zeker nog een paar maanden had, misschien zelfs een of twee jaar. Ik verwachtte dit niet.'

Ari keek even naar Tómas en zag aan zijn gezicht dat het oké was als hij de onzekere weg in zou slaan die hij voor zich zag: 'Kunt u zich indenken dat haar ziekte niet haar doodsoorzaak is geweest?'

'Wat bedoelt u?' vroeg Óskar zacht. Hij leek niet te begrijpen wat Ari bedoelde.

'Veel wijst erop dat Ásta is vermoord...' zei Ari, maar hij kwam niet verder, want Óskar viel hem in de rede.

'Is daar echt sprake van?' vroeg hij verbaasd.

Ari dacht na en antwoordde toen: 'Het is de meest voor de hand liggende conclusie, zoals de zaken er nu voor staan. En dat zou hier een paar dagen geleden op deze kaap zijn gebeurd; we moeten dus overal rekening mee houden als kort daarop nog iemand op dezelfde plek het leven laat.'

'Nee, verdomme,' zei Óskar, zonder zijn stem noemenswaardig te verheffen. 'U denkt toch niet dat mijn zus is vermoord?'

'We kunnen het niet uitsluiten. We hebben ook sporen gevonden van mogelijk geweld,' zei Ari. Hij vreesde even dat hij misschien te veel had gezegd, maar Tómas maakte geen aanstalten om het van hem over te nemen.

'Geweld?' zei Óskar, als een vraag die aan Ari was gericht.

Ari antwoordde niet. 'Hebt u gemerkt dat er iemand in de woning was?'

Óskar dacht na. 'Nee. Onze slaapkamers liggen tegenover elkaar in de kelder en bovendien doen we 's nachts altijd de deur op slot. Dat is misschien vreemd, maar we zijn het zo gewend. Als je een huis deelt met andere mensen, die niet aan je verwant zijn, wordt je slaapkamer een soort heiligdom. Zo was het vroeger ook al, toen we nog boven woonden.'

Ari maakte van de gelegenheid gebruik om een beetje af te dwalen en antwoord te krijgen op een vraag die sinds het gesprek van gisteren door zijn hoofd ging: 'Was het destijds gebruikelijk dat... nou ja... het personeel het huis deelde met de huiseigenaren? Hoe ging dat eigenlijk in zijn werk?'

'Het is niet zo gek dat u daarnaar vraagt, en ik denk niet dat het heel gebruikelijk was,' zei Óskar. 'Een groot huis heeft twee verdiepingen en in die jaren leefden de eigenaren op de bovenverdieping. De opa van Reynir gebruikte het huis alleen niet het hele jaar. Þóra en ik en onze moeder sliepen eerst op zolder, maar toen Kári hier met zijn gezin kwam wonen, kregen we een kamer op de benedenverdieping. De keuken is daar ook, dus dat was handig. Þóra deed al het koken. In die tijd was Reynir in de kelder gaan wonen, anders waren we ongetwijfeld daar terechtgekomen. Ik heb altijd al het onderhoud in het huis gedaan. Toen de vader van Reynir paarden ging fokken, zorgde ik voor de paarden. Nu doet Arnór dat.' Hij laste even een korte stilte in in zijn verhaal en zuchtte eens diep. 'Het samenwonen ging eigenlijk prima. We waren een soort gezin. Het lot besliste dat Þóra en ik nooit een ander gezin hadden dan dit. Ik vond het best, ik ben van nature een tevreden mens en dol op deze plek. Ik wil hier tot mijn dood blijven, wanneer dat ook mag zijn. Ik denk dat Þóra haar leven wel anders had willen inrichten... maar het is nu eenmaal gegaan zoals het is gegaan.'

'Als iemand haar iets heeft aangedaan,' zei Ari voorzichtig, 'hoe zou diegene dan in de kelderwoning zijn gekomen?'

'De buitendeur is zelden op slot,' antwoordde Óskar aarzelend, 'en bovendien gaat er een trap van deze verdieping omlaag de kelder in. Daar zit geen deur tussen. Maar jullie denken toch niet dat Arnór of Reynir in de nacht de kelder in is geslopen om...'

'Het is natuurlijk een mogelijkheid, maar niet de enige,' zei Ari.

Óskar leek niet te merken dat in deze opmerking een beschuldiging aan zijn adres school. 'Waarom denken jullie dat Ásta is vermoord?' vroeg hij, nogal onverwacht.

Deze keer antwoordde Tómas. 'Daar kunnen we voorlopig nog niets over zeggen.'

Óskar keek even naar buiten en Ari deed onwillekeurig hetzelfde. Hij zag dat de kerstsneeuw nog altijd viel. Onder andere omstandigheden was het misschien niet zo erg geweest om op de dag voor Kerstmis op zo'n mooie plaats te zijn, in een prachtig oud huis op een indrukwekkende kaap, met een mooie vuurtoren vlakbij, en basaltzuilen – en sneeuw als op een mooie ansichtkaart. Een geweldige plek voor een rustige kerstvakantie met Kristín... Hij had sinds afgelopen nacht geprobeerd niet aan Ásta te denken, schaamde zich voor die ongemakkelijke aantrekkingskracht van een vrouw die hij nooit had ontmoet – een dode vrouw zelfs.

'Ik kreeg een brief van haar,' zei Óskar toen, haast onverstaanbaar. 'Had dat misschien gisteren moeten zeggen.'

'Een brief? Van Ásta?' vroeg Tómas. 'Wanneer?'

'Vele jaren geleden, bijna twintig jaar,' antwoordde Óskar. 'Ik heb hem nog steeds. Ik moest naar Reykjavík en besloot eindelijk Kári, haar vader, eens op te zoeken in het ziekenhuis. We waren alle contact met hem kwijtgeraakt sinds hij van de kaap was vertrokken, maar hij was toen natuurlijk al ziek. Ik weet niet precies hoe je zoiets noemt. Eerst was het een soort zenuwinzinking, maar op het laatst was hij helemaal van de wereld: je kon hem alles wijsmaken. Vreselijk wat die man is overkomen. Ik ging langs rond de middag, op zondag, tijdens het bezoekuur. Hij zat op de psychiatrische afdeling, natuurlijk, en mocht bezoek ontvangen, werd helemaal niet gevaarlijk gevonden of zoiets, maar het was een grote schok om hem te zien. Hij was vreselijk ver heen, onherkenbaar, en hij zei eigenlijk niets waar je een touw aan vast kon knopen. Hij zat ongetwijfeld zwaar onder de medicijnen. Ik probeerde met hem te praten over vroeger, maar zijn ogen waren één gapende leegte. Hij had een kamer alleen en de zon scheen fel die dag en verlichtte de kamer, maar toch was het er zo afschuwelijk kleurloos en somber, herinner ik me. Op zijn nachtkastje stond een foto van zijn vrouw en zijn twee dochters. En nu zijn ze allemaal dood.'

'Was Ásta niet ook in Reykjavík in die jaren? Dat moet voor hen allebei toch een troost zijn geweest, voor haar en haar vader,' merkte Ari op.

'Dat zou je denken,' antwoordde Óskar, 'maar het personeel zei tegen mij dat het zo fijn was dat Kári eindelijk eens bezoek kreeg, omdat dat al heel lang niet meer gebeurd was. Ik vroeg toen of zijn dochter hem niet opzocht, maar dat was niet zo. Ze was één keer geweest en was maar kort gebleven.'

'Ongelooflijk,' zei Ari, meer tegen zichzelf. Was er een barst in het beeld ontstaan dat hij van de dode vrouw had? 'En hebt u Ásta toen een brief geschreven?'

'Ja, toen ik weer thuis was. Ik kon haar in Reykjavík niet bezoeken. Ze woonde bij haar tante en je wilt natuurlijk zo'n huishouden niet verstoren.'

'Wat wilde u met uw brief bereiken?' vroeg Ari.

'Tja... Ik wilde allereerst informeren hoe het met haar ging, en vervolgens maakte ik natuurlijk van de gelegenheid gebruik om haar aan te sporen eens bij haar vader op bezoek te gaan. Ik heb mijn eigen brief natuurlijk niet meer, dus ik weet niet meer precies wat erin stond.'

'En hoe reageerde ze?'

'Haar reactie was nogal ongewoon. Zal ik de brief er even bij halen?'

Ari keek naar Tómas, die opstond. 'Doe dat, maar ik ga

met u mee. We moeten voorkomen dat het onderzoek van de technische recherche in de kelder wordt verstoord.'

Ari bleef achter in het kantoor. Hij dacht aan Kristín, die nu vast onderweg was naar Sauðárkrókur. Ze kon koppiger zijn dan de duivel, maar ze had tot nu toe toch al niet veel rust genomen tijdens haar zwangerschap. Hij verlangde ernaar haar te bellen, maar wilde haar niet storen bij het autorijden. Tómas had de deur van het kantoor open laten staan en Ari wist dat Arnór en Reynir in de kamer zaten te wachten. Er was geen geluid van hen te horen. Het was of de stilte de taal was die in dit oude huis werd gesproken.

Na korte tijd verscheen Tómas weer. 'Je bent zo in de kelder,' zei hij zacht tegen Ari. 'Geen sloten. Alle drie de mannen hadden dus de gelegenheid om 's nachts bij Þóra de slaapkamer in te sluipen.'

Óskar strompelde naar binnen, vlak na Tómas, steunend op zijn stok. 'Hier is de brief. Je bewaart zoiets vanuit een zekere nostalgie.'

Tómas pakte de brief aan en ging achter het bureau zitten. Toen legde hij de brief op het bureaublad, zodat Ari, die naast het bureau zat, mee kon lezen. Het briefpapier was gelinieerd, uit een schrift gescheurd, en was beschreven met rode balpen. Het handschrift was netjes. De letters helden wat naar rechts. Het handschrift van een schoolkind dat nog niet heel erg gewend was om te schrijven.

Hallo Óskar,

Dank je wel voor je brief.
Het zou leuk zijn om jullie te kunnen bezoeken en een kijkje te nemen bij de baai. Ik hoop dat Reynir zijn boot af heeft. Maar nu woon ik hier in Reykjavík en kan ik niet komen. Ik kan het slecht vinden met mijn tante en zij

mag mij ook niet. Ze wil me naar kostschool sturen, omdat papa heeft gezegd dat ze dat moet doen. Ik weet niet wat ik daarvan vind, maar ik weet wel dat ik ga werken zodra ik kan.
Ze heeft mij een keer meegesleept op bezoek bij papa, maar ik wil er niet meer heen.
Je mag de groeten geven van mij, maar schrijf me niet meer. Ik heb niets te zeggen.

Ásta

Ari keek naar Óskar toen hij klaar was met lezen. 'Vreemd, hè? Ze was twaalf, dertien jaar oud toen ze dat schreef. Daarna hoorde ik niets meer van haar, tot ze hier onverwacht vlak voor Kerstmis voor de deur stond.'

'Mogen we de brief meenemen om er een fotokopie van te maken? U krijgt het origineel natuurlijk terug.'

'Ja, dat is goed...' antwoordde Óskar opvallend terughoudend. Hij leek erg gehecht aan de brief.

'Als uw zus...' Ari aarzelde en begon opnieuw: 'Als uw zus geen natuurlijke dood is gestorven, kunt u zich dan voorstellen waarom iemand haar iets zou hebben willen aandoen?'

'En waarom juist nu?' voegde Tómas eraan toe. 'Tijdens een onderzoek, met overal politie. Er hield zelfs een politieman de wacht bij de vuurtoren vannacht. Is er gisteravond iets gebeurd nadat wij zijn weggegaan?'

Óskar dacht na. 'We zijn gaan zitten om de zaak te bespreken, dat was alles,' zei hij kortaf.

'Wie precies?'

'Reynir, Þóra en ik. En Arnór kwam ook langs. Hij zei dat hij niet kon slapen. Ik begreep dat wel. Hij leek nogal van streek, zei dat hij Ásta de sleutel van de vuurtoren had gegeven en hem niet had teruggekregen.'

'En waarover werd nog meer gesproken?' vroeg Ari. 'Zei Þóra iets wat belangrijk zou kunnen zijn?'

Weer dacht hij na. 'Ja, nu u het zegt... Ze had het erover dat wij tweeën niet alleen in huis waren in de nacht waarin Sæunn overleed.'

'Nee, natuurlijk niet, haar man en dochters waren er ook, Kári, Ásta en Tinna, nietwaar?' merkte Ari op, naar de bekende weg vragend. Hij wilde voorkomen dat ze onnodig tijd zouden verspillen, hoopte nog steeds – tegen beter weten in – dat Kristín en hij voor de avond thuis zouden zijn.

'Die bedoelde zij niet,' was het enige wat Óskar zei.

Ari keek even naar Tómas en zei toen tegen Óskar: 'Wie kan dat zijn geweest? We hebben dat nog niet eerder gehoord.'

'Het sterfgeval van Sæunn wordt op dit moment niet door ons onderzocht,' zei Tómas rustig en hij richtte zijn woorden tot Óskar, 'maar kunt u hier enig licht op werpen?'

Óskar zweeg even. De trilling van zijn handen werd opeens heftiger. 'Ik kan het niet met zekerheid zeggen, maar ik denk dat ik er wel naar kan raden.' Zijn stem werd zachter. Hij leek te aarzelen en een belofte aan zijn overleden zus niet te willen breken.

Tómas en Ari zwegen allebei.

'Ik denk aan Heiðar.'

'Heiðar?' Het duurde even voor tot Ari doordrong over wie hij het had. 'De vader van Arnór?'

'Precies.'

'En wat had hij hier te zoeken in het holst van de nacht?' vroeg Tómas.

Óskar antwoordde met een suggestie. 'U kunt zich voorstellen dat...'

'Waren Þóra en hij een stel?' vroeg Ari.

'Een stel? Nee, dat nou ook weer niet. Heiðar was een getrouwd man. Maar ze waren goed bevriend, dat kunnen we wel zeggen, en hij kwam hier soms laat op de avond langs, als het zo uitkwam... Als zijn vrouw afwezig was en er hier bij ons weinig mensen waren.'

'Bedroog hij zijn vrouw?' vroeg Tómas verbaasd, alsof zoiets hem hogelijk verbaasde. Ari moest toegeven dat Tómas een ontzettend onwaarschijnlijke kandidaat was op dat gebied.

'Dat zit in de familie,' zei Óskar kil.

'Wat bedoelt u?' vroeg Tómas.

'Zijn zoon is er ook niet vies van.'

Tómas bleef doorvragen. 'Bedoelt u daar iets mee?'

'Niet direct, maar je hoort weleens wat... En bovendien ontgaat het niemand dat het huwelijk van hem en Þórhalla nou niet bepaald gelukkig is. Misschien zijn ze vroeger wel verliefd geweest, maar er is iets niet goed gegaan met hen. Ze hebben geen kinderen, dus het enige wat hen bij elkaar houdt, is het geld.'

'Welk geld?'

'Het geld van Þórhalla. Heiðar was een prima boer, maar van geldzaken had hij geen kaas gegeten, dus Arnór was bijna zijn land kwijtgeraakt, maar hij had het geluk een meisje te kunnen trouwen van rijke afkomst, en nu hebben ze allerlei investeringen gedaan. De volgende stap is vast dat ze hier toeristen naartoe halen in de zomer; ze willen een klein zomerhuis bouwen op hun land en de toeristen onderdak, paardrijtochten en ik weet niet wat allemaal nog meer aanbieden. Arnór heeft het er ook over gehad om tochten door spookgebieden aan te bieden, in verband met die leugenachtige verhalen over spokerij in de omgeving, waar Reynir jullie over vertelde. Allemaal gekkigheid. Ze doen alles om geld te verdienen.'

'Denkt u dat Heiðar iets met de dood van Sæunn te maken heeft? Doelde uw zus daarop?' vroeg Tómas met een ernstig gezicht.

'Dat denk ik niet,' antwoordde Óskar. 'Maar je weet nooit...'

'Wat bedoelt u?' vroeg Ari.

'Þóra was erg dol op Heiðar, dat weet ik wel. Als hij niet al getrouwd was geweest toen ze elkaar leerden kennen, had zij zich ongetwijfeld in de rol van zijn echtgenoot kunnen zien. Ik weet alleen niet of die liefde... en ja, ik durf wel te zeggen dat zij verliefd was... volledig werd beantwoord. Zoals ik al eerder zei was Heiðar geen man voor één vrouw, en kennelijk had hij ook niet genoeg aan twee vrouwen.' Hij zuchtte en zei na een korte stilte: 'Mijn zus heeft geen gemakkelijk leven gehad, zoals u zich kunt voorstellen. Ik heb u natuurlijk al verteld hoe haar korte carrière aan de universiteit is afgelopen; ze had heel graag willen doorstuderen. Ik denk te weten dat ze er ook van heeft gedroomd om een gezin te stichten, in elk geval om te trouwen. Eindelijk vindt ze de juiste man en dan blijkt hij bezet te zijn.'

'Het moet moeilijk voor haar zijn geweest om een relatie te beginnen met een getrouwde man,' zei Ari. Hij zag die keurige oude vrouw voor zich. Hij rekende niet echt op een antwoord, maar kreeg het toch.

'Þóra was sterker dan u denkt. Ze kon hard zijn. Ze kon voor zichzelf opkomen, en deed wat nodig was. Natuurlijk waren het geen gelukkige omstandigheden, onsmakelijk haast om voor een getrouwde man te vallen, maar ik kan u vertellen dat zij helemaal geen last had van een slecht geweten als hij af en toe op bezoek kwam.' Óskar glimlachte, hij leek trots op zijn kleine zusje. 'Als Heiðar op de een of andere manier betrokken is geweest bij de dood van Sæunn, dan had Þóra ervan geweten, maar ze zou ook zeker bereid zijn geweest om erover te zwijgen.'

'Waarom denkt u dat ze hem bedoeld heeft gisteravond, al werd het niet uitgesproken?' vroeg Tómas.

'Ze was een beetje aangeschoten. Alcohol steeg haar altijd snel naar het hoofd,' antwoordde Óskar en hij glimlachte weer. 'Ik denk dat ze gewoon een beetje een boze bui had. Dat ze nieuwsgierigheid wilde wekken of twijfel wilde zaaien. Ze suggereerde in elk geval dat de dood van Sæunn niet natuurlijk was geweest en dat de zaak in de doofpot was gestopt om de familie van Reynir niet in een kwaad daglicht te stellen. U weet net zo goed als ik dat de vader van Reynir schatrijk was en veel invloed had. Met veel contacten in de politiek. Hij kon het nog wel hebben dat een vrouw zichzelf van het leven beroofde op zijn terrein... of door een ongeluk om het leven kwam. Maar een moordonderzoek, daar had hij zich nooit bij neergelegd,' zei Óskar scherp.

'Kwam er nog iets opvallends ter sprake in dat gesprek gisteravond?' vroeg Tómas en hij keek op zijn horloge. De tijd werkte niet met hen mee. Ari meende te weten waar Tómas aan dacht. Het was het best om deze getuigenverklaring zo snel mogelijk af te ronden en te proberen verder te komen met de zaak voordat deze dag te ver gevorderd was. Als het eenmaal Kerstmis was, zou dat het onderzoek ernstig vertragen, of ze dat nu wilden of niet. Alle assistentie uit de stad zou op een laag pitje staan en misschien zou de zaak pas echt weer opgepakt kunnen worden op de dag na tweede kerstdag.

'Opvallend en niet opvallend,' antwoordde Óskar direct, alsof hij tijd wilde rekken. Er lag hem iets op het hart, dat was duidelijk. 'Ze noemde ene Sara, zomaar uit het niets.'

'Sara? Wie is dat nu weer?' vroeg Tómas een beetje geïrriteerd.

Óskar zweeg even, maar antwoordde toen: 'Ik kan natuurlijk nooit weten wie zij in gedachten had...'

Tómas' geduld raakte op. 'Wie is die Sara? Kom, vertel op.'

Die reactie bracht Óskar van zijn stuk, maar ten slotte antwoordde hij: 'De enige die ik kan bedenken is een meisje dat hier lang geleden op bezoek was, in de zomer.'

'Wanneer was dat?' vroeg Ari. Hij loste Tómas weer even af.

'Dat weet ik niet meer precies. Het waren kinderen die hier kwamen logeren. Þóra regelde dat.'

'Was dat voordat Ásta hier kwam wonen?'

'Ervoor? Nee, nee... Het was nadat Ásta en Kári naar Reykjavík waren vertrokken. We kregen daarvoor wat geld van de overheid en daarom namen we elke zomer een paar kinderen in huis, twee of drie. Dat geld werd gebruikt om Þóra en mij van te betalen. Ik kan me echt niet herinneren wie wanneer is gekomen.' Zijn stem klonk een beetje scherp.

'Is er iets gebeurd toen dat meisje, die Sara, hier was? Gedroeg ze zich anders dan de andere kinderen?'

'Dat herinner ik me niet. Ik bemoeide me niet met die kinderen. Ik was misschien door ervaring wijs geworden, had me te veel ingelaten met Ásta...' Hij aarzelde even. Na een poosje voegde hij eraan toe: 'Ik was veel om haar gaan geven, en ik had het er moeilijk mee toen ze naar Reykjavík werd gestuurd.'

Ari had medelijden met Óskar en vond het raadzaam om zich op die Sara te concentreren en het gesprek niet naar Ásta te laten afdwalen: 'Hoe oud was die Sara?'

'Ze waren allemaal tussen de acht en twaalf jaar oud, ongeveer. Ik herinner me weinig van haar, alleen haar naam. Namen blijven me wel bij, maar gezichten vergeet ik.' Hij voegde eraan toe: 'Vooral de laatste tijd.' Hij glimlachte.

'Weet u nog hoe ze voluit heette?' vroeg Tómas.

'Nee, zeg...' Toen zei hij: 'En misschien bedoelde Þóra wel een heel andere Sara.'

Tómas stond op. 'We onderzoeken de zaak. Bedankt. Bent u vandaag hier?'

'Ja, ja... Maar ik ga wel altijd naar de dienst op de dag voor Kerstmis, om zes uur, in de kerk in Hof, hier vlakbij. Þóra en ik gingen altijd samen...' Zijn stem klonk bedroefd. 'Reynir zei dat hij ook wilde gaan.'

Tómas knikte. 'Goed. We moeten u voor die tijd zeker nog een keer spreken.'

Óskar was al opgestaan toen Ari bedacht wat er met die rodewijnvlek was wat hem dwarszat. 'U zei dat Þóra aangeschoten was gisteravond, is het niet?'

'Ja, ja, zeker,' antwoordde Óskar argwanend.

'Wat dronk ze?'

'Rode wijn.'

'Nam ze haar glas mee toen ze naar beneden ging om te gaan slapen?'

'Dat kan kloppen, ja,' antwoordde Óskar na enig nadenken. 'Ze ging eerder dan ik en de anderen naar bed, maar ik herinner het me niet precies.'

'Eén vraag nog tot slot,' zei Ari. 'Als ze in de slaapkamer rode wijn op de witte vloerbedekking had gemorst, zou ze dan die vlek de hele nacht hebben laten zitten?'

'Bent u gek? Þóra was niet alleen in naam hier de huishoudster, ze nam haar werk heel serieus en wist raad bij alle mogelijke ongelukjes. Ik herinner me dat ze een keer witte wijn op een rodewijnvlek goot, hoe raar dat ook mag klinken, met een prachtig resultaat. Waarom wilt u dat eigenlijk weten?'

3

Het gesprek met Óskar was daarna snel afgelopen. Ari ging naar voren om Reynir te halen. Arnór sprak hem echter eerder aan: 'Gaat u ook met mij praten?' vroeg hij voorzichtig.

'Dat is wel de bedoeling, ja.'

'Kan ik dan niet de volgende zijn? Ik moet naar huis... Ik was nooit van plan om zo lang te blijven, ziet u. Het was alleen moeilijk om het aanbod van Reynir om te blijven slapen af te slaan... En er was goede whisky...'

'Dronk u de hele nacht door?'

'Wat... Ja, Reynir en ik zijn hier blijven zitten,' antwoordde hij aarzelend.

'Is het dan niet veiliger dat wij u naar huis rijden? En dan onderweg met u praten. We kunnen er niet van uitgaan dat alle alcohol al uit uw bloed is verdwenen, zo vroeg in de ochtend.'

Arnór leek eerst te willen protesteren, maar liet het erbij en ging weer zitten. Ari vroeg Reynir om met hem mee te komen.

Ze wachtten even buiten het kantoor, omdat Ari naar binnen had gekeken en had gezien dat Tómas aan de telefoon was.

'We komen gewoon niet meer van jullie af,' zei Reynir luchtig, maar Ari begreep dat de opmerking serieus bedoeld was. 'Mijn kantoor elke dag bezet. Ik kom niet aan werken toe.'

'Stond er voor vandaag veel werk op de planning?'

'In mijn branche zijn er geen vrije dagen. De markt gaat later op de dag gewoon weer open in Amerika, en je moet daar je belangen behartigen, net als anders,' zei hij hooghartig.

'Er is bij ons ook genoeg te doen,' zei Ari kortaf.

'Maken jullie nou niet van een mug een olifant?' vroeg Reynir. 'Een ziekelijke oude vrouw sterft in haar slaap en de politie komt onderzoek doen. Alleen de sirenes ontbreken er nog aan.'

Ari moest toegeven dat Reynir misschien wel gelijk had, maar toch klopte er iets niet met dit sterfgeval. Þóra had niet de kans gekregen om de vlek uit de vloerbedekking te verwijderen, maar toch had iemand het wijnglas weggehaald – misschien om te proberen sporen van geweld uit te wissen, maar op een verkeerde manier. In alle opwinding.

Voor Ari Reynir kon antwoorden, ging de deur open.

'Kom binnen,' zei Tómas met zijn diepe basstem. Hij zag er moe uit. Dit tweede sterfgeval – en hopelijk het laatste – leek veel indruk op hem te maken.

'Was dat je vrouw?' vroeg Ari zacht; niet eens omdat hij het wilde weten, maar meer om te proberen de sfeer iets luchtiger te maken.

'Nee, nee,' antwoordde Tómas een beetje verbaasd, alsof dat een absurde gedachte was. 'Ik belde alleen mijn collega even... mijn ondergeschikte, bedoel ik. Ik vroeg hem of het niet mogelijk was een lijst op te vragen bij een of andere instantie van kinderen die hier hebben gelogeerd, omdat het Rijk dat subsidieerde.' Hij keek op zijn horloge. 'Ik hoop dat hij voor de middag nog iemand te pakken krijgt, voordat iedereen naar huis gaat. We zitten een beetje krap in de tijd.'

Ari merkte dat Reynir geïnteresseerd luisterde naar wat

ze zeiden. Tómas liet er een vraag op volgen: 'Herinnert u zich dat hier vroeger ene Sara bij u gelogeerd heeft, in de zomer?'

'Sara...' herhaalde Reynir nadenkend. 'Ik herinner me dat Þóra weleens arme kinderen vroeg hier in de zomer te komen. Daarvoor kreeg ze extra geld voor het huishouden, anders hadden we het niet goed gevonden. Ik kan me geen namen herinneren in dat verband, al sla je me dood.' Hij glimlachte vriendelijk. 'Wat heeft zij met de zaak te maken?'

Tómas bleef het gesprek leiden: 'Þóra zou haar naam gisteren hebben genoemd.'

'O, is dat zo?' vroeg Reynir.

'Ze noemde die naam, Sara... en Óskar herinnerde zich een meisje dat hier heeft gelogeerd en Sara heette.'

'Zozo. Ik herinner me dat niet, maar alcohol doet rare dingen met je. Ik heb gisteren te veel gedronken,' zei hij kameraadschappelijk. 'Ik begrijp trouwens wel dat Óskar zich haar herinnert...'

'Wat bedoelt u daarmee?' vroeg Tómas.

'Nou ja... Je vraagt je weleens af wat dat voor vriendschap was tussen hem en Ásta...'

'Bedoelt u iets speciaals?' vroeg Tómas met een ernstig gezicht.

'Nee, hoor... Maar er zijn ongetwijfeld anderen geweest die zich zoiets zullen hebben afgevraagd.'

'Kent u misschien een andere Sara die op de een of andere manier met dit huis te maken heeft?' vroeg Tómas.

Reynir dacht na en zei ten slotte: 'Eerlijk gezegd valt me niemand in.'

'Uw moeder, wat was haar naam?'

'Emilía,' antwoordde hij wat snibbig, alsof hij verder niets over haar te vertellen had.

Ari kende Tómas goed genoeg om te weten dat je met zo'n reactie juist meer vragen kon verwachten.

'Wanneer is ze overleden?'

'Dat is al een tijdje terug, in 1970.'

'En daarna heeft Þóra min of meer uw opvoeding overgenomen...' zei Tómas aarzelend.

'Je zou kunnen zeggen dat ze in de plaats van mijn moeder is getreden,' zei Reynir, 'maar u mag dat niet zo letterlijk nemen. Ze is wel altijd goed voor me geweest en heeft me van alles geleerd over het leven. Ik denk dat ze vier- of vijfentwintig jaar oud was toen mijn moeder stierf. Ik was zes jaar. Ik vond haar natuurlijk stokoud.' Hij lachte om zijn eigen opmerking, maar zijn lach was hol en ongemakkelijk.

'Hoe is uw moeder aan haar eind gekomen?'

Hij haalde diep adem voor hij antwoordde: 'Ze is van haar paard gevallen.'

'Was ze meteen dood?'

'Ja, ze had haar nek gebroken.'

'Gingen er toen geruchten rond met betrekking tot haar dood, dat het misschien geen natuurlijke dood is geweest, bedoel ik?' vroeg Tómas.

Nu ging Reynir rechtop zitten op zijn stoel, boog zich naar voren en verhief zijn stem. 'Nu is het genoeg geweest met al die insinuaties. Het is alsof er hier op het platteland niemand mag doodgaan zonder dat er iets schimmigs achter steekt. Het was een ongeluk. Een vreselijk ongeluk. Mijn moeder was een ervaren ruiter, maar zoiets kan iedereen overkomen.'

'Bent u een echte paardenman?'

'Ik heb in elk geval veel paarden. Ik ben blijkbaar de grootste paardenboer in de omgeving. Mijn moeder hield van de sport en mijn vader zag er geld in, hij heeft veel aan de paardenfokkerij verdiend, net als aan andere dingen.

Arnór heeft dit voor ons waargenomen en is nu begonnen om toeristen peperdure tochten te paard door de omgeving te verkopen...' Er klonk een zekere ondertoon in zijn woorden door.

'U beantwoordt mijn vraag niet,' zei Tómas langs zijn neus weg.

'Of ik een echte paardenman ben?' Reynir glimlachte. 'Dat ben ik niet. Ik heb nog nooit op een paard gezeten, in elk geval niet sinds mijn moeder eraf gevallen is. En ik was het er niet mee eens dat mijn vader zich er zo mee bezig bleef houden. Hij had die paarden lang geleden al moeten verkopen; die fokkerij levert ons financieel zo goed als niets op.' Hij zag er ineens erg terneergeslagen uit.

'Bent u nu dan niet van plan om u van die paarden te ontdoen? U kunt nu toch doen wat u wilt, nu uw vader er niet meer is?'

'Ik wil ze verkopen, maar ik wil Arnór en Þórhalla dat niet aandoen. Dat kan ik niet maken.'

Nu mengde Ari zich eindelijk ook in het gesprek, waarbij hij gebruikmaakte van een kleine aarzeling bij Tómas. 'Over Arnór gesproken... Kende u zijn vader, Heiðar? Kwam hij vaak bij u over de vloer?'

'Vaak bij ons over de vloer?' herhaalde Reynir. 'Wat bedoelt u daarmee? Hij was natuurlijk altijd welkom, net als Arnór, maar hij heeft nooit voor ons gewerkt. Hij had zijn eigen bedrijf. Verder kende ik hem niet goed, niet op die manier. Een man met een andere achtergrond.'

Ari ging door. 'Waren uw vader en hij vrienden?'

Reynir grinnikte. Toen zei hij: 'Mijn vader had weinig vrienden.' Er klonk iets van spijt in zijn woorden door. 'Hij was veel te druk. Hij had vooral contact met mensen aan wie hij iets kon verdienen.'

Ari wilde de vraag stellen die nu het meest voor de hand

lag – hoe de relatie tussen vader en zoon was geweest – maar hij hield zich in. Hij had zelf ook nooit gewild dat hem zulke vragen werden gesteld – en hij kon niet rechtvaardigen dat hij zo'n persoonlijke weg insloeg. Hij mocht ook niet vergeten dat Reynir van niets strafbaars werd verdacht – tenminste niet meer dan anderen die bij de zaak betrokken waren.

'Volgens mij waren Heiðar en Þóra goed bevriend,' voegde hij er wat onverwacht aan toe.

'Hoe goed?' vroeg Ari en hij lette goed op Reynirs reactie.

'Wat weet ik daarvan?' mompelde Reynir, maar zei toen: 'U weet waarschijnlijk dat Heiðar getrouwd was. Ja, ja, de appel valt niet ver van de boom.'

Ari reageerde niet op deze opmerking. 'Wij hebben begrepen dat Þóra gisteravond heeft gesuggereerd dat het onderzoek naar de dood van Sæunn destijds in de doofpot is gestopt, om uw vader niet te na te komen. Kunt u dat onderschrijven?'

'Natuurlijk niet, verdomme!' antwoordde Reynir. Hij was nu echt kwaad. 'Þóra kon echt lelijk zijn als ze het op haar heupen kreeg. Er zat geen greintje waarheid in die onzin van haar. Bovendien had ze veel te veel gedronken.' Hij zuchtte en ging toen verder, kalmer dan daarvoor: 'We waren allemaal nogal van de kaart, zoals u zich kunt voorstellen. Ik vroeg Óskar en Arnór bijvoorbeeld wie van hen seks had gehad met Ásta... Dat kon natuurlijk echt niet.'

'Die onzin van haar. Kwam er gisteren nog iets naar voren wat u zich in het bijzonder kunt herinneren?'

Reynir dacht lang na. 'Nu u het vraagt,' zei hij toen, met een veelzeggende blik in zijn ogen. 'Ze had het erover dat iemand zich midden op de dag zonder verklaring in zijn kamer opsloot. Volgens mij gebruikte ze het woord "verstoppertje" in dat verband. Ik had geen idee waar ze het over had. Ik weet wel dat ze mij niet bedoelde. Ik sluit me natuurlijk af en toe op in mijn kantoor, als ik moet werken, maar daar is niets verdachts aan. Nee, ik had het gevoel dat ze het over haar broer had. Wat hij zou willen verbergen, weet ik ook niet...'

Ari dacht te zien dat de vriendschap van de vier individuen die de avond ervoor in het huis hadden zitten drinken niet heel erg diep ging. Tot nu toe was elke gelegenheid aangegrepen om elkaar verdacht te maken, zowel in verband met het laatste sterfgeval als met de oudere gebeurtenissen. En wijlen Þóra had daar net zo hard aan meegedaan.

4

Tegen het eind van het gesprek met Reynir had Hulda Tómas en Ari gemeld dat het voorlopige onderzoek in de kelder was afgerond en dat het lijk met de ambulance was afgevoerd. Desgevraagd antwoordde ze dat het hun ook vrijstond om een kijkje in de vuurtoren te nemen.

Ari had Tómas het idee voorgelegd om Arnór naar huis te brengen en onderweg met hem te praten. Tómas stond daar positief tegenover, maar wilde eerst de vuurtoren zien. Arnór was het er niet mee eens dat hij nog langer moest wachten en dreigde dat hij dan wel lopend naar huis zou gaan.

'Doe wat u wilt. U bent vrij om te gaan en te staan waar u wilt,' had Tómas gezegd. 'We begrijpen het heel goed als u andere dingen te doen hebt.' Het was allemaal heel beleefd gegaan, maar het ontging Ari niet dat Tómas eigenlijk wilde zeggen: 'Ga maar, als u iets te verbergen hebt.' Arnór trok een verbolgen gezicht en bleef zitten waar hij zat.

Het was even opgehouden met sneeuwen, maar het wolkendek was dik en het was niet onwaarschijnlijk dat er nog meer kerstsneeuw zou vallen. Óskar had aangeboden hun de weg te wijzen en hun onderweg ook de beruchte rotsen aan te wijzen. Tómas nam het aanbod wat terughoudend aan, onder voorbehoud dat ze alleen de vuurtoren in zouden gaan. 'Natuurlijk,' antwoordde Óskar. 'Ik heb die vuurtoren ontelbare malen gezien en heb daar niets te zoeken. Bovendien kom ik die vervloekte trap niet eens op, al zou ik het willen.'

Ze volgden de weg rond het huis. Buiten was het bijtend koud.

'Zoals u ziet, is het huis hier op een laag gedeelte van de kaap gebouwd. Vanaf hier is er geen uitzicht op de rotsen, behalve vanuit het zolderraam natuurlijk, en we zien dadelijk de vuurtoren,' zei Óskar en hij strompelde de helling op, met de politiemannen in zijn kielzog. Achter het huis was een klein grasveld, omheind door lage struiken die maar net sterk genoeg waren om de omstandigheden op deze winderige kaap te kunnen weerstaan.

'Verzorgt u de tuin?' vroeg Ari aan Óskar.

'De tuin? Nee, verre van. Þóra was degene in de familie met groene vingers.' Zijn stem brak, hij schraapte zijn keel en ging verder, al kostte hem dat hoorbaar moeite: 'Dat zal allemaal nu wel verwilderen, nu ze er niet meer is...'

Toen veranderde hij van onderwerp en wees naar restanten van gebouwen vlak boven de achtertuin. 'Hier stond de school waarover ik u gisteren vertelde. Het zijn de compleetste ruïnes uit de streek. De tijd heeft andere restanten van gebouwen geen goedgedaan...'

Ze vervolgden hun weg, heel langzaam – in het tempo van iemand met een geblesseerde knie.

'En hier zijn de rotsen,' zei Óskar en hij mompelde voor zich uit: 'Die vervloekte rotsen.'

Ari liep voorzichtig naar de rand van de rotsen, de stenen waren glad door de sneeuw, maar hij vertrouwde er volledig op dat hij zijn evenwicht zou bewaren. Hij had weleens hogere rotsen gezien, maar er zat toch iets angstaanjagends aan deze afgrond, om omlaag te kijken en te zien wat de vrouwen die hier naar beneden waren gevallen hadden gezien – de scherpe randen van de basaltzuilen, de rotsen op het strand en de donkere zee.

Hij moest denken aan de vrouwen, aan Sæunn en haar beide dochters, Tinna en Ásta. Kon het zijn dat er iets was met deze afschrikwekkende en toch imposante plek dat zijn verstand te boven ging? Hij zette die gedachte direct van zich af. Het was toeval dat Sæunn op deze plek haar leven had gelaten – net als dat het toeval was geweest dat hij zijn vader en zijn moeder was verloren. En het feit dat Tinna en Ásta van deze zelfde rotsen waren gevallen, moest verband houden met dat eerste sterfgeval. Dat was de enige logische verklaring – en Ari stond zichzelf niet toe in iets anders te geloven dan in keiharde logica. Hij keek naar de vuurtoren die op hen stond te wachten; een stijlvol, hoog gebouw. Wat had Ásta daar te zoeken gehad? Was ze daar echt vermoord, waar zoveel dingen op leken te wijzen?

Met wie had je in de vuurtoren afgesproken, Ásta...?

Hij zette nog één kleine stap op de natte rotsen, boog zich naar voren en keek omlaag – en voelde plotseling dat hij begon uit te glijden. Hij probeerde niet eens om krachten te verspillen met om hulp te roepen, moest zichzelf zien te redden, net als altijd. Hij probeerde zichzelf achterover te gooien, gebruikte zijn handen om zijn evenwicht te hervinden, hield zijn adem in en voelde zijn hart bonken in zijn borstkas. Uiteindelijk lukte het hem om zijn zwaartepunt genoeg te verplaatsen zodat hij achteroverviel, met het bijbehorende ongemak – maar ook tot zijn onmetelijke vreugde. Hij dacht aan zijn ongeboren kind dat bijna zijn vader was verloren.

Nu hoorde hij dat Tómas naar hem riep. 'In hemelsnaam, doe voorzichtig, jongen!' Zijn stem was dringend en de bezorgdheid klonk er duidelijk in door.

Ari stond op, ongedeerd. 'Alles in orde... Ik leef nog,' zei hij. Zijn stem trilde onnodig veel. Het fluiten van de wind omringde hem en in de verte dacht hij meeuwen te horen krijsen. Hij keek om zich heen en probeerde zich te oriënteren; hij keek uit over de baai, de Kálfshamarsvík en zag ook de schitterende basaltzuilen in die baai. 'Laten we naar de vuurtoren gaan,' zei hij ten slotte.

Toen ze bij de witgeschilderde vuurtoren waren gekomen, keek hij achterom, naar die verschrikkelijke rotsen, de plaats waar hij bijna omlaag was gevallen.

'Hij is zeventig jaar geleden in gebruik genomen,' zei Óskar. 'Hij is ouder dan ik, dus dan weet je het wel.'

'Een rijzig gebouw,' zei Tómas en hij haalde de sleutel uit zijn zak. 'Hoe hoog is het?'

'Het gebouw zelf is ongeveer dertien meter hoog, en het lichthuis bovenin telt nog eens drie meter,' antwoordde Óskar en hij voegde eraan toe: 'Ik blijf hier wachten, ja toch?'

'Ja, dank u,' antwoordde Tómas en hij opende de deur.

Ari keek even omhoog. Boven de ingang was een kruisteken in de deurlijst gekerfd. Hij was helemaal niet gelovig; God had hem verlaten toen hij zijn ouders was verloren. Als hij echter aan Ásta dacht, die waarschijnlijk haar leven daarbinnen was verloren, vond hij het kruis toch gepast.

Ari moest bukken om door de deur te kunnen gaan. Binnen wachtte hun een enorme ruimte, de trap ging langs de muur omhoog. Het voelde binnen zo mogelijk nog kouder aan dan buiten.

Tómas sloot de deur achter hen. Ari voelde zich helemaal niet prettig daarbinnen.

'Dus hier is ze vermoord, die arme meid,' zei Tómas en zijn woorden echoden door de ruimte, waardoor Ari moeite had hem te verstaan.

'Dat is nog niet zeker,' antwoordde Ari tegen beter weten in.

'Oké, ja... maar het lijkt me waarschijnlijk. Het is vanaf hier maar een klein stukje naar de rotsen en het is een kleinigheid om een lijk daarheen te slepen en het eraf te gooien. En alles ongezien vanuit het huis, min of meer.'

'Behalve vanaf de zolder, natuurlijk.'

'Maar daar kwam niemand, behalve de overledene...' zei Tómas.

Binnen in de vuurtoren was het leeg. Alle muren waren witgeschilderd en tegenover de deur zaten smalle, langwerpige ramen, met gelaagd, dik glas erin, waardoor je er niet doorheen kon kijken. Er scheen wel een beetje daglicht door naar binnen. Bezems en schoppen stonden bij de trap; er waren planken bevestigd aan twee muren en onder de ramen was een houten bank. Ari keek naar boven. Hij zag nog meer trappen en ramen en enkele platforms. Het was zo hoog dat mensen met hoogtevrees er niets te zoeken hadden.

Hulda had Tómas en hem verteld dat het bloed was gevonden op de muur bij de onderste trap.

'Ze kwamen hier met een bepaald doel,' zei Tómas, meer tegen zichzelf dan tegen Ari, 'en kregen ruzie. Toen werd Ásta tegen de muur geduwd, met onvoorziene gevolgen.' Na een korte stilte voegde hij eraan toe, met zijn blik op Ari gericht: 'Zou het zo niet kunnen zijn gegaan?'

'Niet uitgesloten,' antwoordde Ari nadenkend.

Tómas liep naar de trap en ging de eerste treden op.

'Ben je van plan naar boven te gaan?' vroeg Ari verbaasd.

'Natuurlijk. Al was het alleen maar uit nieuwsgierigheid; het is een befaamd gebouw.' Hij liep verder tot het eerste platform.

Ari volgde hem. De houten trap leek wel betrouwbaar, maar de leuning zat onaangenaam laag en leek meer voor het idee te zijn aangebracht. Eén misstap zou slecht kunnen aflopen. Ari hoorde dat Tómas iets zei, maar de woorden gingen verloren in de echo.

Tómas bleef staan en keek omlaag, naar Ari. 'Dit is geweldig, zei ik. Vind je ook niet?'

Ari was niet zo enthousiast, maar hij knikte.

Hij liep verder. Tómas was inmiddels uit het zicht verdwenen, op het volgende platform. Toen Ari op het derde en laatste platform aankwam, keek hij omlaag in een soort afgrond, tien meter diep, tot op een betonnen vloer – en alleen een piepklein leuninkje vormde de scheiding tussen leven en dood. Het duizelde hem. Toen keek hij weer achterom, naar de ijskoude muren, en er vormden zich zweetdruppels op zijn voorhoofd. Hij had normaal gesproken geen last van hoogtevrees, maar nu werd hij gewoon misselijk. Het voorval bij de rand van de kliffen was hem niet in de koude kleren gaan zitten.

Hij bleef doodstil staan tot hij Tómas iets hoorde roepen dat klonk als: 'Kom je niet?'

Ari antwoordde dat hij eraan kwam, al werden zijn woorden ongetwijfeld vervormd. Hij veegde het zweet van zijn voorhoofd en liep voorzichtig de laatste treden op. Hij bereikte een platform met een elektriciteitspaneel en accu's en nog twee extra treden.

'Geweldig,' zei Tómas en hij grijnsde. 'Ik denk dat deze treden naar het lichthuis voeren. Zullen we daar ook even een kijkje nemen en van het uitzicht genieten? Die laatste treden voeren ongetwijfeld naar buiten, maar het zal daar ijskoud zijn, dus ik laat die maar zitten.'

Hij begon aan de laatste klim en wurmde zich door een nauwe opening. Maar goed dat hij niet een paar kilo zwaarder was. Ari volgde. Hier had hij geen last van hoogtevrees. Hij voelde zich beter in deze kleine ruimte, ook al kon je hier naar alle kanten uitkijken: de Húnaflói, Strandir en de majestueuze bergen van Skagi lagen rondom. Het huis op de kaap was ook goed te zien, en natuurlijk de rotsen.

Ze bleven niet lang in het lichthuis. Ari volgde het voorbeeld van Tómas en ging achteruit de trappen af naar beneden, om betere grip op de treden te hebben. Hij hield zich stevig aan de leuning vast en was blij dat hij weer beneden was.

Hij was verbaasd toen hij zag dat Óskar buiten de vuurtoren was blijven wachten. Hij stond doodstil, met zijn rug naar de vuurtoren, en leek over de rotsen uit te kijken. Hij merkte niet meteen dat ze er weer waren.

'Ja, ja,' zei Ari luid en duidelijk.

Óskar schrok en keek naar Ari. Zijn gezicht was zo getekend door verdriet en pijn dat het Ari niet onverschillig liet. Hij wilde Óskar het liefst vragen welke gedachten – welke oude herinneringen – dat hadden teweeggebracht, maar hij deed het niet.

'Vond u de vuurtoren niet prachtig? Het is een ongelooflijk bouwwerk...' zei hij met een afwezige blik.

'Zeker,' antwoordde Tómas vriendelijk. Ze volgden Óskar weer naar het huis, ze liepen langzaam en voorzichtig, net als eerder. Toen ze er waren, draaide hij zich naar hen om en keek op met een somber gezicht. Hij zei met kalme stem: 'Als iemand Þóra iets heeft aangedaan, dan moet u mij beloven dat u die kerel grijpt. Ik geloof nooit dat Arnór of Reynir zoiets zouden doen, ik ken ze al tientallen jaren... Maar als een van hen haar heeft gedood...' Hij hoefde niets meer te zeggen, de wraakzucht straalde uit zijn ogen. Toen keek hij naar de grond en liep langzaam het huis binnen.

5

'Pas op dat u niet achteruit de vijver in rijdt,' zei Arnór op de achterbank van de politieauto. Een ongewone plaats om een getuigenverklaring op te nemen, maar er was wel meer ongewoon in dit onderzoek – op deze afgelegen, weinig bezochte plaats in het noorden, op de dag voor Kerstmis nog wel.

'Welke vijver?' Tómas remde en keek om.

Arnór wees naar buiten. 'Er ligt hier een klein vijvertje, maar je ziet het nu haast niet. Het is nu bevroren en de sneeuw onttrekt het helemaal aan het oog. Ik zei het meer voor de grap. U zou wel een flink eind achteruit moeten rijden om erin te belanden.'

Tómas bromde wat en hij bleef achteruitrijden tot hij bij de weg was.

'Ik ben er bijna in verdronken,' zei Arnór. 'Lang geleden, ik was nog maar een kleine jongen. Door het ijs gezakt. Maar ik werd gered.'

'Hoe?' vroeg Ari.

'Reynir was in de buurt en hoorde mij om hulp roepen. Hij reageerde snel en kon me op het droge helpen.'

'Gaat u goed met elkaar om? Bent u bevriend?'

'Reynir en ik?' Arnór dacht na en gaf zo eigenlijk al antwoord op de vraag. 'We kennen elkaar natuurlijk al heel lang... en we kunnen het goed met elkaar vinden, maar we schelen meer dan tien jaar in leeftijd. We waren daarom nooit speelkameraden of vrienden toen we opgroeiden, en bovendien heeft hij natuurlijk altijd ook een huis in Reykjavík gehad.'

Ari keek over zijn schouder even naar Arnór. Hij zag er goed uit, leek vertrouwenwekkend en sympathiek. Twee mannen, zowel Óskar als Reynir, hadden diezelfde dag geïnsinueerd dat Arnór zijn vrouw had bedrogen. Konden ze dat gerucht met bewijzen staven? En was het Arnór die seks had gehad met Ásta?

'Waarom kwam u gisteravond naar de kaap?' vroeg Ari.

'Dat sterfgeval was natuurlijk een behoorlijke schok, en het hielp ook niet echt dat we vervolgens in een krankzinnig politieonderzoek terechtkwamen. Ik bedacht dat ik me misschien beter zou voelen als ik bij hen langsging en we samen konden praten. En dat was ook zo. Na een paar glazen bood Reynir me aan dat ik kon blijven slapen, en dat aanbod nam ik aan.'

'Ons bezoek gisteren heeft u misschien aangegrepen,' zei Ari vriendelijk. Hij wilde het gesprek luchtig houden. Arnór leek gemakkelijker te praten als er niet te veel druk op hem werd gelegd.

'Dat kunt u wel zeggen. Ik voelde me vreselijk vanwege de sleutel van de vuurtoren die ik aan haar had uitgeleend; ik vertelde het hun gisteravond. Zij dachten ongetwijfeld dat ik bovenaan uw lijst van verdachten sta.' Zijn toon gaf te kennen dat hij hoopte dat Ari en Tómas hem ervan zouden verzekeren dat dat niet zo was. In plaats daarvan viel er even een ongemakkelijke stilte. Uiteindelijk zei Tómas: 'We denken dat we de sleutel hebben teruggevonden.'

'Waar?' vroeg Arnór gespannen.

'Ásta had een sleutel bij zich die overeenkwam met de beschrijving, een enkele sleutel aan een rode sleutelhanger.'

'Goddank...' zei Arnór zacht.

Je bent nog niet uit de problemen, makker, wilde Ari eigenlijk zeggen.

'Is u gisteravond of vannacht iets ongewoons opgevallen?' vroeg Tómas.

'Vannacht? U denkt toch niet dat iemand Þóra... heeft vermoord? Ze was natuurlijk erg ziek.'

'Beantwoord gewoon de vraag,' zei Tómas onnodig bruusk.

'Ik heb vannacht als een blok geslapen, maar je zou kunnen zeggen dat iedereen ongewoon scherp was gisteravond. Of eerlijk. Iedereen liep op zijn tenen vanwege die zaak.'

'Hoe dat zo?' vroeg Ari vriendelijk. 'Kunt u een voorbeeld geven?'

'Óskar was geïrriteerd toen Reynir over spoken begon te praten in verband met de sterfgevallen op de rotsen; dat leek hem behoorlijk op de zenuwen te werken. En Þóra beweerde dat er een gast in huis was geweest in de nacht dat Sæunn stierf.'

'Ging ze daar nog nader op in?' vroeg Ari.

'Ik beweerde dat ik dat niet geweest kon zijn,' antwoordde Arnór en hij lachte nerveus. 'Zij zei dat ze mij ook niet had bedoeld.'

'Weet u wie ze wel bedoelde?'

Hij antwoordde ontkennend, maar een kleine aarzeling gaf aan dat hij loog.

Ari gaf niet op. 'Weet u het zeker?' vroeg hij; hij kreeg geen antwoord, dus hij voegde eraan toe: 'Kan het zijn dat zij uw vader bedoelde?'

Ari rekende erop dat Arnór de vraag beledigend zou vinden, maar zijn reactie verraste hem.

'Dat is niet uitgesloten,' zei hij zacht.

'Weet u daar iets van?'

'Niet direct... Ik vermoed alleen dat hij die nacht bij Þóra is geweest, door wat ze gisteren zei. Ik denk dat het mijn moeder niet is ontgaan dat zijn vriendschap met Þóra misschien verder ging dan hij wilde toegeven. Ik was me er tenminste wel van bewust toen ik wat ouder werd. Ze hebben ermee kunnen leven, mijn vader en moeder, als je het zo wilt noemen. Ze zijn nooit gescheiden. Het was alleen wel altijd een beetje gek om met Þóra om te gaan, dat wetende.'

Ari was er niet zeker van of hij het eens was met Arnórs definitie van een gelukkig huwelijk, maar ging daar verder niet op in.

Arnór ging verder: 'Þóra had het ook over een vrouw op wie ze erg gesteld was geweest. Ik had geen idee wie ze bedoelde, en herinner me niet eens meer de naam.'

'Sara.'

'Sara... Ja, dat kan kloppen.'

'Hebt u een idee over wie ze het had?' vroeg Ari.

'Eerlijk gezegd niet. Misschien een oude vriendin van Þóra. Dat hoeft op zich niets verdachts te zijn.'

De telefoon van Tómas ging voordat Ari een volgende vraag kon stellen.

Tómas keek even naar het scherm, aarzelde en nam toen op. 'Ja... Ja, ik ben nog in het noorden. Het loopt wat uit.' Hij praatte zacht. 'Ik weet het niet... Ja, ik doe natuurlijk mijn best om vanavond thuis te zijn. Natuurlijk, lieverd... Drieenhalf uur in de stad... Ja, tot later.'

Hij stopte zijn telefoon in zijn zak, schraapte zijn keel en zei verlegen: 'Neem me niet kwalijk.'

'Geen probleem,' zei Arnór beleefd.

Ze waren op hun bestemming aangekomen.

'Hebt u het gevoel,' vroeg Ari, 'dat de vader van Reynir het onderzoek naar de dood van Sæunn heeft tegengewerkt... en misschien ook dat naar de dood van Tinna?'

Zijn antwoord kwam snel. 'Dat zou me niets verbazen. Hij was er wel het type voor, en hij moest zijn naam hooghouden. Niemand wil dat zijn achtertuin verandert in een plaats delict.'

'Denkt u dat deze zaak een streep door de rekening haalt van uw toeristenbedrijf?' vroeg Ari.

'Nee, gelukkig niet. Wij richten ons op buitenlanders en zij krijgen heus niet mee dat de politie hier een paar dagen onderzoek heeft gedaan naar een sterfgeval.'

'Precies,' zei Tómas zacht. 'Zolang u geen moord hebt gepleegd, zult u er geen last van hebben.' Er klonk een ijskoude ondertoon door in zijn stem.

Ari schrok een beetje van die opmerking. Je zou hetzelfde kunnen zeggen over Arnór; hij probeerde niet eens het te verbergen.

Tómas liet de stilte die viel niet te lang duren, keek in de achteruitkijkspiegel en maakte oogcontact met Arnór. 'Vroeg Reynir u niet ook of u seks had gehad met Ásta?'

Arnór haalde diep adem en zei toen langs zijn neus weg: 'Ja, precies, dat was ik helemaal vergeten. Hij vroeg het aan mij en aan Óskar, meer voor de grap dan serieus bedoeld, denk ik.'

'En wat was uw antwoord?' vroeg Tómas en hij voegde eraan toe voor Arnór de kans kreeg om antwoord te geven: 'Hebt u inderdaad seks met haar gehad?'

Nu verloor Arnór zijn geduld – en misschien was dat precies wat Tómas had gewild; hem uit zijn tent lokken. Ari had het beter geleken om Arnór niet te veel op de kast te jagen, hem een goed gevoel te geven – voor zover mogelijk – en te hopen dat hij zo zou gaan praten.

'Dat heb ik verdomme gisteren al gezegd!' schreeuwde hij bijna. Hij kon zijn woede niet verbergen.

'Oké, dus u blijft bij die uitspraak,' zei Tómas met een ernstig gezicht. Hij verhief zijn stem niet als reactie op Arnórs stemverheffing.

'Uitspraak? Het is gewoon de waarheid! Mag ik nu gaan?'

'Natuurlijk,' antwoordde Tómas beleefd. 'Hartelijk bedankt voor uw medewerking.'

Arnór opende het portier en stapte uit de auto. Toen hij bijna bij het huis was, draaide Tómas het autoraam omlaag en riep naar hem.

Arnór bleef staan en keek om. 'Wat?' vroeg hij nijdig.

'We zien elkaar waarschijnlijk niet meer voor Kerstmis, dus ik wilde u alleen fijne kerstdagen wensen.'

'Ha, ja... Fijne kerstdagen,' mompelde Arnór en hij beende weg.

6

'Pakte ik die jongen te hard aan?' Tómas zette de radio aan in de auto. Er galmde kerstmuziek de auto in. 'Fijn om een beetje kerststemming te creëren. Beter laat dan nooit.'

Ari wist niet of Tómas een antwoord verwachtte op zijn vraag, maar gaf het toch: 'Misschien... Toch was het interessant om zijn reactie te zien. Hij lijkt een heel vriendelijke jongen, maar hij heeft een kort lontje.'

'Precies. Het pakte goed uit. Toch had ik me moeten inhouden. Mijn vrouw belde en ik was een beetje geïrriteerd. Mijn zoon heeft een vriendin, ze zijn een paar maanden bij elkaar. Hij zou bij zijn moeder, bij ons, eten vanavond, maar zijn vriendin had hem bij haar ouders uitgenodigd om patrijs te komen eten en hij kan geen nee zeggen. En nu wil hij ook een uitnodiging voor zijn moeder regelen. Ik begrijp hem wel. En weet je hoe moeilijk het tegenwoordig is om aan patrijs te komen? Ze hebben vast niet genoeg voor nog een extra gast aan tafel, al wilden ze haar er graag bij hebben.' Hij zweeg even en zei toen: 'De conclusie is dat mijn vrouw alleen is met Kerstmis als ik niet naar huis kom. We moeten de kamer van Þóra nog snel even bekijken, en er dan een eind aan breien.'

'Klinkt goed.' Ari haalde zijn telefoon tevoorschijn en belde Kristín. Het duurde even voor ze opnam.

'Hoi.' Ze klonk opgewekt.

'Hoi. Hoe gaat het? Wij zijn hier bijna klaar, dus we kunnen voor de avond naar Siglufjörður terugrijden.'

'Fantastisch. Ik heb het adres gevonden van die oude man. Hij moet nog redelijk fit zijn, ondanks zijn leeftijd, want hij woont nog op zichzelf. Misschien levert het niets op... Hoewel zijn familie mijn overgrootvader heeft gekend, is het niet zeker of hij zich nog iets van hem herinnert.'

'Nou, succes dan maar, lieverd.'

'Hoe gaat het bij jullie?'

'Goed...' antwoordde Ari. Hij had zich er eigenlijk al bij neergelegd dat hij Kerstmis in het hotel zou doorbrengen, en kon niet ontkennen dat hij de zaak graag zou oplossen. 'Hoe was het op de weg?'

'O, niets bijzonders,' antwoordde Kristín en Ari kreeg een knoop in zijn maag. 'Het heeft gesneeuwd, dus het is soms glad.'

'In godsnaam, wees voorzichtig.'

'Natuurlijk. We zien elkaar straks in Blönduós. Een uur of een, halftwee?'

'Prima,' antwoordde Ari en hij nam afscheid.

De muziek vulde de stilte die volgde. Er was niet veel te zeggen, ze waren met de zaak een beetje op een doodlopende weg beland en Ari dacht na over de avond. Hij keek op zijn horloge: ze zouden misschien nog op tijd thuis zijn om de lamsrug te bereiden. Oorknopjes en een boek wachtten op Kristín; had hij misschien meer moeten doen? Het was nu te laat om nog iets voor haar te kopen. Misschien bij een benzinestation.

Ze waren bijna op hun bestemming, op de kaap, toen de telefoon van Tómas ging. Hij ging langzamer rijden en nam op. Het gesprek was kort en bestond aan de kant van Tómas alleen uit een paar korte woorden, maar Ari zag dat zijn gezicht met elke seconde die voorbijging somberder werd. Ten slotte zei hij: 'Kunnen jullie daar op ons wachten? Let op dat er niemand in de kelder komt voor wij de gelegenheid hebben gehad om de spullen van Þóra te bekijken.'

Na beëindiging van het telefoongesprek had Tómas zijn handen vol met de auto om te draaien op de smalle weg. Het kostte veel moeite, maar uiteindelijk lukte het. Pas toen hij weer kon doorrijden – de andere kant op, bij Kálfshamarsnes vandaan – vertelde hij waar het telefoongesprek over was gegaan.

'Die kerel heeft tegen ons gelogen,' zei hij. Zijn stem klonk nog tamelijk kalm, maar de woede klonk erin door. Ari wist uit ervaring dat Tómas meestal vriendelijk was en altijd bereid mensen te vergeven – maar dat weinig hem kwader kon maken dan als er tegen hem gelogen werd.

'Wie?'

'Arnór! Het was Hulda aan de telefoon, we hebben de resultaten van de vingerafdrukken. Het waren zijn vingerafdrukken die in de kamer van Ásta werden gevonden.'

'En dat terwijl hij zei dat hij daar jarenlang niet was geweest, als ik het me goed herinner.'

'Precies,' zei Tómas. 'En hij heeft vast en zeker ook over andere dingen gelogen. Hij moet degene zijn geweest die seks met haar heeft gehad. We zullen dat nu snel ophelderen. Geen enkel medelijden. En weet je wat die leugens hem opleveren?'

Ari wist dat Tómas die vraag zelf zou beantwoorden, dus hij zei niets en wachtte.

Ten slotte zei Tómas: 'Ze leveren hem alleen maar op dat hij de kerstnacht in de cel mag doorbrengen.'

7

Þórhalla opende de deur en ze leek te weten wat er aan de hand was. Angst, wanhoop haast – het was op haar gezicht te lezen. 'Wilt u Arnór spreken?' vroeg ze voordat ze iets hadden kunnen zeggen.

Tómas knikte.

'Ik ga hem halen.' Haar stem brak.

Arnór verscheen algauw in de deuropening. Þórhalla stond vlak achter hem en luisterde mee.

'U moet met ons meekomen naar het politiebureau voor een verhoor,' zei Tómas. Zijn stem klonk nog dieper dan anders. 'U bent officieel verdachte in het onderzoek naar de dood van Ásta Káradóttir en Þóra Óskarsdóttir. U hoeft niets te zeggen wat tegen u kan worden gebruikt. Als u contact wilt opnemen met een advocaat voordat het verhoor plaatsvindt, dan hebt u daar recht op. We kunnen u ook een advocaat toewijzen.'

Arnór bleef even doodstil staan, als door de bliksem getroffen. Tómas wachtte rustig en liet de man tot zichzelf komen. Ari keek naar zijn vrouw. Zij leek niet erg onder de indruk van de mededeling.

Arnór zag doodsbleek toen hij eindelijk zei: 'Grote god.' Toen ging hij zitten op een stoel in de gang, zuchtte diep en pakte zijn schoenen. Hij trok ze aan, stond op en deed een zwarte donsjas aan. 'Ik heb geen advocaat nodig. Ik heb niemand vermoord.' Toen keek hij naar zijn vrouw.

‘Het is een misverstand. Een vreselijk misverstand.’

Ze glimlachte naar hem. ‘Ik weet het, schat.’

‘Kom mee,’ zei Tómas en hij begon naar de auto te lopen. Arnór volgde hem, alsof hij hem aan een touwtje had. Ari stapte als laatste in de auto en keek voor ze wegreden nog even naar het huis, waar hij de koude blik van Þórhalla ontmoette.

Arnór zat aan tafel op het politiebureau van Blönduós en dronk water uit een wit plastic bekertje. Hij had zijn zwarte donsjas nog aan. Het was koud op het politiebureau, maar zo koud nu ook weer niet.

‘Weet u zeker dat u geen advocaat wilt?’ vroeg Tómas vriendelijk.

‘Heel zeker,’ stamelde Arnór en Ari kreeg sterk het gevoel dat ze de verkeerde man hadden gearresteerd – al was er veel wat erop wees dat hij bij de zaak betrokken was. Iemand had seks gehad met Ásta kort voor haar dood, in haar slaapkamer – en daar waren zijn vingerafdrukken aangetroffen, ondanks het feit dat hij had ontkend dat hij daar geweest was. De tijd zou ongetwijfeld leren of de sporen die er waren gevonden van hem waren, als hij niet al eerder gewoon dat deel van de zaak zou toegeven. Hij had Ásta de sleutel van de vuurtoren gegeven – waar ze waarschijnlijk om het leven was gebracht. Het hardnekkige gerucht ging rond dat hij zijn vrouw bedroog. En om het allemaal nog erger te maken, was hij te gast in Kálfshamarsvík in de nacht waarin Þóra was overleden. Misschien was hij alleen aan de oppervlakte zo overtuigend en was hij daaronder gewoon amoreel. Ari had weleens eerder zulke figuren ontmoet en zich bijna door hen laten overtuigen.

‘U vertelde ons gisteren dat het vele jaren geleden was dat u op de zolder was geweest, en het uitzicht had gezien vanuit de kamer van Ásta,' zei Tómas, waarna hij bleef zwijgen.

Arnór voelde zich uiteindelijk gedwongen om iets te zeggen. 'Ja...' Hij sprak traag, zijn blik schoot heen en weer.

'Blijft u bij die uitspraak?' vroeg Tómas scherp.

Nu antwoordde Arnór niet.

'We hebben uw vingerafdrukken gevonden. En ik vermoed dat u ook andere sporen hebt achtergelaten. Ik wil u de gelegenheid geven om nogmaals de vraag te beantwoorden die we u al tweemaal hebben gesteld. Als u nog een keer tegen ons liegt, dan is ons gesprek voorlopig afgelopen en zien we elkaar na Kerstmis weer. Hebt u seks gehad met Ásta?'

Arnór antwoordde niet meteen, hij keek omlaag, naar de tafel, in zijn halflege bekertje en vermeed oogcontact met Tómas en Ari. Toen zei hij, haast verslagen: 'Ja... Maar ik heb haar niet vermoord!'

'Dat zullen wij beoordelen,' zei Tómas zacht.

'U moet me geloven! Ik ben geen moordenaar!' Zijn stem trilde. 'Ze vroeg me om de sleutel van de vuurtoren, zoals ik u al vertelde. Ik heb geen idee waarom ze daarheen wilde. En ik ben niet met haar meegegaan.' Hij zweeg even, alleen om adem te halen. 'Ik ging na het avondeten naar haar toe met de sleutel, de avond voor haar dood. Laat in de avond, dus ik ging door de achterdeur naar binnen. Van daar kun je zo doorlopen naar de zolderwoning. Ik wilde de anderen in huis niet storen.'

'Waarom?' merkte Ari op. 'Ging u erheen met het plan uw vrouw te bedriegen?'

'Nee...' Hij aarzelde. 'Of...'

'U hebt er niets aan als u liegt,' zei Tómas.

'Ja, ik hoopte misschien dat er iets zou gebeuren. Er was wel een soort spanning tussen mij en Ásta.'

'Wist ze dat u getrouwd bent?' vroeg Tómas.

'Nee... Ik draag mijn trouwring zelden of nooit, en Þórhalla was nooit ter sprake gekomen, niet in gesprekken tussen mij en Ásta en niet tijdens het eten. Daar paste ik wel voor op...' zei hij met onvaste stem.

'U hebt er blijkbaar goed over nagedacht,' zei Tómas. De afkeuring klonk duidelijk door in zijn stem.

'U moet weten dat ons huwelijk niet erg goed is,' zei hij buiten adem. 'We werken alleen goed samen. We zijn bezig een toeristenbedrijf op te zetten, en daarom kan er van een scheiding geen sprake zijn. Niet nu, in elk geval. En ja, verder zijn we niet erg close, niet meer...'

Tómas knikte. 'Houdt haar geld de huwelijksband in stand?'

Arnór werd onrustig. 'Wat...? Nee, dat zou ik niet willen zeggen. Ze had natuurlijk wel geld, maar dat hebben we belegd. We zijn het een en ander kwijtgeraakt, maar nu richten we ons op de toeristenindustrie. En er bestaat een overeenkomst tussen ons, een stilzwijgende overeenkomst, dat we op zoek kunnen naar... dat we andere mensen kunnen ontmoeten.'

Tómas bleef het verhoor leiden. 'En is zij net zo tevreden met die overeenkomst als u?'

'Volgens mij niet,' liet hij zich ontvallen en hij zei toen: 'Dat weet ik niet, bedoel ik.'

'Hebt u die overeenkomst samen besproken?'

'Nee, niet direct.'

'Denkt u dat zij geweten heeft dat u Ásta die avond ging opzoeken?'

'Zeker niet. Ik sloop naar buiten toen zij naar bed was gegaan. Ze slaapt snel in en slaapt vast.'

'Hoe laat was dat?'

'Ik weet het niet precies. Elf uur? Ik herinner het me niet.'

'En toen kwam u bij Ásta...'

'Ja, ja... En het ging zoals ik al vermoed had.'

'We vonden sperma bij de muur waar uw vingerafdrukken zaten,' zei Tómas.

'Ja, we stonden tegen de muur, omdat we haar oude bed niet konden gebruiken. Dat kraakte te veel, zei ze.'

'En toen ging het er wat ruwer aan toe, u greep haar bij de hals... We hebben verwondingen op het lijk gevonden. Afdrukken op de hals.' Tómas bleef rustig en kalm.

'Nee, verdorie nog aan toe!' riep Arnór uit. 'Zo ben ik niet! Ik heb haar geen verwondingen toegebracht.' Hij was erg van streek.

'U moet toegeven dat het er niet al te best voor u uitziet,' zei Tómas ernstig.

'Moet u dit allemaal aan mijn vrouw vertellen?'

'Daar kunt u wel van uitgaan, vriend,' zei Tómas. 'We moeten haar vragen of zij enig licht kan werpen op de gebeurtenissen van die avond. Dat hoeft toch niet zo'n groot probleem te zijn? U hebt toch een stilzwijgende overeenkomst over zulke dingen?' Hij stak zijn afkeer van Arnórs vreemdgaan niet onder stoelen of banken.

Arnór reageerde niet op deze opmerking.

'Hoe lang was u bij Ásta?'

'Dat weet ik niet meer precies. Een uur, anderhalf misschien.'

'En bent u meteen naar huis gegaan?'

'Ja.'

'Kan uw vrouw dat bevestigen?'

'Ze sliep!'

'Des te erger...' zei Tómas. 'Mag ik u vragen om mijn theorie aan te horen?'

Ari voelde dat de stilte die daarop volgde bedoeld was om meer nadruk te geven. Tómas rekende niet op een antwoord van Arnór.

'Ze heeft u nooit om die sleutel van de vuurtoren gevraagd. U kwam die avond terug om seks met haar te hebben of misschien hadden jullie dat wel afgesproken. Nadat het liefdesspel op de zolder was afgelopen, ging u naar de vuurtoren om een oude droom te laten uitkomen en het in de vuurtoren te doen. Niet dat ik me kan voorstellen dat dat bijzonder spannend is. Een koude en vreemde plek. U had de sleutel bij u, Ásta deed de deur open en stak de sleutel in haar zak. En daar werd de seks ruwer, misschien met haar toestemming. Er is bij jonge mensen tegenwoordig van alles aan de gang waar je niets van begrijpt. In elk geval liep het uit de hand... Misschien verloor ze het bewustzijn, misschien duwde u haar tegen de muur... en ze ging dood. In plaats van de verantwoordelijkheid te nemen voor wat u hebt gedaan, sleepte u het lichaam naar de rand van de rots, beschut door de duisternis, en gooide u het naar beneden. Hoopte dat de zaak daarmee opgelost was. Dat iedereen zich zou neerleggen bij de verklaring dat een jonge vrouw naar de plaats waar ze in haar jeugd had gewoond was teruggekomen om zich van het leven te beroven. Net als haar zusje en haar moeder.'

Tómas leunde naar achteren op zijn stoel en wachtte op een reactie.

'Dat is onzin, van het begin tot het einde,' zei Arnór, nog altijd behoorlijk van streek. 'Ik vertelde u de waarheid. Ik heb Ásta niet meer gezien nadat we die nacht afscheid hadden genomen, en toen was ze op de zolder, in leven.'

'En Þóra, wanneer zag u haar voor het laatst?'

'Nou, op de avond voor ze stierf, natuurlijk. U kunt mij daar niet van beschuldigen. De vrouw is gewoon in haar slaap overleden, daar is niets vreemds aan. Ze was ziek.'

'Ja, ja. Dat zegt u,' zei Tómas. 'We houden u hier tot morgen. We moeten beoordelen of we u daarna in voorlopige hechtenis kunnen nemen.'

'Voorlopige hechtenis?' Arnór leek verslagen. 'Ik ben onschuldig! U kunt me niet opsluiten omdat ik mijn vrouw bedrogen heb!'

Tómas was opgestaan.

'U bent toch niet van plan om mij met Kerstmis hier te houden? Het is kerstavond!' Er klonk angst door in zijn stem.

'Helaas,' zei Tómas. 'Is er nog iets wat u ons niet hebt verteld? Iets wat ons op het juiste pad zet, als het waar is wat u zegt, dat u onschuldig bent?'

Arnór dacht na. 'Ik heb gisteren één dingetje verzwegen, omdat ik me aan een belofte moest houden. Ik denk niet dat het iets met de zaak te maken heeft, maar het is misschien toch goed om het u te vertellen.'

'Oké. Laat maar horen.' Tómas ging weer zitten.

'Ik heb het van mijn vader, en hij heeft me gevraagd het stil te houden.' Hij zuchtte en dronk het bekertje water leeg. 'Zoals ik al vertelde, waren mijn vader en Þóra goed bevriend, als je het zo zou kunnen noemen, en zij vertrouwde hem weleens het een en ander toe. Ze heeft vast ooit met Kári, de vader van Ásta, over de dood van Sæunn gesproken. Sæunn heeft lang last gehad van depressies en daarom zijn ze op het land gaan wonen: om van omgeving te veranderen. Haar toestand verergerde echter alleen maar en op een nacht rende ze naar buiten met de bedoeling om zich van de rotsen te gooien. Kári ging achter haar aan, bereikte haar toen ze op de rand stond, greep haar vast, probeerde haar tegen te houden, trok aan haar... maar kon het niet opnemen tegen de zwaartekracht. Ze viel en was dood.'

'Dus Sæunns dood was zelfmoord?' vroeg Ari.

'Als je dit verhaal wilt geloven, ja. Ik geloof niet anders dan dat papa dit verhaal van Þóra heeft gehoord, en Þóra had geen reden om tegen hem te liegen. Papa vertelde mij alleen dat Þóra om de een of andere reden twijfelde of het verhaal klopte; ze had gezegd dat Kári zijn rol mooier heeft gemaakt dan hij was. We zullen waarschijnlijk nooit weten hoe het precies zat.'

'Ik zie niet hoe dit verhaal u kan helpen,' zei Tómas na een korte stilte, 'maar ik kan waarderen dat u eindelijk eerlijk bent. Het is van groot belang voor ons om het beeld compleet te krijgen, al vallen oude sterfgevallen buiten ons onderzoek.'

Arnór zei niets, dus Tómas had het laatste woord: 'U wordt vanavond naar Akureyri gebracht, en we bekijken nog hoe de zaken er morgen voorstaan.'

8

'Ik kreeg deze lijst via de e-mail uit Reykjavík,' zei de hoofdcommissaris in Blönduós, een magere, lange man van middelbare leeftijd. Hij gaf Tómas de uitdraai. 'Kinderen die destijds in Kálfshamarsvík de zomer hebben doorgebracht.'

'Ja, kijk eens aan,' zei Tómas, en hij pakte de lijst aan, keek er even naar en gaf hem toen aan Ari. 'Ik had niet verwacht dat dat vandaag nog zou lukken. We hebben er alleen niet veel meer aan... Volgens mij hebben we de juiste man te pakken.' Hij keek naar Ari. 'Wat denk jij?'

Even overwoog Ari om in te stemmen met Tómas, tegen beter weten in. Hij schrok ervoor terug om zijn chef tegen te spreken in het bijzijn van een onbekende, de hoofdcommissaris van Blönduós, maar liet dat hem, toen het erop aankwam, toch niet tegenhouden. 'Ik denk dat hij onschuldig is.'

'Onschuldig?' Tómas leek oprecht verbaasd. 'Hij loog verschillende keren tegen ons, vertelde pas de waarheid toen wij met onomstotelijk bewijs kwamen. En hij bleef liegen over wat wij niet konden bewijzen, het bezoek aan de vuurtoren bijvoorbeeld. Ik ben er zeker van.'

'Zo zeker dat je hem wilt opsluiten met Kerstmis?' vroeg Ari. Hij had medelijden met die arme man. Hij was blij dat Tómas de beslissing moest nemen en niet hij.

'Geen twijfel over mogelijk. En je kunt er zeker van zijn dat we er een goede aantekening voor krijgen. Meteen op de tweede dag van het onderzoek al een arrestatie. Niemand kan ons verwijten dat we hem insluiten, gegeven de omstandigheden. Iets anders zou gewoon onverantwoordelijk zijn.' Tómas was er erg druk mee. 'Ik zal de openbaar aanklager in Akureyri vragen of we een voldoende sterke zaak in handen hebben om hem in voorlopige hechtenis te nemen. Ik denk erover om nu naar de stad te rijden en morgen terug te komen. Laat die jongen maar een nacht in de cel laten zweten, dan zal hij wel anders piepen.'

Ari was wat verbaasd over die verandering bij Tómas. Dat hem er zoveel aan gelegen was om zichzelf te bewijzen. Dacht hij dat de arrestatie van Arnór op zich genoeg was om te laten zien dat hij zijn plicht gedaan had, of wilde hij zijn vrouw niet teleurstellen? Wilde hij haar niet alleen thuis laten zitten op kerstavond? Hij had er natuurlijk veel aan gedaan om zijn huwelijk te redden, had zijn baan van hoofdcommissaris in Siglufjörður opgezegd, zijn huis daar verkocht en was naar Reykjavík verhuisd.

'Dat is wat mij betreft prima,' zei Ari. 'Zal ik dan dat Sara-spoor verder natrekken?'

'Wat? Nee... Tenzij je dat echt wilt. We proberen Arnór de moord op Ásta in de schoenen te schuiven en ik begin echt te geloven dat Þóra toch een natuurlijke dood gestorven is.'

De hoofdcommissaris van Blönduós stond nog altijd bij hen, als een vijfde wiel aan de wagen, en mengde zich niet in het gesprek.

'Ondanks de rodewijnvlek?' vroeg Ari, nogal scherp.

'De rodewijnvlek? O ja, die... Ja, ondanks die vlek. Ik wil je trouwens twee dingen vragen. Praat nog eens met de vrouw van Arnór en kijk naar de spullen van Þóra. Dan zijn we er wel zo'n beetje, denk ik.' Hij keek naar de hoofdcommissaris. 'Kunt u hem een auto ter beschikking stellen? Ik rij naar het zuiden in de mijne.'

Ari zat in de geleende politieauto en bekeek de lijst met namen. Drieëndertig namen. Er stond maar één Sara op. Sara Margrét Þrastardóttir. Nou ja, onderaan de lijst was er nog een, een halve Sara tenminste – Elín Sara Stefánsdóttir. Het zou niet heel lang duren om naar hen te informeren.

Tómas was misschien wel een harde werker die dingen in gang kon zetten, maar soms kon hij zich blindstaren op één oplossing die het meest voor de hand lag.

Ari liep terug het politiebureau in en zocht de namen op in het bevolkingsregister en in het telefoonboek. Hij meende beide meisjes gevonden te hebben. De namen klopten, er waren geen vrouwen met dezelfde naam in het bevolkingsregister. De een was geboren in 1979 en de ander in 1980. Dat klopte ook. Ze konden rond 1990 in Kálfshamarsvík zijn geweest.

Onderweg naar Þórhalla belde hij Sara Margrét. Ze nam op nadat de telefoon vier keer was overgegaan. Haar stem was vriendelijk, maar klonk wel wat verbaasd, alsof ze zich afvroeg wie haar in vredesnaam belde op de dag voor Kerstmis.

'Hallo. Spreek ik met Sara Margrét Þrastardóttir?'

Ze antwoordde bevestigend, met een lichte aarzeling in haar stem. Altijd ongemakkelijk om een telefoongesprek zo te beginnen, maar hij moest zeker weten of ze de juiste persoon was.

'Sorry dat ik u stoor. Mijn naam is Ari Thór Arason, ik ben van de politie.' Het was niet nodig om de zaak nog ingewikkelder te maken door te zeggen dat hij van de politie in Siglufjörður was.

'De politie?' Het was duidelijk dat ze nu een beetje ongerust werd.

'Niets ernstigs,' zei hij haastig, al was dat strikt genomen niet helemaal waar. 'Ik wil u alleen een paar vragen stellen in verband met een zaak die wij hier in het noorden onderzoeken.'

Sara Margrét klonk nog steeds ongerust toen ze herhaalde wat Ari had gezegd, maar dan op vragende toon: 'In het noorden?'

'Ja, het betreft een sterfgeval hier in Kálfshamarsvík op Skagi.' Geen reactie. 'Iets ten noorden van Skagaströnd en Blönduós,' voegde hij eraan toe.

'En wat heb ik daarmee te maken?' vroeg ze.

'Ik heb begrepen dat u hier destijds een zomer op het land hebt doorgebracht. Weet u nog wanneer dat was?'

'Op het land? In Kálfs... Kálfs... Hoe zei u ook weer dat het daar heette?'

'Kálfshamarsvík. Kálfshamarsnes.'

'Daar ben ik nooit geweest,' zei ze beslist. 'Ik ben nooit op het platteland geweest.'

'Bent u daar zeker van?'

'Natuurlijk ben ik daar zeker van.'

'Uw naam staat op een lijst van kinderen die daar zijn geweest. De overheid betaalde voor het verblijf van die kinderen,' zei Ari. 'Kan het zijn dat u er maar kort bent geweest, misschien slechts een paar dagen?'

'Wat is dat voor gekkigheid? Staat mijn naam op een lijst?' Hij had haar duidelijk van streek gemaakt. 'Ik heb nog nooit van die plaats gehoord en ben nooit naar het platteland gestuurd, niet voor korte en ook niet voor langere tijd.'

Dit antwoord verwarde Ari nogal. 'Kan het zijn dat het een naamgenoot van u was?'

'Ik weet niet of ik ooit een naamgenoot heb gehad.'

'Oké. Sorry. Mij rest dan alleen nog om mij te verontschuldigen voor het ongemak en u fijne kerstdagen te wensen.'

'Ja, goed. Natuurlijk. Insgelijks.' Ze verbrak de verbinding.

Hoe zat dat, verdorie? Had hij de verkeerde lijst gekregen?

Elín Sara nam ook op. Haar reactie kwam in eerste instantie overeen met die van de andere Sara. Verbazing over dat ze door de politie werd gebeld op de dag voor Kerstmis.

'We onderzoeken een sterfgeval in Kálfshamarsvík, hier in het noorden.'

'Gaat het om die vrouw die van de rotsen is gesprongen?' vroeg ze meteen.

Dat antwoord verraste Ari, want er was niet veel aandacht aan de zaak besteed. Een vrouw van voor in de dertig was op de rotsen gevonden in Kálfshamarsvík. De vrouw was woonachtig in Reykjavík. Dat was alles. De media leken ervan uit te gaan dat het om zelfmoord ging en het was gebruikelijk om zo min mogelijk over een dergelijke zaak te publiceren. Dat zou nu wel snel anders worden, zodra de dood van Þóra bekend zou worden, en de arrestatie van Arnór was ook nog niet bekendgemaakt.

'Ja, het heeft te maken met de vondst van een lichaam enkele dagen geleden. Een jonge vrouw die was overleden.'

Elín Sara zei niets.

'Kan het kloppen dat u op het platteland bent geweest in Kálfshamarsvík toen u jong was?' Ari rekende erop dat ze de vraag ontkennend zou beantwoorden, dat die lijst helemaal niet klopte – maar aan de andere kant leek ze de plaats wel te kennen.

Ze zweeg even en antwoordde toen kort: 'Ja.'

'Wanneer? Weet u dat nog?'

'Dat was in 1988. Ik was negen jaar oud.'

'Precies. Ik heb nog een paar vragen voor u, Elín. Of wordt u misschien Sara genoemd?'

'Sara,' antwoordde ze. Dit was dus waarschijnlijk het meisje over wie Þóra het had gehad.

'Herinnert u zich Þóra Óskarsdóttir?'

'Ja, ja,' zei ze zacht. 'Waarom vraagt u dat?'

'Ze is vannacht overleden.'

'Oké, nou ja,' zei Sara onaangedaan. 'Wat heb ik daarmee te maken?' vroeg ze toen. Er was geen woede of afkeuring in haar stem te horen. Ze klonk eerder aarzelend, afstandelijk.

'Ze heeft het gisteravond over u gehad.'

'Over mij?' De verbazing ontging Ari niet.

'Ja,' antwoordde hij en hij wachtte op een verdere reactie.

'Wat heeft ze gezegd?' vroeg Elín Sara ten slotte.

'Ze had aan u moeten denken,' zei Ari. 'Ja, ze zei dat u vaak in haar gedachten was, heb ik begrepen.'

'Vaak in haar gedachten...' Ze sprak zacht. 'Nog iets meer?'

'Ik dacht van niet. Hebt u een idee waarom ze dat kan hebben gezegd?'

Ze was lang stil en haar antwoord was niet overtuigend. 'Nee, geen idee.'

'Wie waren daar allemaal die zomer dat u daar was?' vroeg Ari.

Ze aarzelde en zei toen: 'Nou ja, Þóra natuurlijk. En haar broer. En Reynir. Zijn zij daar nog altijd?'

'Ja,' antwoordde Ari. 'Óskar en Reynir. Waren er andere vaste gasten op de kaap aanwezig? Bijvoorbeeld mensen van de naburige boerderij?'

'Ja, er kwam soms een jongen, maar ik weet niet meer hoe hij heet.'

'Arnór?'

'Arnór... Ja, dat kan. Zijn vader was er ook vaak.'

'Konden u en Þóra het goed vinden samen?'

'Nee, niet bepaald,' antwoordde Elín Sara beslist.

'Hebt u na die zomer nog contact met haar gehad? Hebt u haar nog ontmoet?'

'Nee, ik heb haar nooit meer gesproken.' Toen voegde ze eraan toe: 'Na die zomer, bedoel ik.'

'Is er daar iets gebeurd? Iets wat u zich speciaal kunt herinneren en al die jaren Þóra is bijgebleven?'

'Nee.' Haar antwoord was weer kort en bondig.

Ari wilde het gesprek afronden, het voorlopig zo laten, toen Elín Sara vroeg: 'Is zij degene die is gesprongen, die vrouw?'

'Haar naam was Ásta,' antwoordde Ari. 'Ze was van uw leeftijd. We onderzoeken de zaak nog.'

'Weet u waarom ze dat heeft gedaan?' vroeg Elín Sara. 'Waarom ze zich van het leven heeft beroofd?'

'Het onderzoek is nog gaande. We kunnen op dit moment nog niets zeggen,' antwoordde hij formeel, verbaasd over haar interesse in de zaak. 'Neemt u contact met mij op als u zich iets herinnert. Wilt u dat doen?'

Hij gaf haar zijn telefoonnummer en ze mompelde iets in de telefoon wat hij verstond als ja.

Ze namen afscheid en vervolgens nam Ari contact op met de hoofdcommissaris in Blönduós en vroeg hem om nog wat telefoonnummers voor hem op te zoeken. Hij koos enkele namen uit op de lijst, zocht naar minder vaak voorkomende namen om de waarschijnlijkheid te vergroten dat ze de juiste personen vonden. Hij vond het genoeg toen hij acht telefoonnummers had.

Toen de telefoongesprekken waren afgelopen, was hij bij het huis van Arnór en Þórhalla aangekomen. Hij had vijf personen bereikt. Twee van hen bevestigden dat ze in Kálfshamarsvík te gast waren geweest – het voornaamste doel dat Ari had gehad met die telefoongesprekken was om dat te horen. Een van hen was er dezelfde zomer geweest als Sara, maar herinnerde zich niets bijzonders. 'Het was er vreselijk koud,' leek het enige te zijn wat in de herinnering was blijven hangen.

Drie ontkenden ronduit ooit in Kálfshamarsvík te zijn geweest en hadden zelfs nog nooit van de plaats gehoord.

Hij kon niet geloven dat ze allemaal ijskoud tegen de politie logen over zoiets eenvoudigs. Het was natuurlijk ook mogelijk dat hij in bepaalde gevallen de verkeerde persoon had gebeld. Maar als niemand loog, hoe waren die mensen dan op die lijst terechtgekomen?

9

Het was warm binnen, maar niet benauwd. Een oude staande lamp zette de kamer in een gezellig licht, samen met de lampjes in de kerstboom. Er hing geen etenslucht in huis. Er stond geen rollade in de oven, er lag geen *hangikjöt* in de pan, de voorbereidingen voor Kerstmis waren uitgesteld. Þórhalla leek op een bezoek van Ari of iemand anders van de politie te hebben gerekend, ze vroeg hem direct binnen en nodigde hem uit op de bank te gaan zitten. 'Ik heb warme chocolademelk, als u wilt,' zei ze en ze leek de man die haar echtgenoot, nog net niet in de handboeien, op de dag voor Kerstmis had weggevoerd, niets na te dragen.

Ari accepteerde de drank, die zijn naam echter niet echt eer aandeed. Het was wel chocolademelk, maar hij was niet warm. De chocoladesmaak was sterk en deed Ari aan vroeger denken, aan Kerstmis met zijn ouders. Het was een drank uit zijn kindertijd die mooie herinneringen opriep die Ari echter liever niet naar boven wilde laten komen.

'Hij heeft het niet gedaan,' was het eerste wat ze zei. 'Hij heeft die vrouw niet gedood.'

'Waarom zegt u dat?' vroeg Ari rustig.

'Ik ken Arnór en ik weet dat hij zoiets nooit zou doen. Komt hij vanavond thuis?'

'Ik denk helaas niet dat dat waarschijnlijk is.'

Ze knikte, had kennelijk al op dat antwoord gerekend. 'Ze hadden seks, toch?'

Ari antwoordde niet, hij wachtte en hoopte dat Þórhalla verderging, wat ze ook deed. 'Ik weet dat hij die avond is weggegaan. Hij denkt altijd dat ik slaap, maar ik merk die nachtelijke uitstapjes van hem meestal wel op. En ik weet heus wel wat hij gaat doen. Ik ruik de geur van zijn vriendinnen als hij weer in bed kruipt. Ik doe natuurlijk alsof ik slaap.'

Zoveel eerlijkheid had Ari niet verwacht. 'Wist u dat hij naar Ásta was gegaan?'

'Nee. Arnór had mij niet eens verteld dat die vrouw op de kaap logeerde. Het is natuurlijk duidelijk waarom.'

'En laat u dat gewoon gebeuren?' vroeg Ari. Hij besefte meteen dat zijn vraag ongepast was en niets met de zaak te maken had.

'Je kunt er natuurlijk genoeg van krijgen en...' Het leek of ze dat eruit had geflapt. Haar stem was onaangenaam hard. Ze stopte halverwege haar zin en zei somber: 'Het gaat u eigenlijk niets aan.' Toen voegde ze eraan toe: 'Hij is altijd zo geweest, had er moeite mee om mooie vrouwen te weerstaan. Onze kinderloosheid maakte het nog erger, al zijn we nog niet zo ver dat we gaan scheiden. Ik denk dat we ons er allebei bij hebben neergelegd dat we niet verliefd zijn, misschien zijn we dat wel nooit geweest. Maar we zijn goede vrienden, en zakelijke partners. Dat is beter dan niets.'

'Weet u hoe laat hij die avond is weggegaan? En hoe laat hij terugkwam?'

'Ik herinner me dat hij rond elf uur is vertrokken. Hij was niet lang weg, een uur, misschien iets langer. Het viel me op dat hij sneller terug was dan anders, doorgaans heeft hij vriendinnen in Skagaströnd of Blönduós, soms nog verder weg. Ik dacht nog dat hij deze keer misschien iets anders was gaan doen. Deze ene keer. Dat was alleen niet zo, zoals is gebleken.' Ze glimlachte treurig.

Vertelde ze leugens om haar man te helpen? Was dit één

grote leugen? Een goed geoefend toneelstuk met één acteur en één toeschouwer? Ze had in elk geval goed haar best gedaan om Ari ervan te overtuigen dat ze niet van haar man hield, dat hij haar ontelbare malen had bedrogen, dat ze eigenlijk geen enkele reden had om voor hem te liegen. En toch deed ze haar uiterste best om hem een alibi te geven. Dat alibi was echter niet bijzonder sterk, ook als ze wel heel geloofwaardig zou zijn. Arnór had naar de kaap kunnen gaan, met Ásta op zolder seks kunnen hebben, met haar naar de vuurtoren kunnen gaan, haar daar gedood kunnen hebben, haar van de rotsen hebben gegooid en weer naar huis kunnen rijden, alles in ruim een uur tijd. Het was wel krap, dat moest Ari toegeven.

'Hij is ondanks alles een goed mens,' voegde ze er nog aan toe. 'En zeker geen moordenaar.'

Ari keek op zijn horloge toen hij in Kálfshamarsvík was aangekomen. Hij was bang dat het allemaal te lang zou duren en Kristín op hem zou moeten wachten. Hij wilde de kamer van Þóra inspecteren, dat zou natuurlijk niet zoveel tijd kosten, en nog even kort met Óskar en Reynir praten. Hij moest antwoord krijgen op enkele vragen. Hij was ervan overtuigd dat Arnór niet de juiste man was; hij vond het een naar idee dat hij met Kerstmis in de cel zou zitten.

Hij trof dezelfde politieman die die nacht bij de vuurtoren op wacht had gestaan in de kelder. 'Mij werd gevraagd erop toe te zien dat er niemand beneden kwam,' zei hij wat verslagen. Hij had ongetwijfeld andere plannen gehad voor vandaag. 'Wil je dat ik nog langer blijf?'

'Nee, nee,' mompelde Ari. 'Bedankt. Ik neem het over.'

Er klopte iemand licht op de openstaande deur. Ari keek op en zag Reynir in de deuropening staan. 'Hoe gaat het?' vroeg hij vriendelijk.

'We hebben Arnór gearresteerd.' Het had geen zin om dat te verzwijgen. 'We moesten beter met hem praten.'

'Ik kan niet zeggen dat dat me verbaast. Hij had in elk geval seks gehad met Ásta. Ik wist alleen niet dat hij tot geweld in staat was. Het is vaak moeilijk om mensen goed in te schatten.'

'We kunnen nog niet bevestigen dat Ásta is vermoord,' zei Ari. 'En nog minder of Arnór daar verantwoordelijk voor is.'

'U hebt hem toch gearresteerd?'

Het was niet mijn beslissing, wilde Ari eigenlijk zeggen. In plaats daarvan vroeg hij: 'U hebt Ásta na het eten nog gezien, op de avond voor haar dood, is het niet?'

Reynir aarzelde enigszins. 'Ja, dat is zo. Ik heb u dat al verteld.'

'Weet u nog hoe laat dat was?'

'Nee, dat herinner ik me niet. Hebben we dat niet allemaal al besproken?' De vragen leken hem nerveus te maken.

'Voor of na middernacht?'

'Ervoor, dat weet ik zeker.'

De verklaring van Reynir kon kloppen met die van Arnór en Þórhalla, maar hij kon net zo goed een verzinsel zijn, als hij er belang bij had te liegen. Was Ásta na de maaltijd naar beneden gegaan, had ze even met Reynir gesproken, was ze toen weer naar boven gegaan en had ze vervolgens Arnór ontvangen? Het kon. En ging ze toen naar de vuurtoren, waar ze werd aangevallen? Ging er iemand met haar mee of was ze door iemand opgewacht?

'Hoe is het met Óskar?'

'Het gaat... Die arme kerel. Hij is boven. Het is een grote verandering voor hem, een grote schok, ook al wist hij hoe het zou aflopen, net als iedereen.' Hij voegde er na een korte stilte aan toe: 'Brengt u Arnór ook in verband met de dood van Þóra? Haar ziekte moet haar dood hebben veroorzaakt.'

'We onderzoeken het allemaal nog. Ik kom straks nog even boven, moet alleen nog even met Óskar praten voor ik ga.'

Reynir knikte en leek te begrijpen dat zijn aanwezigheid in de kelder niet langer gewenst was. 'Ik ga maar eens naar mijn kantoor,' zei hij en hij vertrok.

De rodewijnvlek viel Ari meteen weer op toen hij de slaapkamer van de overledene binnenkwam, een herinnering dat niet alles klopte, dat Tómas misschien de verkeerde man had gearresteerd. Er was niets wat Arnór met de dood van Þóra in verband bracht, behalve het ongelukkige toeval dat hij die nacht in het huis aanwezig was geweest.

Ari vroeg zich even af of de rode wijn misschien ook op de moordenaar terecht kon zijn gekomen, als Þóra inderdaad vermoord was, maar hij vond dat onwaarschijnlijk, omdat het nachtkastje niet aan dezelfde kant van het bed was als de deur. De moordenaar zou de kortste weg naar het bed hebben genomen...

De kamer was nogal bescheiden. Er was één raam, hoog in de muur. Het nachtkastje was leeg, in de la zaten pijnstillers. Op het bed lagen vier kerstkaarten. Ari las ze allemaal, in het volledige besef dat hij zijn neus in andermans zaken stak, maar dat was nu eenmaal niet anders. Bovendien vond je op kerstkaarten maar zelden grote geheimen. De namen van de afzenders kende hij niet en de wensen waren onopvallend en onpersoonlijk. 'Fijne kerstdagen' en dat was het dan wel zo'n beetje. Het was misschien vooral het aantal dat Ari's aandacht trok; hij had gedacht dat een vrouw van haar leeftijd meer kerstkaarten zou ontvangen – maar hij moest toegeven dat ze niet bijzonder gemakkelijk in de omgang had geleken. Ze had er misschien moeite mee om vriendschappen te onderhouden.

Er stond een lage houten kast op de grond, het ene deurtje was open, het andere op slot, maar de sleutel zat in het sleutelgat. Een beleefde hint aan Óskar om daar niet in te neuzen.

In het deel van de kast dat niet op slot zat lagen wat oude versleten boeken, allemaal romans, allemaal IJslands. Op de onderste plank lagen twee kerstcadeautjes, waarschijnlijk boeken, ingepakt in vuurrood kerstpapier. Het ene was voor Reynir, het andere voor Óskar.

In het deel dat was afgesloten, lag alleen een bruine, versleten envelop. Bovenin zaten kerstkaarten, een stuk of tien, twee met de hand geschreven brieven en knipsels uit oude kranten. De kerstkaarten leken allemaal te zijn geschreven door dezelfde man of vrouw, maar niet een ervan was ondertekend met een naam. De tekst erop was steeds kort en persoonlijk, intiem. De brieven daarentegen waren allebei ondertekend, het handschrift was ontegenzeggelijk hetzelfde als dat op de oude kerstkaarten. Alles kwam van Heiðar, de vader van Arnór. Ari las de brieven snel door. De ene was uit 1985 en de andere was vijf jaar later geschreven. Het waren authentieke, ouderwetse liefdesbrieven, beleefd romantisch, allebei verstuurd vanuit Reykjavík – waarschijnlijk had Heiðar op reis van de gelegenheid gebruikgemaakt om brieven te schrijven.

Uit oude kranten had Þóra necrologieën bewaard van twee mannen. Een van hen was Heiðar. Hij overleed in 2000, op vierenzestigjarige leeftijd. Þórhalla had een kort afscheid geschreven voor haar schoonvader, op het eerste gezicht warme woorden, maar in de grond waren ze kil en harteloos. Collega's en schoolgenoten haalden oude herinneringen op. Áki Reynisson, de vader van Reynir, nam met een paar woorden afscheid van 'een goede man, een trouwe vriend, een goede echtgenoot en vader' en een 'graag geziene gast bij ons op het platteland'. Þóra had niets geschreven.

De andere man was in 1989 gestorven. Ari begreep eerst niet wat het verband was. De naam was onbekend: Sölvi Árnason, geboren in 1901. Het werd duidelijker toen bleek dat hij eind jaren zeventig nog als huisarts had gewerkt. Ari bekeek de berichten bij zijn overlijden. 'Onberispelijk en bekwaam'. Hij wijdde zijn leven aan 'het verbeteren van het leven van anderen'. Overleden op 'hoge leeftijd, na een gelukkig leven zonder tegenslagen'. Geen woord over het wangedrag dat de reden moest zijn geweest waarom Þóra deze knipsels bewaarde. Nergens stond vermeld dat hij ervan was beschuldigd dat hij een jonge studente amfetamine had voorgeschreven, meer dan een zelfs, terwijl hij zich van het risico daarvan bewust had moeten zijn. Zijn foto kon inderdaad die van een 'onberispelijk en bekwaam' arts zijn: een vriendelijke oudere man met dun, grijs haar, een brilletje en een sympathieke uitstraling. Sölvi had één kind, Sölvi Sölvason, geboren in 1934. Als hij nog in leven was, zou hij al bijna tachtig zijn geweest.

Ari deed de papieren weer in de envelop, uitgezonderd de berichten over de dood van de arts. Hij wilde ze aan Óskar laten zien. De kerstcadeautjes moesten ook worden overhandigd aan Óskar en Reynir. Hij wilde weten wat erin zat.

Deze keer zat Reynir in de leren stoel achter het bureau. In de stoel van de directeur. Ari reikte hem zonder iets te zeggen het pakje aan.

'Een kerstcadeau?' zei Reynir verbaasd. 'Wat attent,' zei hij toen sarcastisch.

Ari bleef staan, zei niets en wachtte tot Reynir naar het kaartje keek.

'Van Þóra?' Hij zette grote ogen op. 'Voor mij?'

'Had u dat niet verwacht?'

'Eerlijk gezegd niet,' antwoordde hij en hij leek oprecht.

'Hebt u niets voor haar gekocht?'

'Nee, nee. Niets. Nooit gedaan.'

Ari zei niets. Wachtte alleen.

'Moet ik het openmaken?'

'Dat is wel de bedoeling,' antwoordde Ari. 'Ik wil weten wat erin zit.'

'Oké.' Hij scheurde het papier van het cadeautje. Het was een boek, zoals Ari had gedacht.

'Ja, dat...' zei Reynir. 'Ik heb het al gelezen.'

'Welk boek is het?'

'Een biografie van een collega. Ervaringen uit het zakenleven, opschepperij eerder. Hij heeft nooit enig succes gehad, maar heeft goede media-adviseurs. Het verhaal zou heel anders zijn geworden als ik het geschreven had.' Hij legde het boek weg, op de hoek van zijn bureau. 'Zei u dat Óskar hier is? Ik moet even met hem praten.'

'Hij is in de keuken, die arme kerel,' zei Ari.

'Wat gaat er met hem gebeuren? Blijft u hem aanhouden?'

Reynir keek even snel naar de deur, die half openstond. Ari sloot de deur.

'Ik ben een beetje bang dat hij nu wat opdringerig zal worden, maar ik wil hem niet zomaar op straat zetten. Ik denk erover om hem te vragen een paar taken van zijn zus over te nemen, voor hetzelfde geld, natuurlijk, anders heb ik niets aan hem. De afgelopen jaren was het toch meer een soort maatschappelijke hulpverlening.'

'Ik hoop dat het lukt,' zei Ari en hij legde zijn hand op de deurknop. 'Bedankt voor het gesprek.'

'Wilt u het boek hier laten?' vroeg Reynir. 'Het kan vast niet als bewijsmateriaal dienen.' Het boek zat nog in plastic en het was dus duidelijk dat Þóra er geen opdracht in had geschreven. 'Ik heb er geen belangstelling voor,' zei Ari. Hij was blij dat Reynir het wilde houden. Misschien had hij de oude vrouw toch wel gemogen, ondanks alles, en wilde hij het laatste wat ze hem gegeven had bewaren.

Óskar zat aan de keukentafel en staarde in zijn koffiekopje.

'Hallo,' zei Ari zacht.

Óskar schrok en keek op. 'Ja, hallo,' zei hij en hij probeerde zich goed te houden. Hij keek meteen naar het pakje dat Ari in zijn hand had. Hij leek de juiste conclusie te trekken.

'Ik dacht er net aan waar het cadeautje...' Hij slikte, haalde diep adem en ging toen verder: '... waar het cadeautje van Þóra was. Ze geeft me altijd iets met Kerstmis, en ik aan haar. Dat is haar boek, zeker?'

Ari knikte.

'Ja, ik herken het kerstpapier. We hebben het al een paar jaar. Het gaat lang mee als je niet veel vrienden hebt.' Hij probeerde een glimlach tevoorschijn te toveren. 'Ik heb voor haar ook een boek gekocht. Een of andere roman waarvan de jongen in de winkel zei dat hij goed verkocht werd. Ze ging op kerstavond altijd met een boek zitten. Dan las ze tot in de nacht, kon niet missen. Altijd zo rustig, tevreden met het leven. Ze had ongetwijfeld veel tegenslag te verwerken gehad door de jaren heen, maar ik was altijd blij om die kinderlijke vreugde bij haar te zien met Kerstmis. Dan was alles weer goed, al was het maar die ene avond.'

Ari gaf hem het pakje. Óskar legde het op tafel en bedankte hem ervoor, ook al had Ari niets gedaan waarvoor hij die dank verschuldigd was.

'Ik moet u vragen om het nu open te maken,' zei Ari aarzelend na een korte stilte.

'Nu?' Óskar keek alsof Ari hem gevraagd had een moord te plegen. 'Maakt het uit als ik daar nog even mee wacht?'

Even wilde Ari het voorbij laten gaan, maar vertrouwde dat zichzelf toch niet toe. Hij kon het voor zichzelf niet rechtvaardigen. Het onderzoek moest voorgaan. 'Helaas...'

'Oké.' Óskar knikte, hij zag er somber uit, maar hij was van plan om het te laten gebeuren. 'Het is vast een biografie.' Hij nam het pakje voorzichtig in zijn handen en haalde het kerstpapier eraf. 'Inderdaad. Dat klopt, dat wilde ik net graag lezen. Ik heb er een aankondiging van gezien.'

Óskar zweeg even, trok het plastic van het boek en bladerde erin. De tranen stonden in zijn ogen, hij wendde even zijn gezicht af en droogde toen zijn ogen.

Ari voelde zich slecht, wist niet hoe hij moest reageren en had er bijna spijt van dat hij Óskar had gevraagd zijn pakje meteen open te maken. Hij wachtte even tot Óskar zich had hersteld. 'Ik wilde u dit ook even laten zien,' zei hij toen en hij legde de berichten naar aanleiding van de dood van de arts Sölvi Árnason op de keukentafel.

'Daar heb je hem, die verdomde vent,' zei Óskar toen hij de foto zag, niet direct in kerststemming. 'Sölvi heette hij, inderdaad. Dat klopt. Ik was zijn naam vergeten, maar ik herinner me die foto. Þóra liet me die berichten over zijn dood zien. Ik vroeg me af hoe zo'n... nou ja, zo'n gewone man een jong meisje zoiets had kunnen aandoen. Hij had het ongetwijfeld goed bedoeld, maar was niet opgewassen tegen zijn taak. Wat weet ik ervan?' Hij zweeg even en zei toen: 'Ik kan u wel vertellen dat Þóra blij was dat hij dood was. Ik weet dat nog heel goed. Een ongebruikelijke, zelfs ongepaste reactie, maar misschien wel begrijpelijk. De man heeft haar leven verwoest, zo goed als. Stelt u zich eens voor dat u zo lang iemand haat...' Hij haalde zijn leesbril uit zijn borstzak, zette hem op en tuurde naar de tekst. 'Ja, 1989, meer dan twintig jaar. De man was hoogbejaard toen hij stierf...' Weer keek hij naar de vergeelde artikelen. 'Bijna negentig. En toch haatte ze hem...'

'Ze kon niet vergeven...' zei Ari, om maar iets te zeggen.

'Nee, nee, het was veel meer dan dat,' zei Óskar.

'Hij had een zoon. Hebben hij en Þóra ooit contact gehad over deze zaak?'

'Nee, dat geloof ik niet.' Toen keek hij Ari recht in de ogen, op zoek naar een bevestiging die hij niet kon vinden: 'Is mijn zus niet gewoon een natuurlijke dood gestorven? Of is er iemand voor verantwoordelijk?' Ari vermoedde dat het Óskar bijna te veel zou worden als dat laatste het geval zou zijn. Arnór en Reynir waren allebei goede bekenden van hem, en de laatste voorzag ook nog eens in zijn levensonderhoud.

'We weten het nog niet,' antwoordde Ari naar waarheid. 'Had Reynir u al laten weten dat Arnór is gearresteerd?'

Het was duidelijk aan de reactie van Óskar, zijn verbijsterde blik, dat het antwoord op die vraag nee was. 'Vanwege Þóra?' vroeg hij snel.

'Nee, we onderzoeken allereerst zijn relatie met Ásta. We houden echter alle opties open, zoals het er nu voor staat. We moeten afwachten.'

Óskar sloeg zijn handen voor zijn gezicht, liet zijn hoofd hangen en zuchtte. Alsof alle zorgen van de wereld op zijn schouders rustten. 'Kan ik iets doen?' vroeg hij uiteindelijk zacht.

'Vertel me één ding,' zei Ari en hij ging aan de keukentafel zitten. 'Reynir herinnerde zich dat uw zus het gisteravond over iemand had die verstoppertje speelde. Iemand die zich opsloot in zijn kamer. Hebt u misschien een idee wat ze daarmee bedoeld heeft?'

Óskar zweeg lange tijd, leek naar de juiste woorden te

zoeken. 'Ik had dat vanochtend tegen u moeten zeggen,' zei hij ten slotte zacht en toch met veel nadruk. 'Het heeft niets met uw onderzoek te maken, daarom zei ik niets. Maar die woorden waren direct aan mij gericht.'

'O ja?'

'Þóra en ik hadden het goed samen en we bemoeiden ons nooit met elkaars zaken. We lieten elkaar met rust, en dat kleine geheimpje van mij gaat echt nergens over. Gewoon een hobby, als je het zo mag noemen, die ik in alle rust wilde uitoefenen. Ik heb me namelijk een beetje verdiept in de crisis, ziet u,' zei hij met een sarcastische blik in zijn ogen.

'De crisis?' Ari was verbaasd. 'Hoezo dat?'

'Ach, je leest de kranten, luistert naar het nieuws, probeert wat dieper te graven en je een beeld te vormen van die piraten die die ellende hebben veroorzaakt.'

'Is Reynir niet een van hen?'

'Ja, misschien wel, op een bepaalde manier. Maar hij heeft het land niet op zijn kop gezet, ik denk dat hij wel verantwoordelijk is in wat hij doet, die jongen.'

'En wat heeft dit met dat verstoppertje spelen te maken, waarover Þóra het had?' vroeg Ari. Hij begon zijn geduld te verliezen.

'Ik luisterde naar een radioprogramma, een radiostation in Reykjavík. Mensen bellen daarheen en praten over wat er speelt in de maatschappij, natuurlijk ook de crisis, die mag je niet vergeten. Ik luister altijd naar dat programma en heb de gewoonte om de deur dan achter me op slot te doen, omdat ik...' Nu wendde hij een beetje beschaamd zijn blik af. 'Omdat ik namelijk vaak naar dat programma bel om mijn mening te geven. Daar heb ik net zoveel recht op als anderen, toch?'

'Ja, natuurlijk,' antwoordde Ari.

'Ik wilde de mensen hier alleen niet met die hobby lastigvallen, snapt u? Je moet toch je privézaken in alle rust kunnen doen.'

'Helemaal eens. Nog één dingetje, misschien...'

'Ja?'

'Over die Sara.'

'Sara, juist ja.' Zijn gezicht stond vragend.

'U vertelde vanochtend dat u kinderen in huis hebt genomen, twee of drie per jaar, als ik het me goed herinner.'

'Dat klopt.'

'Deed u dat lang?'

'Nee, nee... Drie, vier jaar misschien.'

'Hoeveel kinderen waren het in totaal? Tien, twaalf?'

'Dat weet ik niet meer,' zei Óskar. Hij leek niet veel zin te hebben om erover te praten. 'Het zal wel kloppen, zo ongeveer.'

'We hebben vanochtend deze lijst ontvangen van de autoriteiten.' Ari haalde een opgevouwen blad papier uit zijn zak en legde het op de keukentafel, schoof het naar Óskar toe. 'Er staan drieëndertig namen op. Ik heb een paar van deze mensen gebeld en niet iedereen bevestigt dat hij hier op het land is geweest, bij jullie. Een minderheid, eerlijk gezegd.'

Óskar keek niet naar de lijst, maar hij vermeed ook oogcontact met Ari. Hij zei niets. Zijn handen begonnen een beetje te trillen en hij balde zijn vuisten. Hij droeg nog altijd die blauwe coltrui. Moest hij zich niet verkleden voor de dienst voor Kerstmis? 'Ik weet niet wat ik moet zeggen,' mompelde hij ten slotte.

'Ik kan wachten,' zei Ari ijskoud. Hij had er geen enkele moeite mee om de weerstand van Óskar te breken, en nu helemaal niet meer. Hij kreeg het gevoel dat hij een onschuldig man was die niet heel vast in zijn schoenen stond.

Ari had er een beetje plezier in om te zien hoe eenvoudig het was, maar hij schaamde zich daar tegelijkertijd ook voor. Maar niet zo heel erg.

'Ik kan... Ik kan er eigenlijk nu niet over praten,' zei Óskar eindelijk. Zijn stem beefde.

'Waarom niet?'

Een stilte. 'Vanwege Þóra...' fluisterde Óskar toen. 'U kunt me er nu niet naar vragen. Niet nu,' jammerde hij half huilend.

'U moet begrijpen dat we het onderzoek niet onnodig kunnen vertragen. Ik moet alles boven water krijgen.'

'Het heeft niets met Þóra's dood te maken. En al helemaal niet met die van Ásta.'

'Dat zal ik zelf moeten beoordelen,' zei Ari autoritair.

'Ik kan er gewoon niets over zeggen... Ze is net dood.'

Ari zweeg.

Óskar kon het beven van zijn handen niet langer verbergen. Hij leek zich nog te willen verzetten, maar zei niets. Toen keek hij naar Ari – en Ari zag dat de laatste verdedigingsmuur geslecht was. 'Ze bedoelde het goed, mijn zus. Ze bedoelde het altijd goed. Zij was door het systeem teleurgesteld, ziet u, dus ze vond dat ze er recht op had,' fluisterde hij.

'Waar had ze recht op?'

'Nou, dat geld. Ik ontdekte het bij toeval. Eerst ontkende ze, maar het had geen zin... En toen probeerde ze het te rechtvaardigen. Ze ontdekte na die eerste zomer hoe gemakkelijk het was om die subsidie te ontvangen; je stuurde gewoon een namenlijst op en je kreeg betaald. Het jaar erna voegde ze er een paar kinderen aan toe. Ze vond de namen op de kinderpagina's in de kranten. Als een negenjarige een verhaaltje naar de krant instuurde, kon die bij ons op het land terechtkomen... zonder er ooit iets van te weten. Toen werd ze brutaler en voegde er een jaar later nog een paar aan toe. Sommige zomers was er niemand bij ons te gast, alleen op de papieren waarin om subsidie werd gevraagd.' Hij zweeg even en schraapte zijn keel. 'U moet begrijpen dat ik hier niets mee te maken heb gehad. Þóra kwam op het idee, voerde het uit en beheerde de inkomsten. We zijn hier nooit erg goed betaald. En kreeg Þóra een tegemoetkoming van de overheid nadat die arts, een arts die voor het Rijk werkte, haar carrière had verwoest? Geen kroon. Geen enkele kroon!' Nu verhief hij zijn stem.

'En daarom besloot ze maar het Rijk met bedrog geld af te troggelen?' zei Ari rustig.

'Geld aftroggelen? Ik zou het anders willen noemen,' zei Óskar, 'maar ze wist natuurlijk heel goed dat het verkeerd was. Ze was gewoon vindingrijk, mijn zus, en rechtvaardig.'

Ari glimlachte.

'Gaat u hier iets mee doen?' vroeg Óskar nerveus.

'Het is allemaal lang geleden,' zei Ari, zonder antwoord te geven op de vraag. Toen vroeg hij: 'Maar die Sara, was zij hier echt? Of alleen op papier?'

'Hoor eens, zij was hier. Ik heb niet tegen u gelogen, maar ik weet niet waarom Þóra aan haar moest denken.'

Ari stond op. Toen schoot hem plotseling de vraag te binnen die hij gisteren was vergeten te stellen. 'Nu ik eraan denk...'

Óskar keek op.

'Reynir had het er gisteren over, toen we net waren gearriveerd, dat hij geen computer had in zijn kantoor. Ik had het gevoel dat u dat wilde tegenspreken en ik was van plan om ernaar te vragen zodra de gelegenheid zich voordeed. Ik begrijp van Reynir dat hij elke dag aan het werk is, omdat de markt nooit slaapt. Dus het is wel een beetje vreemd.'

‘Tja...’ zei Óskar aarzelend. ‘Ik wilde Reynir niet tegenspreken in het bijzijn van anderen, maar het klopt natuurlijk niet. Hij heeft altijd zijn laptop bij zich.’

‘Altijd?’

‘Ja, altijd. Hij is altijd aan het werk. Vastgelijmd aan zijn computer.’

‘Wanneer zag u die voor het laatst?’

‘Dat weet ik niet meer precies.’

‘Had hij hem bij zich vóór Kerstmis? Nadat Ásta was overleden?’

‘Ja, vrijwel zeker.’

Ari bedankte Óskar en haastte zich naar Reynirs kantoor. Hij klopte aan en liep zonder op een antwoord te wachten naar binnen.

Reynir reageerde goed op dit onverwachte bezoek, glimlachte vriendelijk naar Ari en vroeg langs zijn neus weg: ‘Bent u iets vergeten?’

‘Waar is de computer? Uw laptop?’ vroeg hij bruusk.

Reynir liet zich niet uit het veld slaan, leek op de vraag te hebben gerekend. ‘Hij is gestolen. Domme pech.’

‘Hebt u gisteren tegen ons gelogen?’ vroeg Ari ronduit.

‘Tegen u gelogen?’ Reynir bleef rustig. ‘Helemaal niet. Ik begreep de vraag gewoon verkeerd, en zei dat ik geen computer had, en dat was volledig volgens de waarheid. Waarom zou ik tegen u liegen over zoiets alledaags?’

‘Waar is hij gestolen en wanneer?’

‘In Blönduós of Skagaströnd, de dag nadat Ásta was overleden. Hij lag op de achterbank en ik vergat de auto op slot te doen. Echt stom.’ Hij glimlachte. ‘Ik merkte pas dat hij weg was toen ik weer thuiskwam.’

‘Hebt u direct de politie gebeld?’

‘Nee, dat heb ik niet gedaan. Misschien is dat slordig van me, maar ik bewaar nooit belangrijke informatie op de laptop zelf. Die zit allemaal in een beveiligde omgeving op het net; zo raak ik geen bedrijfsgeheimen kwijt. Over de waarde van dat ding maak ik me niet zo'n zorgen, als ik eerlijk moet zijn. Ik koop wel weer een nieuwe als ik tussen Kerstmis en Nieuwjaar naar Reykjavík ga.'

'Laat het me weten als die laptop weer opduikt,' zei Ari ten slotte en hij verliet het kantoor zonder te groeten.

10

Ari zat in de politieauto, keek uit over Kálfshamarsvík en telefoneerde met de hoofdcommissaris van Blönduós, die op zoek was naar het nummer van de zoon van de arts, Sölvi.

Toch kon hij niet voorkomen dat hij erover nadacht of Tómas wel de juiste conclusies had getrokken. Dat het overlijden van Þóra een natuurlijke dood was geweest, een gevolg van haar ziekte. Dat Arnór Ásta had vermoord; een liefdesspel dat uit de hand was gelopen.

'Hier heb ik het,' zei de hoofdcommissaris. 'Sölvi Sölvason, geboren in 1934, woonachtig aan de Hringbraut.' Hij las het telefoonnummer voor.

Steeds weer probeerde Ari voor zichzelf te rechtvaardigen dat hij onbekende mensen moest lastigvallen op deze dag, een paar uur voor het kerstfeest zou beginnen.

Sölvi nam snel de telefoon op.

Ari stelde zich voor en kwam meteen ter zake. 'Ik zou graag even met u willen praten over uw vader.'

'Mijn vader, ja. Vanzelfsprekend. Mag ik vragen waarom?'

Aan zijn stem te oordelen zou Ari nooit hebben kunnen denken dat hij al bijna tachtig was. 'We onderzoeken een sterfgeval van een oudere vrouw hier in het noorden van het land. Ze heette Þóra Óskarsdóttir en was lang geleden een patiënt van uw vader.'

'Die naam zegt mij niets.'

'Ze zou een rekening met hem te vereffenen hebben, heb ik begrepen. Hij zou haar in haar studentenjaren amfetamine hebben voorgeschreven, met alle gevolgen van dien.'

'O ja. Was zij een van hen?' vroeg Sölvi.

'Dus de zaak is bekend bij u?'

'Jazeker. Mijn vader is erdoor in de problemen gekomen. Hij was van de oude stempel, het was vroeger heel gebruikelijk. Maar ik denk dat men moet begrijpen dat de man er lang over deed om zich aan nieuwigheden aan te passen. Hij was een beetje een dinosaurus. Toch wilde hij niemand kwaad doen. Het is toch zeker geen misdaad als je de wetenschap niet bijhoudt en de ontwikkelingen niet allemaal overneemt?'

Het was duidelijk dat Sölvi rekende op een antwoord op deze vraag, maar Ari reageerde niet.

'Hebben ze elkaar nog weleens ontmoet?'

'Nee, volgens mij niet. Ze probeerde wat geld van hem los te krijgen, maar mijn vader zat nogal op zijn geld. Toen heeft ze nog een aanklacht tegen hem ingediend, als ik het me goed herinner, maar daar is niets van geworden. Het was allemaal heel vervelend voor mijn vader, herinner ik me.'

'Voor haar ook, heb ik begrepen,' zei Ari.

'Voor haar? O, voor die vrouw... Tja, jaja.'

'Bedankt voor het gesprek en fijne feestdagen.'

Ari verbrak de verbinding en belde meteen naar Tómas, die nog onderweg was naar huis. Tómas had de openbaar aanklager in Akureyri gesproken. Deze had het op zich genomen de zaak te bekijken, om te zien of er reden was om Arnór in voorlopige hechtenis te nemen. 'Hij was niet blij met die opdracht,' verwoordde Tómas het.

Ari bracht hem op de hoogte van de ontwikkeling van de

zaak – de fraude van Þóra, de laptop, de doodsberichten van de arts. Hij nam er ruim de tijd voor en schaamde zich bijna voor het genoegen dat het hem gaf Tómas erop te wijzen, al deed hij dat niet letterlijk, dat er nog heel veel losse eindjes waren in het onderzoek. Dat Tómas te snel was geweest met het opsluiten van Arnór. Hij merkte dat Tómas er minder genoegen in schepte.

'Moet ik omkeren?' vroeg Tómas ten slotte. 'Ja, ik kom terug.' Het was ondertussen overduidelijk dat hij hoopte dat Ari zou zeggen dat dat niet nodig was.

Ari besloot dat inderdaad te doen, bijna tegen beter weten in. 'Dat is echt niet nodig.' Het was nu eenmaal Kerstmis – en eerlijk gezegd konden ze nu niet veel doen. Hij had zelf alles afgewogen en als ze met meer waren, moesten ze er zeker achteraan. Dat kon ook na Kerstmis.

Zijn telefoon ging vrijwel op hetzelfde moment als hij het gesprek met Tómas had beëindigd. Kristín, die ongetwijfeld op hem zat te wachten in Blönduós.

'Ari.' Ze ademde snel en hij wist meteen dat er iets niet in orde was. 'Ari,' herhaalde ze, kortademig. 'De baby komt eraan, denk ik. De baby...'

Eerst hoorde hij de woorden niet, hij weigerde die te horen, weigerde die te geloven. Toen sloeg zijn hart een slag over. Hij startte de auto voor hij reageerde en reed veel sneller dan de omstandigheden op de weg toelieten – als je het een weg mocht noemen.

'Is alles in orde met je? Waar ben je? Ik kom eraan!'

'Ik heb een ambulance gebeld, hij is er vast eerder dan jij,' zei ze. Natuurlijk had ze dat gedaan, altijd praktisch, geen overbodige gevoeligheden. 'Hij zal er zo wel zijn,' vervolgde ze. 'Ik probeerde je te bellen, maar je was steeds in gesprek.'

Ari herhaalde zijn eerste vragen: 'Waar ben je? Is alles in orde?'

'Ik kwam in een slip hier op de berg, de Þverárfjall. De auto gleed weg, niets ernstigs.' De woorden kwamen er met horten en stoten uit, vanwege haar snelle ademhaling. 'Maar ik schrok...' Nu dacht hij te horen dat ze haar best deed haar tranen tegen te houden.

'Ontspan je, lieverd,' zei hij en hij probeerde zijn eigen auto – of eigenlijk de auto die hij van de politie had geleend – op de weg te houden. Het sneeuwde licht, dicht genoeg om hem te hinderen, maar het was geen sneeuwstorm.

Hij probeerde zo goed en zo kwaad als het ging Kristín te helpen weer rustig te worden, maar natuurlijk had hij geen idee welke woorden in zo'n geval passend waren. Hij had nog nooit via de telefoon een kind gekregen.

11

De baby werd op de berg geboren, in Kristíns auto. Ari hoorde het via de telefoon en kreeg toen het bericht van de ambulancebroeder dat alles naar wens was gegaan en dat Kristín inmiddels in de ambulance was en hij naar het ziekenhuis in Blönduós moest komen. Hij kreeg niet eens de kans te vragen of het een jongen of een meisje was, maar dat was ook niet het belangrijkste.

Hij bereikte de ambulance en volgde die naar het ziekenhuis. Hij zag Kristín op de parkeerplaats in de winterkou en ontmoette voor het eerst de baby, die warm was ingepakt. Hij vergat ogenblikkelijk alles van de zaak in Kálfshamarsvík, lachte naar het kind, dat de ogen open had en zich leek te verbazen over die grote wereld. Toen lachte hij naar de nieuwbakken moeder, die het in witte doeken gewikkelde kind vasthield. Kristín lachte terug, met een vermoeid gezicht; hij kwam dichterbij en toen fluisterde ze: 'Het is een jongen.'

'Gefeliciteerd, lieverd,' fluisterde hij.

Ari mocht het kind pas vasthouden toen ze binnen waren. Het was allemaal zo onwerkelijk; kleine vingertjes die hem stevig vastgrepen; het feit dat hij vader was geworden, verantwoordelijk was voor een ander wezen, op dezelfde manier als zijn ouders verantwoordelijk waren geweest voor hem. Hij zou langer voor zijn zoon zorgen dan zij voor hem hadden gedaan, daar was hij van overtuigd.

'Hij is gezond, al is hij een klein beetje te vroeg,' zei de arts die bij de geboorte was geweest, hoewel het kind al ter wereld was gekomen toen de ambulance was gearriveerd.

'Wilt u hem aankleden?' vroeg de arts en hij wees Ari op kleertjes die iemand op het bed had neergelegd. Kristín en hij hadden natuurlijk geen babykleertjes meegenomen, al hadden ze wel het een en ander aangeschaft.

Ari aarzelde even, maar besloot toen het te proberen, al durfde hij zich nauwelijks te bewegen met het kind in zijn armen en had hij geen idee hoe hij zo'n kwetsbaar klein wurm kleertjes moest aantrekken. Terwijl hij ermee worstelde zijn zoon voor het eerst aan te kleden, drong tot hem door dat het leven nooit meer hetzelfde zou zijn.

Kristín maakte van de gelegenheid gebruik om haar ouders te bellen en hun het blijde nieuws te brengen. Ondertussen deed Ari zijn best om zijn zoon een groen boxpakje aan te trekken en dat ging boven verwachting goed. Hij dacht eraan wie hij eigenlijk zou moeten bellen. De eerste moeilijke gedachte in de gelukzalige wolk waarin hij verkeerde. Geen ouders, geen broers en zussen. Neven en nichten met wie hij geen contact had. Tómas, misschien? Kon het zijn dat zijn oude chef bovenaan het lijstje stond? Was Tómas werkelijk Ari's beste vriend? Toch had hij er maanden mee gewacht voor hij hem vertelde dat Kristín en hij een baby verwachtten.

Het gesprek van Kristín met haar ouders was een beetje emotioneel, zoals te verwachten was, in elk geval het gedeelte wat Ari ervan hoorde. Nadat Kristín een tijdlang hun gelukwensen had aangehoord, leek ze behoorlijk wat energie nodig te hebben om haar ouders ervan te overtuigen dat ze niet met het eerste vliegtuig naar huis hoefden te komen – waarschijnlijk op tweede kerstdag. Ze woonden in Noorwegen, waren daarheen verhuisd toen tijdens de crisis de werkloosheid aan hun deur had geklopt. Haar vader werkte als financieel adviseur en haar moeder was architect, en ze verdienden goed. Kristín had Ari echter er vaak voor gewaarschuwd dat ze een aanleiding zouden zien om naar huis terug te keren als er een kleinkind zou komen. Ze beweerde zelfs dat ze het pad al aan het effenen waren met vragen tussen neus en lippen door als: is de economie niet enorm aan het aantrekken in IJsland?

'Kijk jou nou eens,' zei Kristín na afloop van het telefoongesprek. De baby had zijn eerste kleertjes aan en groen stond hem uitstekend. 'Mama en papa komen met Kerstmis op bezoek. We krijgen krap twee etmalen voor onszelf, zo te zien, en dan begint de herrie.' Ze lachte. Ari wist dat ze haar ouders erg miste, al hield ze zich groot. Ze had meer dan eens toegegeven dat ze zich er zorgen over maakte of het niet moeilijk voor hen zou zijn om een kind groot te brengen zonder hulp van de grootouders. Ze stonden er alleen voor.

Ari leek het verstandig om voorlopig nog even te wachten met het kiezen van een naam voor de baby. Hij wilde niet dat er op dit moment onenigheid zou ontstaan en bovendien begon hij te beseffen dat een naam misschien wel minder belangrijk was dan hij had gedacht. Zulke overwegingen waren opeens onbeduidend geworden. Misschien zou de jongen de naam van zijn overleden grootvader krijgen, misschien ook niet.

Hij dacht er even aan hoe oud zijn vader nu geweest zou zijn, als hij nog geleefd had. Tweeënvijftig jaar, bijna drieenvijftig. De pasgeboren jongen zou zijn opa van vaderskant nooit kennen. En zijn oma natuurlijk ook niet. Ze waren allebei al heel lang dood. Maar op dit ogenblik, nu Ari zijn zoon dicht tegen zich aan hield, dacht hij het meest aan zijn vader.

Het liep tegen zes uur en moeder en zoon sliepen rustig na deze zware dag. Ari zat naast het bed en keek naar hen. Met de telefoon van Kristín maakte hij stiekem een paar foto's van hen.

Kristín werd wakker en lachte naar de vader van haar kind.

'Hoe voel je je, lieverd?' vroeg hij.

'Goed, eigenlijk heel goed. Ik ben alleen doodmoe. Het wordt een heel rare Kerstmis.'

'Niet direct wat we verwacht hadden, nee... We krijgen niet eens dat veelbesproken verblijf in een hotel in Blönduós,' zei hij lachend.

'Beter kan het niet worden,' zei ze moe.

'Je cadeautje, of beter gezegd alle cadeautjes, moeten nog even wachten.'

'We hebben niet eens iets voor hem,' zei Kristín.

'Daar zeg je wat... Helemaal vergeten. Ik kan me niet voorstellen dat er nog een winkel in de stad open is. We geven hem gewoon jouw boek en schrijven er iets moois in. Zijn eerste kerstcadeau.'

'Mijn boek?' Toen begreep ze het. 'Heb je een boek voor mij gekocht? Dank je wel.' Ze pakte zijn hand. 'Hopelijk is het geschikt voor kinderen.' Ze lachte.

'Een roman... geen kinderboek natuurlijk, maar het kan ermee door. Die arme jongen, dat hij op de dag voor Kerstmis jarig is; op die manier loopt hij een heleboel verjaardagscadeautjes mis.'

'Wat een ervaring, Ari,' zei ze. 'Die geboorte... Ik had me geen voorstelling kunnen maken van de pijn.'

'Je had deze keer pech met de locatie,' zei Ari zonder na te denken. Hij suggereerde daarmee dat er meer kinderen zouden komen. Hij had zelf graag een broer of een zus gehad en had daarom altijd voor zich gezien dat hij in elk geval twee kinderen zou krijgen, als de kans zich voordeed – maar ze hadden het er nooit echt over gehad hoe groot hun gezin zou moeten worden.

Kristín knikte alleen, dus Ari probeerde van onderwerp te veranderen: 'Hoe ging het gesprek met die oude man eigenlijk? Welk afschuwelijk geheim verzweeg je overgrootvader?'

'Ik heb je gisteravond toch over zijn dochter verteld? Weet je nog?'

Ari schudde zijn hoofd. Hij schaamde zich een beetje. 'Nee, eigenlijk niet.'

Kristín lachte. 'Oké. Het lijkt erop dat het zo gegaan is dat mijn overgrootvader in de winter, bij slecht weer, naar Sauðárkrókur is gegaan, en zijn gezin achterliet. Tijdens zijn afwezigheid werd zijn vrouw ernstig ziek en overleed kort daarop, voor hij terug was. Hun dochter, de zus van mijn opa, was niet in staat om een dokter te laten komen en deed haar best om haar moeder te helpen en haar in leven te houden tot haar vader terugkwam. Het liep allemaal slecht af. Ze moest toekijken terwijl haar moeder stierf en lijkt dat haar vader te hebben kwalijk genomen. Onterecht natuurlijk.'

Iets in deze korte geschiedenis gaf Ari een naar gevoel. Iets waar hij niet bij kon. 'Waarom was hij er niet?' vroeg hij na een korte stilte. 'Wat had hij in Sauðárkrókur te zoeken?'

'Dat is nogal opmerkelijk,' antwoordde Kristín. 'Hij had het op zich genomen om met een medicijn daarheen te gaan. Er was daar een ernstig ziek kind dat medicijnen nodig had, en die waren in Blönduós nog wel te krijgen. Iemand had de taak om die medicijnen van de ene naar de andere dichtbevolkte plaats over te brengen en passeerde onderweg het huis van mijn overgrootvader. Toen sloeg het weer om en die persoon durfde niet verder te reizen. Hij besloot om direct terug te gaan naar Blönduós. Toen bood mijn overgrootvader aan om die moeilijke reis te ondernemen door de vrieskou om een onbekend gezin te helpen. En daarvoor heeft hij een hoge prijs moeten betalen. De oude man die ik in Sauðárkrókur sprak, kende het verhaal goed: mijn overgrootvader redde het leven van zijn oudste broer doordat hij net op tijd met het medicijn kwam. Hij was een soort heilige in dat gezin.'

Ari was met zijn gedachten nog bij het eerste deel van het verhaal. Kristín had gezegd dat de dochter haar moeder had zien sterven en haar vader daar onterecht de schuld van had gegeven...

'Neem me niet kwalijk, schat. Ik moet Tómas bellen.'

'Wat? Nu? Om hem te vertellen over de baby?'

'Ja... Ja en nee. Vind je het erg?'

'Natuurlijk niet. Ik wil proberen nog wat te slapen. Maar vind je dat niet opmerkelijk? Die man wilde alleen maar het juiste doen, en hij moest ervoor boeten. Zo onrechtvaardig.'

'Heel onrechtvaardig. Ik weet nu in elk geval dat jij van goede mensen afstamt.' Hij lachte naar haar, streelde haar over haar wang en keek nog even naar de baby, die diep in slaap was bij zijn moeder. Toen sloop hij de gang op, belde Tómas en vertelde hem allereerst het grote nieuws.

'Nou ja, zeg! Gefeliciteerd, maestro. Hartelijk gefeliciteerd. Jullie zijn vast in de wolken!'

'Dat kun je wel zeggen,' antwoordde Ari, geheel naar waarheid. Hij moest nog wel wennen aan de gedachte dat hij een zoon had, dat in die kamer in het ziekenhuis zijn kind lag te slapen. Hij had maanden de tijd gehad om zich erop voor te bereiden – maar niets had hem kunnen prepareren voor deze levenservaring. 'Ben je in de stad aangekomen?'

'Ja,' antwoordde Tómas. 'De vrouw was blij dat ik er was. Het was een beetje eenzaam voor haar.'

'Ik wilde je een kleine theorie voorleggen.'

'Voor de dag ermee.'

'Zoals we weten is de zolderkamer van Ásta de enige plek in het huis met uitzicht op de rotsrand.'

'Inderdaad,' zei Tómas zacht.

'Ze zei tegen Þóra dat ze moest verhuizen vanwege wat ze op zolder had gezien, toch?'

'Ja, ja, dat heeft Þóra ons in elk geval verteld.'

'Iedereen is er altijd van uitgegaan dat ze haar zusje heeft zien vallen; misschien heeft gezien dat iemand haar duwde. En weet je nog wat Arnór ons vertelde? Dat Þóra destijds van Kári had gehoord wat er zich heeft afgespeeld toen Sæunn, Ásta's moeder, van de rotsen viel. Dat ze op een nacht naar buiten was gerend om zich van de kliffen te gooien en dat Kári had geprobeerd haar tegen te houden, maar zonder succes.'

'Dat klopt. Wat wil je daarmee zeggen?'

'En ten slotte,' zei Ari, 'kregen we vanochtend die oude brief van Ásta aan Óskar te zien. Ze leek haar vader niet te willen bezoeken in het ziekenhuis. Een verhaal dat Kristín mij vertelde, dat hier niets mee te maken heeft, bracht me op het idee. Is het denkbaar dat we het allemaal verkeerd hebben begrepen? En niet alleen wij, maar ook Þóra en de anderen die erbij betrokken waren. Dat Ásta echt iets heeft gezien vanuit haar zolderkamer, maar dat ze niet haar zusje heeft zien vallen, maar haar moeder? En heeft gedacht dat Kári haar geduwd heeft?'

12

'Ja, verdorie zeg,' zei Tómas. 'Hoe oud was Ásta toen eigenlijk?'

'Vijf jaar,' antwoordde Ari zonder nadenken; hij herinnerde zich haar gegevens uit het proces-verbaal maar al te goed.

'Grote god, stel je eens voor wat dat doet met zo'n klein kind, een vijfjarig meisje, om getuige te zijn van zoiets...'

'Ja, het is al erg genoeg om je moeder op zo'n afschuwelijke manier te zien sterven, maar dat ze ook nog eens dacht dat haar vader haar eraf heeft geduwd...' Ari zuchtte. 'Dan wordt ze naar Reykjavík gestuurd nadat haar kleine zusje is gestorven, haar vader heeft misschien geprobeerd haar hetzelfde lot te besparen, maar zij trekt de conclusie dat hij haar kwijt wilde, zodat ze nooit zou kunnen vertellen wat ze heeft gezien. En ze lijkt nog lang boos op hem te zijn geweest, afgaande op de brief die ze naar Óskar stuurde. Misschien heeft ze tot haar einde aan toe geloofd dat haar vader verantwoordelijk was voor de dood van haar moeder. Dat hij haar van de rotsrand heeft geduwd.'

'Dat is inderdaad een interessante theorie, maar Arnór komt daarmee niet vrij...' zei Tómas.

'Dat begrijp ik.'

'Eerlijk gezegd versterkt dit mij in het geloof dat hij haar inderdaad vermoord heeft.'

'Wat?' vroeg Ari verbaasd.

'Ja, als ze haar zusje heeft zien vallen en ze geen idee had van hoe dat kon zijn gebeurd, of iemand er verantwoordelijk voor was of niet, dan had niemand een reden om haar te doden, om haar het zwijgen op te leggen.'

Ari dacht na. 'Daar zit iets in... Tenzij de betrokkene gedacht heeft, net als anderen, dat zij meer wist over de dood van Tinna, en van plan was om te praten...'

'Daar geloof ik niet in,' zei Tómas. 'Wacht maar af, die Arnór is zo schuldig als maar kan. Hij bekent morgen, na een nacht in de cel. Meestal werkt dat heel goed.'

Ari wachtte op de gang na afloop van het telefoongesprek. Hij wilde Kristín nog even laten slapen. Hij was blij met die beslissing toen even later zijn telefoon ging. Hij herkende het nummer niet, maar besloot toch op te nemen. De boodschap moest dringend zijn, omdat er nu gebeld werd, zo vlak voor Kerstmis. 'Ari,' zei hij kortaf.

'Ja, hallo Ari...' Het was een vrouwenstem en ze klonk bekend. 'Je spreekt nog een keer met Sara... Elín Sara. We hebben elkaar vanochtend gesproken.' Ze aarzelde even, alsof ze niet echt verwachtte dat hij zich dat gesprek nog herinnerde.

'Neem me niet kwalijk dat ik zo laat nog bel. U bent nu vast thuis voor het kerstdiner...'

De werkelijkheid was anders. Hij volstond ermee beleefd en vriendelijk te antwoorden dat ze hem zeker niet stoorde. Hij had het gevoel dat ze iets groots op het hart had, iets wat hen misschien verder zou helpen met het onderzoek.

'Ik heb veel nagedacht over ons gesprek... Ik ben misschien niet helemaal duidelijk geweest.' Haar stem trilde een beetje. 'Ik werd erdoor overvallen te moeten terugdenken aan die plaats, hoewel je zoiets natuurlijk nooit vergeet.

En ik was verbaasd te horen dat Þóra het over mij had gehad, na al die jaren. Ik ben zo lang boos op haar geweest, en dat verandert niet, maar het is prettig te weten dat het haar is bijgebleven.'

'Heeft ze u iets aangedaan?' vroeg Ari voorzichtig.

'Þóra? Nee, niet echt.' Ze praatte zacht. 'Maar ze had toen anders moeten reageren. Ze heeft zich schandelijk gedragen. Ik ben eigenlijk ingestort... Kroop in mijn schulp en heb er nooit meer over gepraat. Met niemand. En toen belde u... En ik dacht dat dit misschien wel de gelegenheid was waar ik eigenlijk op heb gewacht. De gelegenheid om er eindelijk over te praten. Ik denk dat het me goed zal doen.' Elín Sara zweeg.

Ari wachtte even, ging op een gele plastic stoel zitten in de gang van het ziekenhuis, een stoel die er weinig comfortabel uitzag en dat was hij ook niet. Uiteindelijk vroeg hij: 'Wat is er dan gebeurd?'

Ze antwoordde niet meteen, maar toen ze eenmaal begon te praten, was duidelijk te horen dat het haar moeite kostte om het te vertellen: 'Ik had natuurlijk iets moeten doen, maar Þóra had me laten schrikken. Ik was nog maar net tien jaar oud. Nog een kind. Ik had wel de tegenwoordigheid van geest om weg te rennen.'

Ari wilde het liefst zijn vraag herhalen, maar hij weerstond de verleiding. Hij mocht haar niet te veel opjutten.

'Hij vroeg me mee de vuurtoren in. Om hem te bezichtigen. Dat was natuurlijk heel spannend. Hij koos een geschikt moment, al besefte ik dat toen niet. Niemand zag ons. Dat had toch niets uitgemaakt, want eenmaal in de vuurtoren zorgde hij ervoor dat hij de deur achter ons op slot deed. Ik herinner me dat goed, ik vond dat niet prettig, maar ik zei niets.'

Ari had er geen moeite mee om zich in dit verhaal in haar

te verplaatsen, ook hij had zich heel onprettig gevoeld in de vuurtoren.

'We gingen de trap helemaal niet op, hij ging beneden meteen over tot daden.' Ze zweeg, haalde diep adem en praatte toen met moeite verder. 'Ik heb het nooit eerder onder woorden hoeven brengen... Ik weet niet of ik het aandurf... Maar hij trok zijn broek uit, en zijn onderbroek...' Ze zweeg weer. 'U begrijpt...'

Ari wilde liever niets meer horen, hij werd al misselijk bij de gedachte.

'Hij raakte me niet aan, maar wat hij mij aandeed was er niet minder om. Ik ben er nooit...' Ze legde nadruk op dat laatste woord, en herhaalde het toen nog eens: 'Nooit overheen gekomen. Ik probeerde het die avond aan Þóra te vertellen. Ik ben haar eerste reactie nooit vergeten. Dat lieg je, kind, zei ze. IJskoud. Ik gaf me niet meteen gewonnen, en ik zag dat ze me uiteindelijk geloofde. En weet u wat ze toen zei?'

'Nee...' zei Ari.

'Het leven kan oneerlijk zijn, zei ze. Dat vervloekte wijf!' De woede borrelde op. 'Het leven kan oneerlijk zijn! Toen stortte ik in. Ik belde mijn ouders en vroeg of ze me konden komen halen, maar ik heb ze nooit gezegd waarom. Ik kon er gewoon niet meer over praten. Nu pas, met u. En het voelt al veel beter, kan ik u zeggen. Ik had natuurlijk iets moeten doen toen ik ouder werd, aangifte doen tegen die kerel, maar hoe verder de tijd vorderde, hoe minder ik erover wilde praten. Ik wilde het gewoon vergeten...' Weer zweeg ze.

Eén vraag was nog onbeantwoord. Ari besefte dat hij diep vanbinnen eigenlijk hoopte dat de man over wie het ging Arnór was. Dan had Tómas de juiste man gearresteerd, op twijfelachtige gronden weliswaar. 'Wie was het die zo misbruik van u heeft gemaakt?' vroeg hij uiteindelijk.

'O, zei ik dat niet? Het was natuurlijk Reynir. En om het nog erger te maken, zie je die kerel ook steeds in de bladen, breedlachend, heiliger dan heilig. En ik herinner me die lach zo goed, alleen onder heel andere omstandigheden... Weerzinwekkende omstandigheden.'

13

Ari was even bij Kristín en de kleine jongen gaan kijken, ze waren allebei diep in slaap. Hij vond het vreselijk om hen te moeten achterlaten, maar hier moest hij achteraan. Hij had een verpleegkundige gevraagd om de boodschap aan Kristín over te brengen, was weggescheurd in de politieauto die hij nog steeds in gebruik had en was naar Kálfshamarsvík gereden, zo hard als de omstandigheden het toelieten en soms veel harder.

De puzzelstukjes vielen allemaal in elkaar. Reynir had het vast niet bij dat ene meisje gelaten. Ásta was er vast ook mee geconfronteerd en had gezwegen, net als Elín Sara – maar ze was teruggekomen om zich te wreken of misschien om hem af te persen; ze leek in grote financiële problemen te verkeren. De dood van Ásta schudde Þóra wakker, oude herinneringen kwamen boven – zij wist wat Reynir Sara had aangedaan.

Had hij zich misschien net zo gedragen tegenover Ásta? En had hij haar vermoord?

Þóra had Sara's naam genoemd na een paar glazen wijn. En Reynir nam geen enkel risico. Besloop haar in de nacht. Kon het ongetwijfeld tegenover zichzelf rechtvaardigen – ze was toch al bijna dood.

Ja... De puzzelstukjes pasten allemaal.

Het was donker op de kaap toen Ari arriveerde – natuurlijk scheen het licht uit de vuurtoren, maar in het huis leek geen enkele lamp te branden. Bovendien was de jeep van Reynir nergens te zien.

Ari sprong uit de auto, rende naar het hek, opende het met enige moeite en snelde toen naar het verduisterde huis. Hij sloeg met kracht op de deur. Geen antwoord. Probeerde de deur te openen, maar die zat op slot.

Toen bedacht hij dat het natuurlijk al bijna zeven uur was. Óskar had gezegd dat hij en zijn zus gewend waren om op de dag voor Kerstmis naar de dienst van zes uur te gaan. Óskar had de naam van de kerk genoemd, maar Ari kon die zich onmogelijk meer herinneren. Hij belde direct naar het mobiele nummer van de hoofdcommissaris van Blönduós, verontschuldigde zich niet, al waren de feestdagen begonnen, en wenste hem ook geen vrolijk kerstfeest. Hij noemde zijn naam en kwam meteen ter zake: 'Waar gaan de mensen in Kálfshamarsvík naar de kerk?'

'Waarschijnlijk in Hof,' antwoordde hij. Hij sprak zacht.

Hof, ja, dat kon kloppen.

'Het is een opmerkelijke plek,' vervolgde de hoofdcommissaris. 'De predikant daar is ooit veroordeeld wegens tovenarij... Dat was natuurlijk lang geleden.'

'Bedankt,' antwoordde Ari en hij probeerde de woordenstroom te stuiten. 'Hoe kom ik daar?'

'Tja, waar ben je nu?'

'In Kálfshamarsvík.'

'Dan rij je in de richting van Skagaströnd en na ongeveer tien minuten moet je de kerk aan je rechterhand zien. Kan bijna niet missen. Maar wat heb je te zoeken in...'

Ari verbrak de verbinding en draaide de auto. Hij was bang de kerk te missen in de duisternis van de avond; vreesde dat de oplichtende sneeuw en de spaarzame kerstverlichting niet genoeg zouden zijn. Deze omgeving was nou niet bepaald goed verlicht. Maar er stonden enkele auto's bij de kerk geparkeerd.

Ari zette de auto neer naast een oude tractor die ooit mooi rood moest zijn geweest, maar nu zijn beste tijd gehad had. Hij liep met grote passen naar de kerk, hoorde het geluid van kerstliederen in de bittere kou doorklinken. Het kerkje was mooi en witgeschilderd. Het dak was bedekt met een dun laagje sneeuw, maar de rode dakpannen schenen erdoorheen. Hij stond even stil bij de ingang, onder maar liefst twee kruisen – aarzelde, want wilde de bijeenkomst eigenlijk niet verstoren. Hij opende de deur voorzichtig en keek naar binnen, waar hij al snel Reynir aan het gangpad zag zitten, achter in de kerk. Óskar zat naast hem.

De predikant keek naar Ari, maar andere aanwezigen schonken geen aandacht aan hem voor hij Reynir op de schouder had getikt en tegen hem had gefluisterd: 'Gaat u nu even met mij mee naar buiten?' Reynir stond op, met een verbaasd, misschien zelfs angstig gezicht. De aanwezigen roerden zich, maar het koor deed zijn best om de maat te houden, al lukte dat niet helemaal.

Ari volgde Reynir de kerk uit, ze liepen naar buiten, de lichte sneeuw in. Ari wilde hem net de weg wijzen naar de politieauto, toen Óskar opeens op de kerktrappen verscheen. Tegen de verwachting in droeg hij deze keer niet zijn blauwe coltrui, maar een donkergrijs pak, een wit overhemd en een groene gestreepte stropdas. De stok was als vanouds aanwezig.

'Wat is er in vredesnaam aan de hand?' vroeg Óskar, dringender en krachtiger dan Ari had verwacht.

Ari bleef staan, net als Reynir. 'Ik moet alleen even met Reynir praten.'

'Waarover?' vroeg Óskar.

'Hoe durft u mij uit de dienst te halen op kerstavond?'

vroeg Reynir kwaad. 'Ik heb het goedgevonden dat u mij met van alles lastigviel, maar dit gaat te ver! Ik dien vanavond nog een klacht in.'

Die vervloekte arrogantie stak de kop weer op. Nou, Óskar moest dan maar horen met wat voor een man hij te maken had.

'Het spel is uit, Reynir,' reageerde Ari. 'Sara... Elín Sara belde me en heeft me alles verteld. Er wordt niet meer gezwegen. Hoe lang dacht u dit verborgen te kunnen houden?'

Het was duidelijk dat Reynir oprecht geschrokken was, dat Ari een zwakke plek had geraakt. Hij leek niettemin te proberen zijn gezicht te redden: 'Waar heb je het over, kerel? Ik ken geen Sara... en dit gesprek is afgelopen.'

Ari pakte Reynir bij de arm. 'U gaat nergens heen.'

'Sara... Dat meisje dat hier bij ons op het land was?' vroeg Óskar.

'Ja,' antwoordde Ari en hij veegde de sneeuwvlokken uit zijn ogen.

Óskar ging verder: 'Waarom belde ze u?'

'Hou op met die gekkigheid nog meer aan te moedigen, Óskar!' zei Reynir, bijna alsof hij een ondergeschikte toesprak.

'Ik had vandaag contact met haar. Ze wilde niet veel zeggen, maar toen belde ze vanavond terug. Ze vertelde me wat Reynir met haar gedaan heeft.'

Reynir stond als verstijfd.

'Hij ging met haar de vuurtoren in, deed de deur achter haar op slot en... heeft haar seksueel misbruikt.'

'Wel verdomme nog aan toe!' riep Óskar uit. 'Is dat waar, Reynir? Is dat waar?'

Reynir keek naar Óskar en toen naar Ari. Op zijn gezicht was geen reactie te zien, alsof hij er niets mee te maken had. 'Natuurlijk niet! Dat zijn allemaal leugens!'

'Het meisje, Sara, heeft het aan Þóra verteld, maar Þóra wilde haar niet helpen. Die fout heeft zwaar op haar gedrukt, tot op de dag van haar overlijden,' zei Ari.

'Verdomme,' zei Óskar kwaad. Hij keek naar Reynir. 'Ze heeft altijd voor je gezorgd. Ze zag je als haar eigen zoon. De zoon die ze zelf nooit had... En jij hebt haar altijd slecht behandeld.'

'Ik ben haar niets verschuldigd,' zei Reynir. 'Ze was gewoon personeel bij ons, en ze kon natuurlijk nooit de plaats van mijn moeder innemen. Als ze dat echt meende, dan was ze nog gestoorder dan ik al dacht.'

'Hoe durf je zo over mijn zus te praten?!' Óskar leek even vergeten te zijn dat deze man zijn loon betaalde.

Reynir zei niets en dus ging Óskar door: 'Wat ben jij eigenlijk voor een man? Heb jij een klein meisje misbruikt? En misschien wel meer dan één? Kwam Ásta daarom nu met Kerstmis hierheen? Om wraak te nemen? Heb je haar ook gegrepen?' Óskar sloeg met zijn stok naar Reynir. 'Geef antwoord!'

Nog altijd zweeg Reynir.

'Godallemachtig,' zei Óskar. 'Wat zou je moeder daarover hebben gezegd?'

Nu eindelijk reageerde Reynir: 'Laat mijn moeder erbuiten.' Zijn stem was niet meer zo overtuigend als voorheen.

Óskar zette nu een onverwachte stap in de richting van Reynir en gaf hem een duw, zodat hij achteroverviel. 'Heb jij Ásta destijds gegrepen?' riep hij. Hij liep op de weerloze man af en zette met een dreigend gezicht een voet op zijn keel. 'Heb je dat gedaan? Zeg op!'

Reynir leek doodsbang. Óskars ware aard kwam boven. Hij bleek zo sterk als een stier als iemand hem te na kwam.

Ari wilde tussenbeide komen, maar hij aarzelde. Natuurlijk moest hij hen uit elkaar halen en Reynir meenemen voor verhoor, maar hij wilde kijken hoe deze confrontatie tussen Reynir en Óskar afliep. Hij besloot nog even te wachten, tegen beter weten in.

'Zeg het!' herhaalde Óskar.

Reynir leek iets te willen zeggen, maar het lukte niet. Óskar tilde zijn voet een klein beetje op.

'Ik heb Ásta nooit iets gedaan! Nooit! Ik heb haar altijd met rust gelaten. Ik zweer het! Zij was veel te agressief. Tinna was een gemakkelijker prooi...'

'Verdomme!' zei Óskar. 'Heb je aan Tinna gezeten?'

'Ik heb ze niet aangeraakt!' bracht Reynir uit. Óskar liet hem los. Hij ging rechtop zitten en klopte de sneeuw van zich af. Bleef even op de grond zitten.

'We hebben de laptop gevonden,' loog Ari. Opeens had hij bedacht waarom Reynir die had laten verdwijnen.

'Wat? Hebben jullie hem gevonden?'

'U wilde niet dat we de foto's zagen, hè?'

'Ik ben ermee opgehouden...' zei hij onverwacht. 'Het waren alleen foto's van internet!'

Verdorie. Reynirs advocaten zouden vast en zeker weten wat hun te doen stond als aan het licht kwam dat die laptop helemaal niet gevonden was.

'Ja, ik snap het,' zei Ari. Hij probeerde gebruik te maken van Reynirs wanhoop. 'Ik denk dat ik het allemaal begrijp.'

'Ik ben geen slecht mens... U moet begrijpen dat ik ze nooit heb aangeraakt.' Reynir krabbelde overeind.

'En de dood van Ásta was natuurlijk een ongeluk.'

'Ze wilde me miljoenen kronen afpersen. Zei dat ze dat had besloten nadat mijn vader was gestorven, toen ik zelf voor mijn bezittingen verantwoordelijk werd.' Hij zweeg. 'De ironie is echter dat er maar weinig over is van die bezittingen... Mijn vader had meer neus voor dit soort dingen dan ik en ik nam allerlei beslissingen die achteraf niet goed bleken te zijn... Misschien raak ik zelfs het huis op de kaap kwijt...'

'En wat gebeurde er die avond?'

Het bleef sneeuwen, maar de sneeuw leek Reynir niet te storen. 'De waarheid is dat ze 's nachts bij mij aanklopte, een beetje dronken, en vroeg of ik met haar mee wilde komen naar de vuurtoren. Ze wilde me iets laten zien. Ik begreep niet wat er aan de hand was en volgde haar.' Hij zuchtte. 'Dat had ik niet moeten doen. Ze wist duidelijk precies hoe het met Tinna was gegaan.'

'Wat jij met Tinna had gedáán!' schreeuwde Óskar.

'Ja, ja... In de vuurtoren, zogezegd...' De arrogante ontkenning was verdwenen. Reynir leek opgelucht, alsof op het vertellen, het bekennen, een soort verlossing van zijn zonden volgde. 'Ze bedreigde me met van alles, zei dat ze bewijzen had... Ik denk dat ze bluftte, maar ik verloor mijn zelfbeheersing. Ik zag voor me dat het bekend zou worden, dat ik niet alleen de handelsbelangen die mijn vader had opgebouwd zou kwijtraken, maar ook mijn eer... Ik viel haar aan, maar ik was nooit van plan om haar te doden!' Hij schoot vol, maar door de sneeuw was het moeilijk te zien of er tranen over zijn wangen biggelden.

'Wat gebeurde er?' vroeg Ari rustig.

'Ik greep haar vast om haar hals, schudde haar wat heen en weer, ze sloeg tegen de muur aan... Het was een ongeluk! Ik was nooit van plan om haar te doden,' herhaalde hij.

'Waarom duwde u haar van de rotsen?'

'Wat had ik anders moeten doen? Ze was dood. Ze lag daar op de koude vloer in de vuurtoren, midden in de nacht... Ik moest iets doen. Ik dacht meteen aan de rotsen. Het was helemaal niet zo vergezocht dat ze haar eigen leven zou willen beëindigen op dezelfde manier als haar moeder en haar zusje. Ik hoopte dat het zou worden afgedaan als zelfmoord... Dat gebeurde alleen niet.'

'U vertelde ons veel over spoken in dit gebied, benadrukte dat er allerlei bovennatuurlijke oorzaken konden zijn... Dat deed u waarschijnlijk met opzet, of niet?' vroeg Ari. 'Om het occulte rond deze drie sterfgevallen naar voren te halen.'

'Dat kun je misschien wel zeggen.'

Óskar nam het woord weer: 'Nu herinner ik me weer iets wat je de avond voor Þóra's dood zei... Dat Ásta zo'n mooi meisje was, zowel nu als toen! Ze was zeven jaar toen je haar voor het laatst zag! Wat ben jij een zielig ventje, zeg!' Hij was woedend.

'En Þóra?' vroeg Ari. 'Waarom moest zij sterven? Omdat ze over Sara was begonnen?'

'Þóra keek naar mij toen ze Sara's naam noemde, ze wist duidelijk wat er was gebeurd... En ik was ervan overtuigd dat ze het er niet bij zou laten zitten. Ze wilde vast schoon schip maken voor het te laat was. Ik kon dat risico niet nemen... Maar ze had nog maar zo kort te leven dat het eigenlijk een goede daad was. Een zachte dood, beter dan een moeilijke doodsstrijd. Ik had dat anders natuurlijk nooit gedaan. Ik deed haar eigenlijk een plezier...'

Ari dacht bijna dat Reynir zelf in deze uitspraak geloofde.

Nu probeerde Óskar opnieuw Reynir aan te vallen, maar deze keer hield Ari hem tegen en fluisterde: 'Blijf rustig.'

'Verdomme! Je hebt mijn zus vermoord! Hoe heb je dat gedaan?' schreeuwde Óskar, toen leunde hij achterover en liet zijn hoofd hangen. Verslagen.

'Ze lijkt zich wel te hebben verzet,' zei Ari toen tegen Reynir, 'te oordelen aan de wijn die op de grond terechtkwam.'

'Ja, ja, een beetje. Toen leek het alsof ze het gewoon opgaf. Zich erbij neerlegde.'

'En begrijp ik het goed dat u ook de kleine Tinna van de rotsen hebt geduwd?' vroeg Ari voorzichtig.

Reynir keek naar Ari. Zijn blik was oprecht. Hij leek om vergeving te vragen: 'Helemaal niet! Ik ben niet bij haar in de buurt geweest! Niet op die manier... Bent u nou helemaal? Het zou nooit in me opkomen om een klein kind te doden! Het moet een ongeluk zijn geweest. Ik zou nooit zoiets kunnen doen. Nooit!'

Ari neigde ernaar om Reynir op dit punt te willen geloven – maar misschien ging het Reynir gewoon te ver om zo'n vreselijke daad te bekennen.

Óskar nam opeens weer het woord. Hij richtte zich tot Reynir: 'Ik hoop dat je brandt in de hel, klootzak!' Toen keek hij naar Ari: 'Ik moet alleen iets bekennen. Heb nu lang genoeg gezwegen. Wat mij betreft mag u Reynir veroordelen voor de moord op Tinna, ik vertel u dit niet om hem te redden, maar om eens en voor altijd van dit geheim verlost te zijn. Het heeft nu lang genoeg geduurd.'

'Wat bedoelt u?' vroeg Ari. Kon het zijn dat Óskar, deze vriendelijke man, deze vreselijke daad op zijn geweten had? Had hij het kleine meisje vermoord?

'Reynir heeft Tinna niet gedood.'

'Hoe weet u dat?'

'Ik heb gedeeltelijk gezien wat er gebeurde. Ik was aan het zwemmen, op enige afstand van de kust, maar ik heb nooit iets gezegd. Ik kon mezelf er niet toe brengen. Het maakt nu misschien allemaal niets meer uit. De waarheid komt uiteindelijk altijd aan het licht, toch?'

'Was het een ongeluk?' vroeg Ari. Onaangename vermoedens begonnen in hem op te komen, gedachten die hij eerder niet had toegelaten, maar nu als waarschijnlijkste verklaring kwamen bovendrijven; een verklaring waarvan hij helemaal niet wilde dat hij waar was. Hij hoopte dat

Óskar een bevestigend antwoord zou geven op zijn vraag.

'Nee, nee... Het was geen ongeluk,' zei hij en hij zuchtte diep. 'Ik denk dat Ásta haar eraf heeft geduwd.'

'Duwde Ásta haar zusje van de rotsen?'

'Ja, dat denk ik... Ásta was anders dan andere kinderen, zeker nadat haar moeder was overleden.'

'Nadat zij haar moeder had zien sterven,' zei Ari.

'Als dat zo was, dan zou dat veel verklaren. Ze was koud, afstandelijk, bijna gevoelloos. Wij konden het desondanks altijd heel goed vinden. Ik was erg op haar gesteld, maar daarna begon ik anders over haar te denken. Ze was manipulatief, egocentrisch. Ik heb me vanochtend in dat gesprek met u laten ontvallen dat ik me met die vriendschap de vingers heb gebrand. Maar er waren er twee op die rotsen, en er was niemand anders in de buurt. Ik was er zeker van dat ze gewoon aan het spelen waren... En toen was Tinna ineens verdwenen. Ik dacht dat ze misschien weer naar binnen was gegaan, dus ik haastte me niet om aan land te komen. Toen ik hoorde dat Tinna van de rotsen was gevallen, wist ik wat er gebeurd was, ik zag het ook aan het gezicht van Ásta. Ze loog tegen iedereen en zei dat ze helemaal niet in de buurt was geweest.'

Het mooie beeld van Ásta lag aan stukken. Ari zag nog die raadselachtige glimlach voor zich, die afstandelijke blik. Was dit een vrouw die als zevenjarige haar kleine zusje had vermoord?

'Waarom deed ze dat in vredesnaam?' vroeg Ari.

Reynir leek zich wat te hebben hersteld. Zijn stem klonk krachtiger dan daarvoor. 'Ik denk dat ik daar wel naar kan raden,' zei hij. 'Iets wat ze lang geleden heeft gezegd, kort na de dood van haar zusje.'

'Wat zei ze?' vroeg Ari, misschien iets te gretig.

'Dat we nu vast en zeker konden gaan zeilen in de zomer,

dat Tinna nu nooit meer tegen hun vader kon klagen... Ásta had het in die jaren over niets anders dan de boot die ik aan het bouwen was. Ik had haar beloofd dat ze elke dag met me mee mocht als de boot eenmaal af was. Ze leefde destijds kennelijk voor die belofte.'

'Waarom hebt u toen niets gezegd?' vroeg Ari aan Óskar. Hij wist natuurlijk heel goed waarom Reynir had gezwegen – hij had zijn geheim moeten verbergen.

'Ze was pas zeven jaar! Ik wilde haar leven niet verwoesten. Geloofde dat het niet voor niets zou zijn. Toen stuurde haar vader haar weg. Ik denk dat hij heeft geweten wat er is gebeurd. Dat hij het gevoeld heeft. Door de leugens heen prikte, en haar daarom niet langer om zich heen kon verdragen...' Óskar zweeg even en zei toen: 'Ik denk gewoon dat Ásta geen goed mens was...'

Ari hoorde hoe in de kerk 'Stille Nacht' werd gezongen. De dienst was bijna afgelopen.

'Kom,' zei hij vastberaden tegen Reynir. 'We moeten opschieten.' Hij keek even naar Óskar, die op de kerktrappen bleef staan.

Reynir en hij liepen naar de politieauto, de mooie klanken uit de kerk klonken met elke stap die ze zetten verder weg.

14

Reynir zweeg bijna de hele rit, maar toen ze bijna in Blönduós waren aangekomen, zei hij eindelijk: 'U gelooft toch zeker niet wat ik daarnet heb gezegd?' Zijn stem klonk ijskoud.

'Wat bedoelt u?'

'Ik was als de dood voor die vent. Ik moest hem rustig houden... Ik begrijp niet waarom u niets deed. Ik zou bijna over u gaan klagen. U moet begrijpen dat ik niet van plan ben iets te zeggen als we op het politiebureau zijn. Niet voordat mijn advocaat uit Reykjavík er is.'

Zo kende hij Reynir weer. Hij had zich even laten gaan en probeerde nu zijn hachje weer te redden.

Hij had ook een verkeerde keus gemaakt toen Ásta hem in de vuurtoren klem had gezet, als een beest in een kooi – toen was hij opeens in de rol van het slachtoffer gekropen. Was zijn zelfbeheersing verloren...

En misschien kon hij er nog mee wegkomen ook. Het zou niet gemakkelijk zijn om te bouwen op de bekentenis die hij buiten voor de kerk had gedaan. Hopelijk zou Elín Sara getuigen over het misbruik. Dat zou moeten volstaan om de mensen te laten zien wat voor man ze voor zich hadden.

Ari moest ook aan Óskar denken. Wat zou er nu van die arme man worden? Hij had geen enkele reden om in het huis te blijven wonen. Zelf had hij nauwelijks geld. Hij zou waarschijnlijk weg moeten van de kaap waarvan hij zo hield. Zijn levensavond ergens anders doorbrengen. Dat was een droevig lot. Hij zou alleen en verlaten zijn. Had alle schepen achter zich verbrand in zijn samenwerking met Reynir. En had hij nog iemand anders?

Ari was er wel blij om dat Arnór waarschijnlijk snel zou worden vrijgelaten. Hij zou Kerstmis kunnen vieren – of wat ervan over was – met zijn vrouw. Ari kon zich moeilijk een beeld vormen van dat huwelijk, maar hij wilde niet oordelen over het privéleven van andere mensen. Hij had genoeg aan zijn eigen leven.

Alle formaliteiten waren afgehandeld, Reynir was onderweg naar Akureyri om daar te worden vastgezet en Tómas was op de hoogte gebracht. Ari kreeg de indruk dat Tómas zich ruimschoots tegoed had gedaan aan het kerstbier. Hun gesprek eindigde met de woorden: 'Ik kom zo snel mogelijk naar het noorden.' Deze keer plaatste Ari geen opmerkingen bij dat voorstel.

Hij haastte zich eindelijk weer naar het ziekenhuis. Kristín was wakker en de kleine man sliep.

'Waar was je eigenlijk?' fluisterde ze. Ze glimlachte naar hem.

Hij aarzelde met antwoord geven, keek even snel naar het slapende kind.

'Maak je geen zorgen,' zei ze zacht. 'Hij is diep in slaap.'

'Wat een dag... Ik heb Reynir Ákason gearresteerd.'

'Serieus? Heeft hij die vrouw gedood, die Ásta?' Kristín leek verbijsterd.

'Ja, en die andere vrouw ook, gisteravond. Hij heeft beide moorden bekend. Maar dat is nog niet alles. Hij heeft nog meer op zijn kerfstok. Misbruik van kinderen, onder wie Tinna, het zusje van Ásta...' Zodra hij de woorden had uitgesproken, had hij er spijt van dat hij Tinna ter sprake had gebracht. Hij wilde geen vragen hoeven beantwoorden over haar lot, niet meteen. Hoe kon hij Kristín – net moeder geworden van dat onschuldige kleine jongetje dat daar zo rustig lag te slapen – vertellen dat een klein meisje van zeven jaar tot de conclusie was gekomen dat het oké was om haar jongere zusje van de steile rotsrand te duwen? En dat ze dat misschien wel gedaan had om haar vriend – de kindermisbruiker – te beschermen, die haar zoveel zeiltochten had beloofd. Een meisje dat van de zee hield.

'Ari, zeg me één ding...' zei Kristín.

Hij viel haar in de rede voor ze kon uitpraten: 'Ik vertel het je allemaal later, lieveling.'

'Wat, ja... Natuurlijk. Later. Ik wilde je iets heel anders vragen,' zei ze met warme stem.

'O?'

'Ja, wanneer zullen we elkaar nou eindelijk onze kerstcadeautjes geven?'

Nawoord van de schrijver

In het boek is geprobeerd om het dorp dat in werkelijkheid op Kálfshamarsnes heeft bestaan te beschrijven, om licht te werpen op de geschiedenis van de plaats, maar de bebouwing daar is rond 1940 in verval geraakt. De beschreven feiten zijn gebaseerd op een artikel van Bjarni Th. Guðmundsson, 'Byggð á Kálfshamarsnesi og næsta nágrenni' (Bebouwing op Kálfshamarsnes en directe omgeving) in het tijdschrift *Húnavaka* uit 1982 en op het artikel 'Frá lífinu í Kálfshamarsvík' (Over het leven in Kálfshamarsvík) in *Húnvetning* 2000-2001. Dit laatste artikel is een neerslag van een gesprek van radiojournalist Kristján Sígurjónsson met Kristin Jóhansson en Guðrún Guðmundsdóttir en informatie van Kristján Sveinsson. Op het informatiebord van Kálfshamarsvík staat ook een tekst van Kristján Sveinsson over de geschiedenis van de plaats die hier eveneens is gebruikt. Ook is het boek *Skaginn og Skagaheiði* van Sigurjón Björnsson (2005) nuttig gebleken bij het schrijven van dit verhaal. Fouten zijn vanzelfsprekend alleen mij aan te rekenen.

De aardbeving die in het boek wordt vermeld, heeft inderdaad plaatsgevonden in 1963. Dan moet nog worden vermeld dat de verhalen die enkele personages vertellen over vermeende spoken in een boerderij vlak bij de kaap zijn gebaseerd op artikelen in de pers over gebeurtenissen op de boerderij Saurum op Skagi in 1964. Deze boerderij ligt iets ten noorden van Kálfshamarsvík.

De vuurtoren die in het verhaal wordt beschreven, staat ook in het echt op Kálfshamarsnes. Ingenieur Axel Sveinsson heeft de vuurtoren ontworpen en hij is in 1942 in gebruik genomen. Informatie over de vuurtoren komt onder andere uit het boek *Vitar á Íslandi* van Guðmundur Bernódusson, Guðmundur L. Hafsteinsson en Kristján Sveinsson.

Þorláksmessa in de zomer, 20 juni 2013
Ragnar Jónasson